Scacco Matto

Diana Nixon

Questo libro è un'opera di fantasia. Nomi, personaggi, luoghi ed eventi sono invenzioni dell'autrice o sono usati in modo fittizio. Qualsiasi analogia con fatti reali, luoghi, organizzazioni o persone, vive o scomparse è assolutamente casuale.

Design della copertina: Amina Black

Traduzione italiana: Valeria Bragante

Scacco Matto

Sinossi

Intelligente, bella e ambiziosa, Scarlett Wilson non aveva mai pensato che i guai potessero essere così irresistibili. Dopo essersi svegliata nel letto di un affascinante sconosciuto, con nient'altro che un vago ricordo della notte trascorsa insieme, la sua vita cambia radicalmente. Quello che pensava fosse il più grande errore di sempre, si rivela essere l'unica cosa che il suo corpo e la sua mente non le permetteranno mai di dimenticare.

Chi avrebbe mai pensato che l'unico testimone delle avventure notturne di Scarlett sarebbe diventato il nuovo capo dell'azienda di suo padre, che lei sognava di dirigere da anni?

Il proprietario del viso più bello e del carattere più impossibile di sempre, Dominick Altier realizzerà la più sfrenata delle sue fantasie ...

Per innamorarsi del diavolo vale la pena rinunciare ai sogni e tradire i propri principi?

Stabilire delle regole la aiuterà a mantenere la dignità?

O perdere una battaglia diventerà l'unico modo per vincere la guerra?

Ringraziamenti

Molte grazie alla mia famiglia, ai miei amici e ai lettori per il loro infinito amore e supporto. Spero che ti innamorerai di ogni pagina di questa storia su cui mi è davvero piaciuto lavorare.

Un ringraziamento speciale alla mia fantastica editor, Heather Anne Davis. Il tuo aiuto e la tua pazienza non hanno prezzo, mia cara!

E, naturalmente, non sarei mai stata in grado di pubblicare questo libro senza la mia designer incredibilmente talentuosa, Amina Black, che ha creato un'altra straordinaria copertina per me. Spero che continueremo a lavorare insieme.

Con affetto,

Diana Nixon

Capitolo 1

Scarlett

«Maledizione!» imprecai sottovoce, guardando il tacco rotto di una delle mie scarpe color smeraldo appena comprate. Cinque ore: questa era stata la loro durata; la vita più breve di sempre. Sospirai e mi avvolsi le braccia intorno al corpo, cercando di non farmi prendere dal panico.

Quella notte di fine agosto era insolitamente fredda, e trascorrerla in mezzo a Dio sa dove, con addosso nient'altro che un miniabito viola abbinato ai tacchi alti, uno dei quali era irrimediabilmente rovinato, non mi aiutava affatto.

Mi guardai intorno e tremai dalla testa ai piedi quando una raffica di vento mi fece quasi cadere a terra. Infinite file di alberi si estendevano su entrambi i lati della strada che speravo mi avrebbe ricondotto a New York. Non avrei dovuto lasciare la città quella sera. Sfortunatamente, i rimpianti hanno questa fastidiosa tendenza a trasformare tutti i tuoi piccoli errori in un vero e proprio fallimento.

Guardai il mio cellulare morto e imprecai di nuovo; la mia serata non avrebbe potuto essere peggiore. Era iniziata con una telefonata poco promettente della mia migliore amica, che stava attraversando un'altra rottura e aveva un disperato bisogno di una distrazione. Nel suo caso, una distrazione significava una discoteca piena di ragazzi sexy, ballerini e un Margarita – *Una Santa Fottuta Trinità*, come la chiamava lei. Anche la scelta delle parole suonava ridicola, ma questa era Jill.

Io e lei eravamo migliori amiche da secoli. Ci eravamo conosciute al liceo, dopo che la mia famiglia si era trasferita a New York, lasciandomi alle spalle tutto ciò che amavo così tanto, inclusa la mia scuola, gli amici e quello che sembrava il più grande amore della mia vita, Andrew Thompson. Pensavo che non avrei mai perdonato i miei genitori per aver rovinato la nostra relazione, ma dopo aver scoperto che Andrew aveva baciato Millie Somerfield dopo che me ne ero andata, li ringraziai mentalmente per avermi salvato da quello stronzo. E ora, dopo quasi sette anni di una vita meravigliosa, pacifica e, cosa ancora più importante, *senza uomini*, mi trovavo in mezzo al nulla, sperando di poter tornare a casa viva, perché ero stata una vera sciocca e avevo permesso che uno di quei bei bastardi che avevo sempre cercato di ignorare, confondesse la mia mente.

Quella sera Jill aveva scelto uno dei nuovi club che da settimane non vedeva l'ora di visitare. Aveva detto che era situato non lontano dalla città, ma in questo momento volevo disperatamente (Dio mi perdoni) darle un pugno in faccia. Da circa un'ora stavo cercando di ritrovare la strada di casa, e ancora non vedevo altro che dei maledetti alberi e la strada deserta davanti a me.

Mi strofinai le braccia, sperando che mi aiutasse a smettere di tremare, ma quella sera la fortuna non era dalla mia parte. *Che stronza ...*

Ripensai a come era iniziata la mia serata. Il *Black Rose* si era rivelato un posto molto carino. Anche a me, che odiavo il casino, era piaciuto. Non era affollato, cosa che apprezzai, considerando quanto odio i ragazzi sudati e ubriachi che mi respirano sul collo. Anche se non erano ubriachi, non mi piaceva comunque il modo in cui mi guardavano: come se fossi una preda, morivano dalla voglia di mangiarmi viva.

Ma in qualche modo, quella sera, tutto era un po' diverso. Notai subito un ragazzo dai capelli scuri, che venne al bancone dove ero seduta a sorseggiare il mio quarto Margarita. Indossava un completo scuro, abbinato ad una camicia bianca; con la cravatta blu scuro allentata. Si sedette accanto a me e ordinò un doppio whisky, appoggiando la giacca sullo sgabello. Ma ciò che mi sorprese maggiormente, fu il suo accento: una sinfonia così dannatamente inebriante da farmi abbassare le mutandine, che mi fece pensare a cose che ero sicura fossero morte da tempo nella mia mente (e non solo lì).

«*Merci*», rispose, bevendo il suo drink.

Oh, capisco...

«Francese», sorrisi compiaciuta, bevendo un altro sorso del mio Margarita. Perché diavolo tutto ciò che dicono gli uomini francesi suona così dannatamente sexy?

«*Excusez-moi*?» chiese rivolgendosi a me. «Hai detto qualcosa?»

«Niente che ti interessi», scattai, senza preoccuparmi di essere gentile. Quel ragazzo puzzava di sesso, e di sicuro non ne avevo bisogno adesso, giusto?

«Ed io che pensavo stessi parlando di me, *ma belle.*» Cantava le parole con quel mezzo sorriso di piacere che prometteva sempre molto di più di quanto il suo proprietario non ti avrebbe mai dato.

«Ed io che pensavo non avessi sentito quello che ho detto.»

Annuì brusco, nascondendo il sorriso compiaciuto dietro un bicchiere di whisky. «Brutta serata?»

«Perché lo pensi?»

«Sembri come se fossi ... come dite voi ... *incazzata*?» socchiuse gli occhi, studiandomi.

«*Vaffanculo*. È così che diciamo», ribattei, incontrando il suo sguardo senza esitazione. Era difficile dire di che colore fossero i suoi occhi, nella luce fioca del locale sembravano grigi o ... verdi?

«*Azuré*», sussurrò a bassa voce, rispondendo alla mia domanda mentale. *Sapientone.*

«Giusto. Blu.» Annuii distrattamente e mi rivolsi al barista per ordinare un altro drink. Non trovavo più Jill da nessuna parte, il che non era sorprendente. L'avevo vista flirtare con un tipo, ed ero sicura che non avrebbe avuto bisogno di me tanto presto.

«Quindi cosa spinge *une si belle femme* a stare qui da sola, a bere e a scacciare via tutti gli uomini che cercano di attirare la sua attenzione?»

Sorrisi leggermente alla sua domanda. Riuscivo a parlare il francese fluentemente quasi quanto lui, e sapevo esattamente cosa significavano quelle parole.

«Anche *una bella donna* a volte vuole stare da sola.»

Il suo sorriso si allargò. «*Oh, lala!* Chi avrebbe mai pensato che la prima donna con cui parlo stasera mi avrebbe capito così bene?»

Alzai gli occhi al cielo. «A quanto pare, pensi che poche parole francesi possano far svenire qualsiasi donna in pochi secondi», pronunciai le parole in un modo così dolce che anche a me sembrarono troppo da troia.

Rise piano in risposta e si avvicinò al mio orecchio in modo che potessi sentire il suo respiro, sfidandomi «Mettimi alla prova.»

Cosa? Quasi mi soffocai con il mio drink, scioccata dalla sua risposta. Guardai la sua faccia sorridente, ma non c'era traccia di uno scherzo nei suoi occhi. *Era* serio.

«Pensavo di essermi spiegata chiaramente sul fatto di andare a letto con te o con chiunque altro stasera.»

«Non proprio. Comunque, penso di poterti far cambiare idea», disse, avvicinandosi ancora di più. Il più vicino possibile per far suonare i campanelli d'avvertimento nella mia testa. *Non bene ...*

«Scusa», dissi, alzandomi in piedi. «Non sono qui da sola.»

Sbatté le palpebre e copiò la mia mossa, bloccandomi la strada. «Solo un altro secondo», disse prima che le sue labbra si schiantassero sulle mie.

Oh. Mio. Fottuto. Dio ...

Ero stata già baciata prima di allora, ma non così! In realtà, niente di quello che chiamavo *bacio* era nemmeno vicino a ciò che le labbra dello sconosciuto stavano facendo alle mie adesso. Erano così morbide e sensuali, generose ed esigenti; come se mi stesse mettendo alla prova, cercando di capire se fossi abbastanza brava per qualunque cosa lui stesse facendo. Quando la sua lingua scivolò nella mia bocca, non riuscii a trattenere un piacevole gemito, che mi sfuggì dalla gola. Involontariamente, le mie dita afferrarono la sua cravatta, tirandolo ancora più vicino. In cambio, lui mi strinse al petto, approfondendo il bacio e facendo andare all'inferno tutti i pensieri razionali nella mia testa. *Questo per quanto riguardava la teoria di io-non-ho-bisogno-di-un-uomo ...*

Sentii le sensazioni a lungo dimenticate formarsi nella mia pancia e, per la prima volta in assoluto, non me ne fregava niente di niente se non di strapparmi di dosso i vestiti e realizzare la più sfrenata delle mie fantasie.

«*Magnifique*», sussurrò sulle mie labbra, interrompendo il bacio abbastanza a lungo da guardarmi negli occhi ancora una volta. Poi, le sue labbra tornarono sulle mie, e Dio solo sapeva quanto ero fottuta. Tutto ciò che volevo e di cui avevo bisogno ora era *lui ...*

«Vieni con me», dissi senza pensarci due volte.

I suoi occhi si scurirono e sentii il suo abbraccio stringersi.

«Venire con te?» ripeté le parole con un sorriso malizioso

incurvando gli angoli delle labbra. «Proprio adesso?»

Oh Dio, questo momento poteva diventare ancora più imbarazzante? Be' ... Chi diavolo se ne frega?

«Sì. Non è quello che volevi?» sbottai, facendo scivolare il palmo della mano sulla sua camicia fino alla cintura dei pantaloni. Ero abbastanza ubriaca da non pensare alle conseguenze del mio comportamento, e accidenti al mio sexy sconosciuto, ovviamente lui sapeva come farmi perdere il resto della razionalità della mia stupida mente.

«La cosa più importante è *que voulez vous, ma Belle de nuit?*» chiese, carezzandomi il mento con la punta delle dita.

«Voglio te», risposi, vedendo un sorriso trionfante che si allargava su tutto il suo viso.

«Farti urlare il mio nome per il resto di questa notte *c'est mon voeu le plus cher* — questo è il mio più caro desiderio.»

E così, la più stupida di tutte le mie decisioni era stata presa. Mandai all'inferno tutti i miei dubbi e seguii lo sconosciuto fino all'uscita, senza nemmeno cercare di resistere all'attrazione che mi attirava verso di lui. *Che diavolo mi stava succedendo?* Non volevo sapere la risposta.

Uscimmo nella strada buia e arrivammo ad una limousine nera, parcheggiata davanti alla porta sul retro del locale.

«Va bene?» chiese, facendo un cenno verso l'auto.

Non avrei mai pensato che sarei caduta così in basso da fare sesso sul sedile posteriore di una limousine, ma perché non potevo fare quello che desideravo così tanto, almeno per una volta? E almeno non era un furgone o un taxi.

«Sali», risposi, sorpresa di sentire una sfumatura ardente nella mia voce. Lo avrei persino pregato di portarmi lì e poi, se avessi dovuto. Per fortuna non era stato necessario.

Aprì la porta posteriore e mi tirò dentro, rudemente, avvolgendomi le braccia intorno alla vita, per non farmi cadere. Grazie a Dio, il sedile posteriore era abbastanza grande per fare quello che volevamo. Il mio corpo copriva il suo e solo in quel momento sentii quanto fosse duro ed eccitato.

«Sembra promettente.» Ridacchiai, sorpresa di sapere che mi ricordavo ancora come si flirtava. Dopotutto Jill aveva ragione: il mio corpo aveva un disperato bisogno di una bella scossa. Ma se non fosse stato per i quattro Margarita che avevano acceso puro fuoco nelle mie vene, dubitavo che sarei mai stata così disinvolta con qualcuno.

«Rallenta, *Chérie.* Voglio vedere il tuo bel corpo inarcarsi sulle mie lenzuola di seta.»

Voleva portarmi nel suo letto? Che diavolo era successo al sesso spontaneo? Non credevo di essere stata fuori mercato per troppo tempo; sicuramente non mi ero persa il momento in cui gli uomini avevano scelto gli obblighi rispetto alle avventure di una notte. O forse questo uomo in particolare preferiva fare sesso solo nel suo letto?

«Va bene, posso aspettare.» Annuii, sperando di non avere il singhiozzo; all'improvviso non mi sentivo più tanto bene.

Ci mettemmo seduti e risistemai il mio vestito che in qualche modo era riuscito a scivolare troppo in alto, esponendo buona parte dei miei fianchi.

«*J'adore la lingerie noire*», mormorò, facendo scivolare la mano sulla mia gamba e sulla coscia, stringendola leggermente.

«Tutti gli uomini adorano la lingerie nera.» Potevo vedere il desiderio nelle sue iridi blu. Solo in quel momento, diedi una seconda occhiata all'uomo al mio fianco. I suoi capelli neri avevano un'onda naturale, anche se non sembravano disordinati, piuttosto troppo pettinati. Scommetto che aveva passato molto tempo a combattere con i ricci. Istintivamente, allungai una mano e passai le dita tra i suoi capelli, sorridendo per il modo in cui i suoi occhi si oscurarono alla mia vicinanza. Le nostre labbra erano a pochi centimetri di distanza, ma non volevo baciarlo; Volevo intensificare il desiderio che sentivamo entrambi. I miei occhi percorsero il suo viso, gli zigomi alti, il mento volitivo, e si fermarono sulle labbra carnose che, lo giuro, erano fatte per far impazzire le donne.

Mi avvicinai e lui mi avvolse un braccio intorno come se avesse paura che scappassi. Alla fine, la quantità di alcol nel mio sangue aveva preso il controllo su di me e sui miei desideri insoddisfatti. Appoggiai la testa sulla sua spalla e chiusi gli occhi, sperando che qualche minuto di pace e tranquillità sarebbe stato sufficiente per scacciare la mia sonnolenza.

Non notai il momento preciso in cui mi addormentai, ma quando mi svegliai dopo quelli che mi sembrarono pochi secondi, ero sdraiata su un letto enorme, abbracciata ad un cuscino di seta marrone scuro; il mio vestito era sparito ...

Aspetta, ma cosa ...?

Mi sedetti bruscamente sul letto e mi guardai intorno freneticamente.

«Hai dormito bene?» chiese la voce familiare.

Mi voltai alla mia destra e vidi il mio bellissimo sconosciuto appoggiato su un gomito che mi sorrideva dolcemente.

«Dove siamo?» chiesi, cercando di ricordare il momento in cui mi ero sbarazzata dei miei vestiti. *Non ero così fortunata. Dannazione ...*

«A casa mia», rispose, accarezzandomi l'anca con il dorso della mano.

«Da quanto tempo sono qui?»

«*Ce n'est rien.*»

«Certo che importa!» Mi avvolsi un lenzuolo stretto intorno e saltai giù dal letto, cercando il mio abito. Era appoggiato su un piccolo divano vicino alla porta, con le mie scarpe accanto.

«Cosa pensi di fare?»

«Non è ovvio? Mi sto vestendo», scattai, lottando con la zip sulla schiena. Non mi importava davvero di stare quasi nuda di fronte ad un uomo di cui non conoscevo nemmeno il nome. *Cristo, non mi ero nemmeno degnata di chiedere il suo nome? A quanto pare, il mio corpo non aveva bisogno di saperlo.*

«Perché te ne vai?» chiese, un po' sorpreso.

Riuscii a malapena a trattenere una risata sarcastica. «Non è quello che ti aspettavi da questa notte: una sveltina e *au revoir, ma belle*?»

Mi guardò con un sopracciglio corrugato, ma non disse nulla. Ora, era seduto sul suo letto con le braccia incrociate, e non potevo non notare quanto fosse dannatamente bello; come il più allettante dei sogni che si avvera. Peccato, non ricordavo nulla della nostra piccola avventura.

Margarita del cazzo ...

«Non preoccuparti, troverò da sola la strada per uscire», dissi, infilandomi le scarpe. La testa mi girava un po', ma non era il momento migliore per pensarci; dovevo andarmene e il prima possibile.

«È stato un piacere conoscerti, *ma Belle de nuit.*»

Mi voltai e vidi un lento sorriso curvare gli angoli delle labbra più belle e succulente che avessi mai visto.

«*Pareillement*», risposi in francese. «*Anche per me.*»

«Siamo a due ore dalla città. Sei sicura di non aver bisogno di un passaggio?»

Mi stai prendendo in giro ...

«Due ore? A circa 125 miglia da New York!»

Alzò le spalle come se la distanza non significasse nulla.

«Sei fuori di testa?»

«Perché sei così arrabbiata?»

«Mi hai portata qui senza nemmeno chiedermi se volevo allontanarmi così tanto dalla città.»

«Sembrava che non ti dispiacesse», rispose lui con calma.

Che maiale...

«Ottimo.» Sorrisi ironicamente e aprii la porta della camera da letto, insultandolo mentalmente. Poi sbattei la porta dietro di me e andai verso l'ingresso principale che si apriva proprio nella fredda notte. Imprecando per quella che mi sembro la centesima volta consecutiva, non mi presi nemmeno la briga di voltarmi a guardare la casa dove avevo passato ... Dio, non sapevo nemmeno che ora fosse!

Guardai il cielo pieno di stelle splendenti e qualcosa di dolorosamente familiare si insinuò sotto la mia pelle. *Delusione.* E odiavo quella sensazione. Soprattutto se ero delusa da me stessa ...

Una delle migliori pubbliciste di New York e una perfezionista senza speranza, odiavo quando le cose non andavano bene. Potevo lavorare senza sosta; il mio lavoro era il mio unico amore da *molto tempo.* Tuttavia, non mi era mai importato dell'assenza di ciò che la gente chiamava *vita personale.* Fino ad oggi ...

In qualche modo, guardare Jillian ballare e ridere solo poche ore dopo la fine di un'altra storia d'amore fallita mi aveva fatto capire quanto fosse stata miserabile la mia vita. Avevo solo venticinque anni, ma a differenza di altre ragazze della mia età, avevo perso con successo la maggior parte della mia giovinezza, lavorando e facendo del mio meglio per soddisfare le aspettative dei miei genitori.

La mia migliore amica era una persona così affascinante e sempre positiva; a volte mi sentivo come un'aliena, che aveva fatto irruzione nel suo mondo perfetto dove tutto, inclusa la rottura di una relazione, poteva trasformarsi in una festa senza fine. Forse quella era la ragione principale del mio improvviso amore per il Margarita, che ne ero certa, non avrei mai più bevuto.

Scossi la testa, facendo scorrere le mani sulle ciocche disordinate dei miei capelli, e mi resi conto che l'ambiente circostante non sembrava più così spaventoso. I primi raggi di sole filtravano tra le nuvole, aggiungendo più luce a tutto ciò che riuscivo a vedere, compreso il mio vestito stropicciato e le scarpe rovinate. Alla fine, pensai che sarebbe stato molto più facile camminare scalza, quindi mi sfilai i tacchi e continuai a camminare, sentendo con piacere il terreno fresco sotto i miei piedi nudi.

Non so quanto tempo passò prima di sentire il rumore di un'auto, che rallentava dietro di me, e la voce di un uomo che diceva: «Accetti contanti, tesoro?»

«Mi scusi?» Mi voltai, pronta a dare uno schiaffo a chiunque fosse seduto al volante quando le mie sopracciglia si alzarono per la sorpresa, e quasi sussultai, riconoscendo l'autista.

«Jeremy?»

«Scarlett? Oh, Dio ... Scusa, non sapevo fossi tu.» Rise piano, facendomi un cenno attraverso il finestrino aperto. «Sali in macchina!»

«Cosa ci fai qui fuori a quest'ora, di mattina presto?» chiesi, allacciando la cintura di sicurezza. Per quanto mi ricordavo, Jeremy viveva a pochi isolati da me.

«In realtà, stavo per farti la stessa domanda», disse, spostando lentamente gli occhi dal mio viso al mio vestito e ai piedi nudi.

«È una lunga storia.» Scossi la testa come se potesse aiutarmi a liberarmi dei ricordi della sera precedente. «Puoi portarmi a casa, per favore? Ho bisogno di una doccia e almeno tre tazze di caffè molto forte.»

«Okay.» Mi guardò di nuovo ma non disse nulla.

Jeremy era uno degli ex fidanzati di Jill, ma a differenza

sua, io non avevo mai pensato che fosse un cretino. Ero sicura che fosse un bravo ragazzo, sicura che gli piacessero tette e curve. A quale uomo non piacevano tette e curve? Ma questo non significava che non fosse un tipo gentile e ben educato.

«Non devi essere al lavoro oggi?» chiese dopo alcuni istanti di silenzio.

«Sì. Perché?»

«Sono le sei e mezza del mattino», rispose, indicando il cruscotto. «Pensavo dovessi essere in ufficio per le otto.»

«Oh, no!» gemetti, chiudendo gli occhi. «Il lunedì deve sempre fare così schifo?»

Capitolo 2

Ovviamente non avevo il tempo di tornare a casa. Chiesi a Jeremy di portarmi in ufficio, dove tenevo un set di emergenza di vestiti e scarpe con cui fui più che felice di cambiarmi.

Essendo il capo del dipartimento di Pubbliche Relazioni della *Wilson's Publicity*, avevo un ufficio mio e persino una segretaria il cui lavoro quotidiano mi faceva uscire dai gangheri. Non che Stevie non mi piacesse, ma poteva essere una vera rompiscatole

Stevie era una donna onnisciente sulla cinquantina che in qualche modo era sicura di essere qui non solo per organizzare la mia agenda, ma anche per dare consigli su ogni passo che facevo. Non mi importava della sua schiettezza quando si trattava del mio lavoro, ma cercavo sempre di ignorare il resto delle sue *lezioni di vita*. A volte mi scusavo semplicemente e lasciavo l'ufficio, dicendo che avevo bisogno di una boccata d'aria fresca perché anche nascondermi *in* ufficio non poteva salvarmi da qualunque discorso lei avesse preparato per quel giorno.

Guardai il mio riflesso nello specchio e feci una smorfia. Vidi i miei occhi che di solito erano blu, scuriti dalla nottata. Sono magra, con curve appena sufficienti per mostrare il fatto che il mio corpo è femminile. Ma oggi, anche una costosissima gonna avorio con una giacca abbinata non poteva nascondere le tracce della mia terribile notte. I miei riccioli biondi sembravano essere stati trascinati da un camion attraverso il Queens, e la mia smorfia tornò al pensiero di quello che era realmente accaduto. Percepivo ancora l'odore della tequila dei Margarita e della colonia del francese sulla mia pelle. Mi sentivo malissimo.

Come diavolo era possibile che non ricordassi niente di quello che era successo dopo che ero svenuta in quella dannata limousine? E se quell'idiota francese mi avesse fotografato? O peggio, avesse girato un video di quello che avevamo fatto insieme nel suo letto? E se lo avesse pubblicato su uno di quei siti Web di video in cui qualsiasi sfigato che avesse un cellulare con una fotocamera poteva pubblicare un video? Oh, Dio ...

«Questo non sta accadendo, questo non sta accadendo!» Continuavo a ripetermi, cercando di rilassare il viso sperando di farlo sembrare almeno un po' meglio.

«Buongiorno, Mrs. Wilson!»

Cavolo, trasalii sentendo il saluto di Stevie.

«Buongiorno!» risposi da dietro la porta chiusa.

«Tutto okay?» chiese preoccupata, entrando senza bussare. Come sempre, era meravigliosa, indossava un abito verde scuro con una sottile cintura dorata, che delineava la sua vita stretta. Nonostante l'età, quella donna ovviamente sapeva come mantenersi in buona forma.

«Sì, sono stata sorpresa dalla pioggia», risposi, pettinandomi i capelli.

Guardò scettica fuori dalla finestra e sorrise leggermente. «Capisco. Vuole una tazza di caffè?»

«Sarebbe fantastico. Grazie.» Forzai un sorriso e sedetti alla scrivania, cercando di ricordare quali programmi avevo per la giornata. Tuttavia, Stevie era ancora lì, con quell'espressione irritante, per dirmi che mi mancava qualcosa.

«Cosa?» chiesi, sperando di non avere il mascara sotto gli occhi.

«Ha ... qualcosa ... proprio qui», disse, indicandomi il collo. Tornai allo specchio e scostai i capelli per vedere di cosa stesse parlando.

Ed eccolo lì, un succhiotto rosso brillante che in qualche modo mi è sfuggito quando avevo cercato di truccarmi. *Dannazione, maledetto francese...*

«Deve essere un'allergia», dissi, cercando di sembrare calma, anche se il sangue cominciava a ribollire, e l'unica cosa che volevo fare adesso, era prendere a pugni qualcosa o meglio *qualcuno.*

«Non sapevo che avesse delle allergie», commentò Stevie, continuando a sorridere astutamente. «A cosa?»

«Cioccolato», dissi, fingendo di leggere un giornale.

«Certo.» Aspettò ancora qualche secondo, ma io non volevo che questa conversazione proseguisse, e ovviamente lei recepì il mio messaggio silenzioso e se ne andò, chiudendosi silenziosamente la porta alle spalle.

Mi appoggiai allo schienale della poltrona e sgridai mentalmente me stessa per essere stata così incredibilmente stupida. C'era solo una persona in grado di farmi tornare in me; quindi, premetti il pulsante rosso sul mio telefono e chiesi «Stevie, hai visto Jillian?» Lavorava come segretaria di mio padre, quindi anche al lavoro avevo la mia migliore amica con cui parlare.

«Sì. Mrs. Murano è arrivata circa un'ora fa.»

«Perché così presto?»

«Ha un nuovo capo da incontrare oggi, ricorda?»

«Oh, giusto. Grazie.»

Mio padre stava per dirigere una nuova filiale della nostra azienda a Los Angeles; quindi, doveva trovare qualcuno che prendesse il suo posto qui. Sfortunatamente, io non ero un'opzione, dal momento che lui e mia madre pensavano ancora che fossi troppo giovane per quell'incarico. Era un po' offensivo, ma amavo molto il mio lavoro, ed ero sicura di avere ancora un'intera vita per dare ordini e strapazzare le persone perché non li seguivano. Trovai un fazzoletto azzurro, me lo misi al collo e andai a trovare Jill.

Come sempre, la mia amica era impegnata a lavorare. Aveva un sacco di fogli sparsi su tutta la scrivania e il suo telefono stava squillando.

Inoltre, come sempre, Jill era meravigliosa, anche dopo una notte al club, a festeggiare e a bere, con i lunghi capelli scuri che le ricadevano sulla schiena in riccioli perfetti su cui penseresti che passasse ore per pettinarli quando probabilmente li arruffava, spruzzava un po' di lacca e correva fuori dalla porta. Aveva gli occhi castano scuro che sorridevano quasi sempre tranne che questo momento, quando era frustrata dal telefono che squillava. Durante la crescita Jill era sempre stata piccola e magrolina. Ma ora era sbocciata in una bellissima donna con le curve al posto giusto come una modella sulla copertina del catalogo di Victoria's Secret.

«Brutta mattinata?» chiesi, sedendomi di fronte a lei.

«Brutta non inizia nemmeno a definirla, cazzo», rispose, lasciando cadere una pila di fascicoli sul pavimento. «Cavolo! Se sarò ancora viva entro la fine della giornata, lo giuro, ricomincerò ad andare in chiesa.»

Ridacchiai, sapendo quanto la mia amica odiasse andare in chiesa. I suoi genitori erano cattolici praticanti e, da piccola, le avevano attraversare tutte le fasi per diventare una vera cattolica, a partire dalla scuola domenicale alle preghiere quotidiane da recitare la sera.

«Vivere da soli ha molti vantaggi, giusto?» dissi, guardando distrattamente tra le carte sulla sua scrivania.

«Dannatamente vero.» Sospirò e si lasciò cadere sulla poltrona, stropicciandosi gli occhi. «Non ho proprio chiuso occhio la notte scorsa.»

«L'avevo già capito.»

Alla fine, mi guardò e si accigliò, osservandomi attentamente. «Vestiti di emergenza, i capelli sono un disastro, il trucco di ieri sera. Cosa dovrebbe significare?»

«Il trucco è fresco.»

«Non importa.» Incrociò le braccia, ridacchiando. «È finalmente successo?»

«Successo cosa?»

«Ti sei scopata qualcuno?»

Alzai gli occhi al cielo. «No.»

«Okay. Qualcuno ti ha scopata?»

Scoppiai a ridere. «Perché devi essere sempre così dannatamente sboccata?»

«Rispondi alla mia domanda, Scar!»

La mia risata morì nel momento in cui i ricordi della notte scorsa balenarono nella mia mente. «Non lo so.»

Rimase a bocca aperta come se non sapesse cosa dire, e quella fu probabilmente la prima volta che vidi Jillian senza parole.

«Ma che diavolo ...?» chiese lentamente, continuando a perforarmi con il suo sguardo castano scuro. «Cosa *vuoi dire che non lo sai*? È stato troppo veloce? Troppo lento? Il suo drago era troppo corto? O era troppo buio nella stanza e non sei riuscita a capire che ti stava scop-»

«Uh, per favore, Jill. Smettila!» Tagliai corto e presi un pezzo di carta dal suo tavolo, iniziai a tracciare dei cerchi invisibili, cercando di trovare una spiegazione più o meno comprensibile delle cose che, a dire il vero, non sapevo come spiegare.

«Sto solo cercando di capire cosa sta succedendo qui», disse, allargando le braccia.

«Siamo in due», dissi piano e abbassai gli occhi per evitare di incontrare il suo sguardo penetrante.

«Okay. Partiamo appunto dall'inizio. Ricordo di averti lasciata al bar e poi ti ho vista parlare con un tizio dai capelli scuri. Che cos'è accaduto dopo?»

«Mi ha baciata.»

«Wow! È stato veloce.»

«Senti chi parla!»

«Okay, non importa. E?»

«E poi ho detto che lo volevo.» Sentii le guance avvampare. Non che fossi vergine ovviamente, ma mi sentivo ancora così dopo quasi un'eternità di nient'altro che giornate fatte di lavoro e casa, senza una vita amorosa di cui parlare.

«Porca puttana! Non posso crederci che tu l'abbia detto! Sei sicura che non eri ubriaca?»

«È questo il punto. *Ero* ubriaca. Forse anche *molto ubriaca*, perché non ricordo niente di quello che è successo dopo che siamo saliti nella sua limousine.»

«Oh, no, piccola. Questo non va bene.»

«Lo so.»

«Usi un contraccettivo?»

«Sì.»

«Okay, almeno non resterai incinta», disse, suonando sinceramente sollevata per me.

«Non mi stai aiutando, sai? E se avesse scattato delle foto o fatto un video di ciò che non riesco nemmeno a ricordare?» chiesi freneticamente, ricordando le mie precedenti preoccupazioni sui video e su Internet.

«Lui come si chiama?»

«Non lo so.»

Le sopracciglia di Jill si alzarono per la sorpresa. «Be', il sesso "senza nome" può capitare. Ma almeno ... sai dove abita?»

«Penso di poter trovare le indicazioni, ma i ricordi del luogo sono vaghi. E per favore, non guardarmi come se cose del genere non ti fossero mai successe.» Il suo naso arricciato e la fronte corrugata, mi facevano sentire ... Be', una troia.

«Mai.»

«Stai scherzando? Ricordi tutti quelli con cui sei andata a letto?» chiesi dubbiosa.

«E invece sì. Ho anche i loro indirizzi e numeri di cellulare», disse, con aria compiaciuta.

«Per quale motivo?»

«Be', chi lo sa? Forse un giorno uno di loro comincerà a mancarmi?» Si mise a ridere.

«Sei senza speranza.»

«Non così disperata come te. Guardati! Hai passato quasi sette anni a vivere come una suora e ora scopro che hai trascorso una notte con un tizio di cui non ricordi nemmeno la faccia.»

«In realtà, ricordo la sua faccia.» Era difficile non ricordarla. Non importa quanto odiassi quell'uomo, dovevo ammettere che sembrava una caramella.

«Bene. Il che significa che non ti innamorerai del suo fascino se mai lo vedrai di nuovo.»

Il telefono di Jill squillò e io mi alzai in piedi per lasciarla tornare al lavoro quando qualcosa attirò la mia attenzione.

«No, lui non è qui. Non ancora», disse al telefono. «Sì, ti farò sapere quando arriverà.»

«Chi è *Dominique Altier*?» le chiesi non appena terminò la conversazione. Il nome era scritto in francese e il mio cuore perse un battito nel leggerlo. Avevo sempre saputo che il karma era uno stronzo, ma non avrei mai pensato che avrebbe fatto del suo meglio per complicarmi così tanto la vita.

«Il mio nuovo capo», disse Jill, indicando il vecchio ufficio di mio padre.

«Non sapevo che volesse uno straniero al suo posto.»

Qualcosa sembrava così sbagliato nel nome.

«Dominick non è solo uno straniero. È lo squalo degli squali nel settore della pubblicità. Credevo lo sapessi Era qui l'anno scorso, alla presentazione di un nuovo progetto che abbiamo realizzato per *Cartier*.»

«Ero a Los Angeles in quel momento.»

«Oh, giusto. Ebbene, lo vedrai tra circa ...» guardò l'orologio, «tra mezz'ora».

«Non vedo l'ora», borbottai distrattamente, mentre rimettevo il foglio con il nome sul tavolo.

«Ehi, stai bene?» chiese la mia amica, preoccupata. «Forse ti conviene andare a casa e dormire un po'.»

«No, sto bene. È solo che non sapevo che avrei dovuto lavorare fianco a fianco con un altro francese.»

«Un altro francese?»

«Non importa. Ci sentiamo più tardi.»

«Okay.» Jill annuì e tornò alla sua scrivania.

L'odore del caffè mi fece venire l'acquolina in bocca. Nel momento in cui entrai nel mio ufficio, vidi una grande tazza di una tazza fumante che stavo morendo dalla voglia di bere dal momento in cui mi ero svegliata nel letto di quel dannato sconosciuto.

«Pensavo che avesse bisogno di un caffè lungo», disse Stevie, facendo un cenno alla tazza.

«Avevi ragione, come sempre.» Presi la tazza e inspirai profondamente, dicendo «Dio benedica chi ha scoperto il caffè.» Poi ne bevvi un sorso e il mio corpo accolse grato il liquido ardente, che lavava via ogni guaio della mia mattinata.

«*Magnifique*», dissi quasi in un sussurro, ricordando la parola udita ieri sera. Risvegliò quella strana sensazione nella mia pancia che pensavo non avrei mai più sentito. E di nuovo, pensai a quanto mi dispiacesse che le cose con lo sconosciuto non fossero andate bene. Una parte di me lo desiderava ancora ...

Chiusi gli occhi con fermezza, sperando di far sparire le immagini di lui che mi baciava così appassionatamente. Uh, se solo il potere della mia persuasione non fosse stato così debole.

«Le serve qualcos'altro?» chiese Stevie, riportandomi alla realtà.

«No, grazie.» Vuotai la tazza in pochi sorsi e gliela restituii. «É il momento di lavorare.»

«Tra poche ore ha un incontro con il nuovo capo dell'azienda. E Mr. Larson ha chiesto di essere richiamato il prima possibile.»

«Lo farò subito. Trovami il suo numero, per favore.»

Stevie annuì e lasciò l'ufficio, lasciandomi sola con il mio tumulto mentale e tonnellate di lavoro.

Circa due ore dopo ero esausta come sempre, e nessuna quantità di caffè poteva salvarmi dall'addormentarmi, ma non volevo certo appisolarmi mentre incontravo il nuovo capo dell'azienda; non sarebbe sembrato corretto. Chiusi a chiave la porta e chiesi a Stevie di non passarmi nessuna telefonata. Il divano sembrava così accogliente, morbido e confortevole. Mi tolsi le scarpe e mi sdraiai, sperando che qualche momento di pace e tranquillità mi aiutasse a trovare la forza per vivere il resto della giornata.

Sfortunatamente, il mio paradiso non durò a lungo. Dopo pochi minuti, ricevetti una telefonata da mio padre che mi diceva di volermi presentare il nuovo capo dell'azienda. Così mi alzai, assicurandomi di sembrare più o meno presentabile, e andai ad incontrare *Mr. Francese.*

Nel momento in cui aprii le porte della sala riunioni, l'aroma familiare della colonia mi bruciò le narici. Sentii il mio cuore finire sotto i piedi.

C'erano circa due dozzine di persone nella stanza, ma stavo cercando un viso in particolare.

«Scarlett, Raggio di sole, eccoti qui!»

«Ciao, papà», salutai mio padre, abbracciandolo.

«Stai bene? Sembri un po' pallida.» Mi guardò dalla testa ai piedi e chiese con calma «C'è troppo lavoro? Hai bisogno di prenderti qualche giorno di ferie?»

«No, papà. Sto bene, davvero. Solo una notte insonne.»

«Okay. Ma fammi sapere se vuoi fare una pausa. Non voglio che tu svenga per la stanchezza nel bel mezzo del tuo ufficio.»

«Non accadrà», lo rassicurai, forzando un sorriso.

«Bene. Ora, lascia che ti presenti Mr. Altier. Sono sicuro che voi due andrete d'accordo.»

E poi, vidi il diavolo che aveva tormentato la mia ultima notte insonne e quella mattinata infernale e mi confuse il cervello con un mix di emozioni agrodolci, in piedi lì in tutta la sua gloria vicino ad una delle finestre da cui volevo disperatamente saltare giù.

«Dominick, ecco la donna di cui ti ho parlato così tanto», disse mio padre, facendo concentrare l'attenzione del nostro ospite su di me. «Il sole della mia vita, mia figlia Scarlett.»

Qualcuno mi uccida, adesso, pensai tra me e me, fissando i familiari occhi azzurri. Alla luce del giorno, sembravano ancora più ipnotizzanti. *Dannazione ...*

Non ero l'unica persona sbalordita da questo secondo incontro inaspettato. Anche *Mr. Altier* restò completamente scioccato per quella che sembrò un'eternità, poi tornò il suo solito sorriso compiaciuto e prese la mia mano nella sua, posando un dolce bacio sul dorso del mio palmo.

«*Enchanté,* Mrs. Wilson.» I suoi occhi incontrarono i miei e pensai che non sarei mai più stata in grado di parlare, quando lui disse «Ci siamo mai incontrati prima? Il suo ... *viso* sembra così familiare.»

Davvero, Sherlock?

«Non credo», risposi, sfilando la mia mano dalla sua. «Piacere di conoscerla, *Mr. Altier.*»

«Per favore, chiamami Dominick. I nomi di battesimo sono molto più facili da ricordare», commentò con quel dannato sorriso che avrei voluto scacciare dalla sua faccia compiaciuta. «Soprattutto quando finalmente sai il nome di qualcuno.» Aveva abbassato la voce, quindi ero l'unica persona a sentirlo. Con mia grande delusione, mio padre era impegnato a parlare con qualcun altro e non avevo altra scelta che continuare a parlare con il diavolo.

«Siamo così felici di averla di nuovo qui, signore», disse uno dei miei capi reparto, venendo verso di noi. «Faremo del nostro meglio per rendere il suo soggiorno qui indimenticabile.»

«Senza dubbio.» Dominick sorrise, guardandomi di nuovo. «Non sei felice di sapere che avremo finalmente la possibilità di ... *lavorare* insieme, Scarlett?»

Gli rivolsi uno degli sguardi più malvagi di cui fossi capace, gli sorrisi dolcemente e risposi, «Certamente. Peccato non esserci stata l'ultima volta che sei venuto qui. Ci saremmo conosciuti molto meglio.»

Il suo sorriso diabolico si allargò. «Adoro creare nuove connessioni.» In un sussurro, aggiunse «Inoltre, l'ultima volta che sono *venuto,* eri l'unica persona a poterlo testimoniare.»

Che coglione ...

Ricambiai il suo sorriso, dicendo «Spero che questa volta sarai in grado di tenerti addosso i pantaloni.»

«In realtà spero di non farlo.» I suoi occhi scivolarono sul mio fazzoletto e sussurrò «Scusa se oggi ti ho fatto nascondere il tuo bel collo. In un certo senso mi manca ammirarlo.» Poi sfiorò la mia mascella con la punta delle dita e toccò la seta, avvicinandosi. «Sei stata così esigente ieri sera, non ho potuto fare a meno di ricambiare con la stessa passione.»

Grazie a Dio, nessuno poteva sentire la nostra conversazione, perché ero sicura di non essere mai stata così mortificata in vita mia. Deglutii a fatica, sentendo un'ondata di eccitazione che mi attraversava, e sibilai, guardando Dominick dritto negli occhi «Tieni le tue mani lontane da me.»

«Oppure?»

«Oppure mi assicurerò che tu sia fuori da questa compagnia entro domani mattina.»

«A quel punto, *Raggio di sole*, ho intenzione di ottenere ciò che mi sono perso stamattina.»

«E cosa sarebbe?» Incrociai le braccia in modo da non avere la tentazione di dargli uno schiaffo in faccia. Scommetto che sapeva quanto lo desiderassi.

«Un bacio del buongiorno», disse, guardando le mie labbra. «Un bacio profondo, sensuale e strabiliante.»

«Solo nei tuoi sogni», sibilai a denti stretti.

«Nei miei sogni, stiamo facendo molto di più, *ma Belle de nuit.*»

«Smettila di chiamarmi così! Non sono tua e non sono ...»

«Ieri sera sembravi esattamente come una bouganville nel deserto», mi interruppe, scostandomi i capelli dal viso. «Con addosso quel vestito viola e le scarpe color smeraldo, non lo dimenticherò mai.»

«Vaffanculo, *Mr. Altier.* Sono qui per lavorare e non permetterò né te né a nessun altro di rovinare la mia carriera. Sono stata chiara?»

«Hai sicuramente un grosso problema di chiarezza, Scarlett. Se la memoria non mi inganna, prima hai detto che non volevi venire a letto con me e pochi minuti dopo volevi che venissi con te, proprio in mezzo al locale.»

Se solo gli sguardi potessero davvero uccidere, sarebbe morto in men che non si dica, perché in quel preciso momento ero pronta a rinunciare a tutto, inclusa la mia dannata carriera solo per sprofondare nel pavimento e non vederlo mai più.

«Buona giornata, stronzo», dissi prima di girare sui tacchi e andare a sedermi accanto a mio padre.

Per me, le parole di Dominick significavano guerra, e in silenzio gli auguravo buona fortuna, perché il bastardo ovviamente non aveva la più pallida idea con chi stesse scherzando.

Non scherzare con Scarlett Wilson!

Capitolo 3

Dominick

Ero seduto al tavolo delle conferenze, a guardare Scarlett; l'unico pensiero nella mia mente era trascinarla fuori dalla stanza e baciarla appassionatamente. E forse non solo baciarla ...

La sera precedente non si poteva definire una delle mie migliori serate. Avevo avuto una giornata molto lunga e impegnativa, alcune conversazioni precedenti mi stavano davvero facendo incazzare e avevo avuto un incontro molto spiacevole con mia sorella che era la persona più testarda del mondo. I miei genitori e mio fratello minore, Oliver, si erano trasferiti negli Stati Uniti da circa dieci anni, ma Josseline ed io amavamo troppo la Francia per seguirli. E ora, lei mi odiava per essermi trasferito negli Stati Uniti e per averla trascinata con me, perché nostra madre non l'avrebbe mai lasciata vivere da sola a

Parigi. Non si fidava della *passione selvaggia per la vita* di Joss, come la chiamava lei. In altre parole, era preoccupata per mia sorella che saltava le lezioni al college e passava ogni notte con un nuovo ragazzo. Facevo del mio meglio per controllarla, il che peggiorava soltanto il nostro rapporto, ma ora, quando mamma e papà avevano iniziato a fare la stessa cosa, mi aveva incolpato di averla resa *prigioniera*. Era un'esagerazione, certo, ma comunque abbastanza vicina alla verità.

E così la sera prima, quando stavo per chiudere la giornata, mi fermai al *The Black Rose* per bere qualcosa. Quel locale mi piaceva; stavo tornando a casa e non era sovraffollato. Notai subito una bionda solitaria, seduta al bar. Per prima cosa, pensai che fosse solo un'altra ragazza noiosa, in cerca di un'avventura di una notte. Più mi avvicinavo a lei, più potevo vedere quanto fosse bella. Indossava uno dei vestiti più sexy che avessi mai visto, sembrava indipendente e disinteressata a tutto tranne che al suo drink; per un secondo pensai di sbagliarmi sulle sue intenzioni. Mi sedetti accanto a lei, anche se c'erano un sacco di sgabelli vuoti intorno al bancone e lontano da lei. Ordinando da bere, la osservai con la coda dell'occhio: occhi azzurri, perfettamente intonati ai miei, ombreggiati da lunghe ciglia; labbra carnose e un corpo fantastico.

«*Merci*», dissi, bevendo il mio drink.

«Francese», commentò con un sorrisetto, e io sorrisi tra me e me ricordando una volta in cui avevo effettivamente usato il mio francese per rimorchiare una ragazza americana. Ora era tutto un po' diverso. Avevo ventinove anni, ero un uomo di successo e non avevo bisogno di altro che di una strizzatina d'occhio per portare a letto la donna che volevo. Non il mio letto, ovviamente, era troppo sacro. Ma in qualche modo, ieri sera aveva dimostrato che anche quella regola poteva essere infranta dal potere della bellezza unito al desiderio irresistibile, rendendo la taglia dei miei boxer improvvisamente troppo piccola.

Dopo alcune frasi senza senso, mi resi conto che Scarlett non era il tipo di donna che pensavo. Ma non potevo lasciarla andare così facilmente. Un potere invisibile mi stava attirando a lei come una forza magnetica molto forte, e non riuscivo a combatterlo; quindi, lasciai che mi spingesse a flirtare con lei e alla fine a portarla a casa con me.

«Solo un altro secondo», dissi, bloccandole la strada quando stava per andarsene. Accostai le sue labbra alle mie con violenza, e il resto del club e il mondo scomparvero per me. C'era solo lei. Sprofondai nel suo profumo, nel suo calore e nel sapore di Margarita sulle sue labbra. E poi, all'improvviso, lei disse l'unica cosa che volevo sentire: *ti voglio ...*

Due semplici parole che bloccarono del tutto il mio pensiero razionale, e immaginai i suoi morbidi capelli sparsi su tutti i miei cuscini e il suo corpo che si muoveva tra le lenzuola di seta e capii che non la volevo altro che il mio letto. Salimmo nella mia limousine e dannazione, ci volle tutta la mia forza di volontà per non prenderla lì e subito, ma sembrava troppo perfetta per il sesso sul sedile posteriore, anche se di una limousine. Sembrava una donna con cui ogni uomo vorrebbe addormentarsi e svegliarsi, abbracciandola e facendo l'amore con lei, ancora e ancora. E sapevo esattamente di cosa stavo parlando ...

Pamela ed io eravamo pazzi l'uno dell'altra. Stavamo anche per sposarci; mi sentivo l'uomo più felice del mondo. L'unico problema era che lei era americana e non voleva assolutamente trasferirsi a Parigi. Dovevo sempre volare tra i due continenti solo per passare più tempo con lei. Una volta arrivai senza una chiamata e la trovai a letto con un altro uomo. Niente poteva essere peggio di questo. Ero devastato. Non emesi alcun suono. Lasciai la stanza, chiudendo silenziosamente la porta dietro di me e assicurandomi che la mattina dopo iniziasse con la foto di me che baciavo un'altra donna nello stesso ristorante in cui le avevo chiesto di sposarmi. Troppo crudele? Non credo proprio.

Da allora, cercai di evitare tutto ciò che mi avrebbe fatto provare di nuovo dei sentimenti. Cambiavo ragazza come un paio di guanti, presentandomi con una nuova ogni due settimane circa. Non andavo a letto con tutte, a volte uscivamo semplicemente insieme, posavamo per le foto e ognuno per la propria strada. Non avevo bisogno di nessuna di loro. Francamente, non sapevo di cosa avevo bisogno. Secondo le parole di mio fratello, mi serviva una donna capace di mettermi in ginocchio, ma avevo già lasciato che accadesse una volta, ed ero sicuro che fosse più che sufficiente per una vita. Per quanto riguarda il matrimonio, pensavo che sarebbe stata un'unione reciprocamente vantaggiosa con una donna intelligente, bella e molto interessata alle mie conoscenze, che sarebbe stata in grado di concepire e dare alla luce il mio erede. Suona troppo tipico per un bastardo senz'anima? Forse.

Fino a ieri sera, ero sicuro che non avrei mai permesso a nessuna donna di rimanere nella mia mente più a lungo della durata della nostra avventura sessuale. *Tanto per la mia autostima ...*

Nel momento in cui vidi Scarlett quella mattina, restai senza parole, sentendo i miei occhi spalancarsi. C'erano così tante domande e pensieri che mi attraversavano la mente, non sapevo cosa dire. Evidentemente lei aveva paura di trovarsi nella stessa stanza con me – testimone delle sue avventure notturne – e suo padre, che pensava sinceramente che fosse ancora la sua bambina. La sua espressione spaventata ispirò la mia natura diabolica e iniziai a prenderla in giro. Non vedevo l'ora di ripagarla per avermi lasciato; di solito, ero io che me ne andavo per primo. Volevo anche passare più tempo con lei e non mi sarei arreso così facilmente. *Amavo vincere e avevo pienamente intenzione di vincere con lei.*

«Crede che sia una buona idea, Mr. Altier?»

Sbattei le palpebre e fissai l'uomo alla mia destra. *Di cosa stava parlando?*

«La strategia promozionale di *Sky Television*.» Scarlett sorrise dall'altra parte del tavolo, ovviamente sapendo che i miei pensieri erano lontani dalla televisione o da qualsiasi altra cosa stesse succedendo intorno a me.

«Vorrei prima vedere un piano dettagliato», risposi. «Scarlett, saresti così gentile da esaminarlo con me? Forse domani?»

La sua faccia era impassibile, ma ero sicuro che non fosse così calma come fingeva di essere.

«Certo», rispose infine. «Sarò felice di aiutarti in tutto ciò di cui hai bisogno.»

Alzai le sopracciglia, piuttosto sorpreso di sentire la sua risposta. Non che non mi piacesse, anzi mi piacevano troppo quelle parole per trattenere un sorriso che lei prontamente ignorò.

«Sei davvero gentile», dissi per mantenere la sua attenzione almeno per qualche secondo in più.

«Farei qualsiasi cosa per la mia azienda.»

Anche andare a letto con il nuovo capo? Pensai.

«Anche se dovrò rinchiudermi in ufficio per il resto della mia vita», disse come per rispondere alla mia domanda mentale.

Annuii, sorridendo. «Consideralo fatto.»

Ci fissammo per alcuni istanti in silenzio, fino a quando suo padre concluse «Sono contento di lasciare l'azienda in buone mani.» Si alzò e sorrise con orgoglio alla figlia. Poi si rivolse a me: «Vorrei scambiare due parole con te, Dominick.»

Guardai un'ultima volta Scarlett, i cui occhi erano ancora su di me, e seguii suo padre nel mio nuovo ufficio.

«Volevo chiederti un favore, figliolo», disse Mr. Wilson, versandosi un bicchiere d'acqua.

«Certo. Di cosa si tratta, Stefan?»

«Voglio che ti prenda cura di mia figlia.»

Sentii le mie sopracciglia aggrottarsi per la confusione. «Che cosa intendi esattamente?»

«È una ragazza molto determinata, sai? Se ha un obiettivo, farà tutto il possibile e l'impossibile per riuscire. Ed è proprio questo che mi preoccupa.»

«Perché dovrebbe preoccuparti? Penso che sia una buona qualità.»

«Ed è positivo. Fino a diventare un'ossessione. E in questo momento, so che non c'è niente di più importante per lei di questa compagnia. Vuole dirigerla.»

«Ma io che ci faccio qui?» Mi sedetti su una delle poltrone e incrociai le braccia, osservando le diverse emozioni che attraversavano il volto di quell'uomo. Era evidente che amava moltissimo la sua unica figlia.

«È troppo giovane per assumersi così tante responsabilità. Voglio che si goda la vita. Per uscire di più, avere più amici, anche per avere un fidanzato. Dubito che sia mai uscita con qualcuno dopo quel ragazzo di Los Angeles. Era così pazza di lui che non avrebbe mai voluto trasferirsi a New York, ma mia moglie ed io non avevamo altra scelta che portarla con noi.»

Non pensavo di essere pronto a parlare degli ex fidanzati di Scarlett, specialmente con suo padre, ma a quanto pare Stefan non condivideva il mio disagio.

Proseguì dicendo «È troppo concentrata sul suo lavoro. Certo, sono orgoglioso di tutto ciò che sta facendo per la nostra azienda di famiglia, ma non voglio che mia figlia rimanga da sola se capisci cosa intendo.»

Dio, questa conversazione poteva diventare ancora più imbarazzante?

Mi mossi a disagio sulla sedia. «Vuoi che la aiuti a trovare un fidanzato?» chiesi, sperando che non fosse *quello* lo scopo della nostra conversazione.

«Be', ho pensato che forse potresti presentarla ai tuoi amici in modo che abbia altre persone con cui parlare fuori da questo edificio.»

Che cosa avrei dovuto dire? Certo, Stefan, mi assicurerò che la tua Raggio di sole abbia qualcuno con cui pomiciare?

«Vedrò cosa posso fare», risposi, sperando che quell'uomo non mi costringesse a chiedere a sua figlia di uscire. Non che mi dispiacesse vederla fuori dal lavoro, ma sicuramente lui ed io lo immaginavamo in maniera diversa. Inoltre, odiavo gli appuntamenti galanti.

«Grazie, Dominick. Non sai quanto significhi per me. Forse quando avrai dei figli tuoi, potrai capire la mia preoccupazione per lei.»

«Forse», dissi solennemente.

Discutemmo ancora un po' del mio lavoro in azienda, e lui se ne andò, promettendo di venire al ricevimento per il ventitreesimo anniversario della società che avrebbe dovuto tenersi tra due settimane. A quel punto, dovevo capire come avvicinarmi di più a sua figlia e come non essere schiaffeggiato per averlo fatto. *Più facile a dirsi che a farsi ...*

Era ora di pranzo, così chiesi alla mia segretaria di ordinare qualcosa di commestibile e chiamai mio fratello che non vedevo da settimane.

«*Salut*, fratello! Come vanno le cose?»

«Oh, il diavolo in persona!» rispose, ridendo nella cornetta. «A cosa devo l'onore?»

«Sono tornato negli Stati Uniti e ho pensato che forse avresti voluto vedermi.»

«Sembri proprio la mia ex.»

«Quale?»

«Zitto, intelligentone. Diversamente da te, io non uso le donne solo per il sesso.»

«Davvero? Allora per cosa le usi?»

«Divertimento. Loro si divertono con me, io mi diverto con loro. E tutti sono felici.»

«Sei sicuro che condividano la tua felicità?» chiesi, scettico.

«Sì. Stabiliamo le regole prima dell'inizio del gioco.»

Scossi la testa, sorridendo. «Sei così pieno di merda!»

«Senti chi parla!»

Alzai gli occhi al cielo. «Va bene, so che questo *scambio di convenevoli* non finirà mai. Allora perché non trascini il tuo culo fuori dal letto e vieni nel mio ufficio? Forse vorrai finalmente unirti a me nel mondo del lavoro e trovarti un'occupazione.»

«*Jamais de la vie* — finché non avrò un piede nella fossa!»

«Buono a sapersi che ricordi ancora come parlare la tua lingua madre.»

«La pratico molto», commentò con una risata, e sapevo esattamente di cosa stava parlando.

«Ne sono sicuro», dissi. «Hai venti minuti per pranzare con me.»

Oliver aveva cinque anni meno di me. Aveva trascorso la maggior parte della sua vita da giovane adulto negli Stati Uniti. Gli ci erano voluti non più di due secondi per trasformarsi in un vero americano, ecco perché a volte sembrava che fossimo su una lunghezza d'onda diversa. Gli piaceva la musica e faceva del suo meglio per dimostrare a tutti, in particolare a me, che anche senza cravatta e un completo poteva avere successo. Bene, speravo davvero che un giorno le sue parole sarebbero diventate realtà. Per ora, ero sicuro che la sua *carriera musicale* gli portasse più piaceri fisici che soldi. Dopotutto, le ragazze erano sempre andate pazze per i musicisti dall'aspetto tosto.

«Il suo pranzo è qui, Mr. Altier», annunciò Jillian in

vivavoce. «Vuole che lo serva nel suo ufficio?»

«Si, grazie. E avrò un ospite, quindi servilo per due.»

«Naturalmente.»

«Oh, e un'altra cosa.»

«Sì?»

«Potresti chiedere a Mrs. Wilson di passare nel mio ufficio dopo che avrà finito di pranzare?»

«La chiamo subito.»

«Grazie.»

Perché avevo chiesto a Jillian di chiamare Scarlett? Non ne avevo la minima idea. Apparentemente, era un pensiero momentaneo della parte inferiore del mio corpo che desiderava ancora qualcosa che solo lei poteva darmi.

«Bene, bene», cantò Oliver, entrando nel mio ufficio circa un'ora dopo. «Sei proprio tu, Dom», disse, guardandosi intorno. «Non sei stufo di poltrone in pelle, librerie infinite e tende pesanti? Fuori è il ventunesimo secolo, te ne rendi conto?»

«Piacere di vederti anche per me», dissi, andando ad abbracciare mio fratello. Se non avessi saputo che eravamo stati cresciuti dagli stessi genitori, non avrei mai creduto che fossimo davvero fratelli. A differenza di me, Oliver ha preso la maggior parte dei lineamenti da nostra madre. Avevamo la stessa altezza, ma i suoi capelli erano color sabbia e aveva gli occhi color miele.

«Non ho avuto il tempo di cambiare le cose. Grazie per il promemoria», dissi.

«Quando vuoi.» Sorrise, sedendosi su un divano. Indossava jeans bianchi e una camicia marrone scuro portata fuori dai pantaloni, con le maniche rimboccate, che mostravano due sottili tatuaggi sulle mani. Per quanto mi ricordavo, uno di essi diceva *"Non me ne frega un cazzo"*, e l'altro *"Il mondo è mio"*.

«Allora, come ha reagito Joss alla notizia del tuo trasferimento qui?»

«Vuoi davvero sentirne parlare?»

«Non vedo l'ora», rispose, prendendo un croissant dal piatto.

«Cito le sue parole*: "Sei lo stronzo più arrogante ed egoista che abbia mai incontrato! Dio era ovviamente di umore di merda rendendomi tua sorella."*»

Oliver scoppiò a ridere. «È esattamente quello che mi aspettavo che dicesse. Starà a casa tua?»

«Grazie a Dio, no. Ha detto che avrebbe preferito vivere con mamma e papà. Anche se sono sicuro che si è pentita di quella decisione un milione di volte ormai.»

«Ci scommetto.»

«Allora dimmi, tu come stai? Stai ancora sveglio tutta la notte e ti addormenti verso mezzogiorno?»

«Mi conosci bene. Lavoro meglio di notte», confermò Oliver.

«Da quando hanno iniziato a chiamarlo *lavoro*?»

«Ah ah.» Fece una smorfia in risposta. «Lavoro molto. E non solo su tette e passere.»

«Me lo auguro.»

«Comunque, qual è il punto?» Mi guardò scettico.

«Il punto è che non puoi passare il resto della tua vita a sbaciucchiare ragazze e credere che sia okay.»

«Per favore, non ricominciare con questa lezione mortalmente noiosa. So cosa sto facendo e fidati, un giorno sarai molto orgoglioso di me.»

«Amen.»

Scosse la testa, dicendo «So di essere la pecora nera della nostra famiglia, ma sei un vero asino, e questo è cento per cento peggio. Quindi vaffanculo, Dom. Faresti meglio a seguire i tuoi stessi consigli e smetterla di chiacchierare. Gli uomini della tua età pensano ad avere una famiglia con piccoli mostri sorridenti, che corrono per l'ufficio e fanno a pezzi i tuoi ultimi contratti.»

Risi, dicendo «Credevo che saresti stata l'ultima persona a parlarne. Hai mai pensato al giorno in cui dovrai crescere e avere una famiglia tutta tua?»

«In realtà, ce l'ho.»

Per un momento rimasi senza parole. «Davvero?»

«Sì, perché? Potrei essere un giocatore irresponsabile ora, ma mi rendo conto che non durerà per sempre. Siamo tutti mortali. Quindi sì, so che un giorno il mio uccello smetterà di svegliarsi con i primi raggi di sole e dovrò accettare questa fottuta ingiusta verità della vita. Quindi smettila di guardarmi così. Posso essere un uomo perbene, sai?»

«Se lo dici tu.» Sorrisi, tagliuzzando il mio bacon. In realtà, ero più che felice di sapere che Oliver stava pensando al futuro. Forse lui non era una causa persa, dopotutto?

«Vuoi giocare a scacchi?» A differenza di tutto il resto, gli scacchi erano l'unica cosa su cui mio fratello ed io non avevamo mai discusso.

«Ti prenderò a calci nel sedere! Lo sai questo, vero?» disse sghignazzando. Non potevo fare a meno di ammettere che era bravo a scacchi e vederlo vincere una partita mi rendeva sempre orgoglioso di lui.

«Vedremo», replicai alzandomi per prendere una scacchiera.

Capitolo 4

Il mio pranzo stava per finire, ma avevo ancora pochi minuti per trovare il modo di vincere la partita.

«Fai schifo a scacchi, fratellone», disse Oliver, eliminando un altro dei miei pezzi.

Scossi la testa, deluso. «È colpa tua. Non avevo un degno

avversario a Parigi per perfezionare le mie capacità.»

«Ma ora sei qui e spero che riuscirai a trovare più tempo per gli scacchi e la tua famiglia. Alla mamma manchi da morire.»

«Sì, lo so. Non la chiamo da un'eternità.»

«Ho parlato con papà ieri sera e mi ha detto che voleva che venissi a cena sabato. Ci stai?»

«Certamente.» Fissai i miei pezzi sulla scacchiera. Non c'era modo di vincere questa partita.

«Mr. Altier?» Jillian ci interruppe, entrando nel mio ufficio. «Miss Wilson è qui.»

«Per favore, Jill, tieni queste merdose formalità per qualcun altro», disse Scarlett, seguendola. Nel momento in cui vide Oliver seduto di fronte a me, le sue guance si arrossarono. «Scusa, non sapevo che avessi un ospite», disse, sorridendo a mio fratello, che sicuramente non aveva bisogno del mio permesso per ricambiare il suo sorriso.

«E chi è questa adorabile creatura?» chiese lui nel suo solito modo da volpe furba, alzandosi per salutarla.

«Scarlett Wilson», lei si presentò, tendendo la mano che mio fratello non strinse, ma baciò. *Fottuto rubacuori cercava di essere un gentiluomo ...*

«*Enchanté, mademoiselle!*»

«Ah! Anche tu sei francese?»

«I tuoi giochi non funzioneranno con lei, Oliver», commentai, sorridendo.

«Il che significa che tu hai già provato ad usarli.»

Oliver mi lanciò un'occhiata dicendomi che pensava di poter giocare meglio di me. Quello che non sapeva era che non stavo esattamente giocando a questo punto. In realtà volevo conoscere Scarlett non solo per il sesso, ma per conoscerla davvero.

Scarlett ci guardò con un sopracciglio corrugato. «Siete fratelli?»

«Sembro davvero il fratello di questo stronzo?» Oliver fece un gesto con il pollice nella mia direzione.

«In realtà, sembri una copia più terrena di *Sua Altezza*», rispose, incrociando le braccia e guardandomi accigliato.

Alzai gli occhi al cielo. «Be', immagino che voi due abbiate qualcosa di cui parlare a mie spese.»

«Oh, ne sono sicura», disse *Miss Indipendenza*, sorridendo piacevolmente a Oliver, che era più che disposto a giocare a qualsiasi gioco lei avesse in mente.

«Ora, cosa volevi da me?» chiese, spostando la sua attenzione su di me. A differenza di mio fratello, fui benedetto solo con uno sguardo gelido.

«Dobbiamo davvero discuterne in presenza di Oliver?»

Lei fece un respiro profondo in modo, scommetto, da non insultarmi in risposta. «Non sono la tua segretaria e tu non sei il mio capo. Quindi la prossima volta che vuoi *parlare*, dovrai attraversare il corridoio e bussare alla mia porta. È chiaro?»

«E lei non si fa i scrupoli con te, Dom», disse Oliver, divertito. «Finalmente, hai qualcuno che ti mette a tacere», disse ridacchiando.

«Buono a sapersi che siamo sulla stessa lunghezza d'onda», commentò Scarlett, abbastanza soddisfatta di Oliver e di se stessa.

«Fammi sapere se vuoi vedere cosa c'è nella pagina successiva.» Le fece l'occhiolino.

Lei cercò di trattenere un sorriso, ma potevo vedere chiaramente che era più che felice di stringere con mio fratello un'alleanza *contro Dominick*.

«Ci penserò, *Olivier*», disse, pronunciando il nome di mio fratello alla francese.

«*Oh, lala*, sembra promettente.» I suoi occhi scivolarono lungo il corpo di lei e ora lui sembrava un gatto, che si leccava i baffi alla vista di un topo. «Dannatamente sexy.»

«Vi lascio soli?» chiesi con tutto il veleno che riuscii a mettere in quella domanda. Non so perché, ma non mi piaceva il modo in cui si comportavano l'uno con l'altro.

«Come desideri», rispose Scarlett, lanciandomi uno sguardo malvagio.

Aveva un aspetto dannatamente sexy, quindi probabilmente non avrei dovuto incolpare mio fratello per essere caduto anche lui preda del suo incantesimo. L'abito avorio delineava ogni sua curva, ricordandomi quanto fosse morbida e delicata la sua pelle liscia sotto le mie mani. Mi sentivo congestionato nei pantaloni. I nostri sguardi si fissarono per un momento, e forse me lo stavo solo immaginando, ma lo giuro, vedevo le ombre dei ricordi danzare nei suoi occhi. Poi lei e mio fratello si avvicinarono al tavolino con la scacchiera, lei socchiuse gli occhi e andò più vicino, guardando i pezzi dall'alto.

Sia Oliver che io la fissavamo confusi. Sapeva anche giocare a scacchi?

«Mio Dio, uno di voi due gioca davvero da schifo», commentò con un sorriso trionfante che le illuminava il viso. Spostò la torre di Oliver su tutta la linea. Ancora una volta, mi sorpresi a fissare le sue labbra e quasi mi lasciai sfuggire un gemito, fallendo miseramente nel riguadagnare il controllo del mio corpo e della mia mente.

«*Passez une bonne journée, messieurs* — Buona giornata, signori*», ci salutò, dirigendosi verso la porta.

«Scacco matto!» esclamò Oliver, con le sopracciglia alzate per l'incredulità.

«Che cosa?» chiesi, perplesso, ancora fissando la porta chiusa.

«Ti ha dato uno scacco matto, amico!» Scoppiò a ridere, battendo le mani. «Ora, questo è quello che io chiamo un vero e proprio calcio nel culo. *Amo* questa ragazza!»

Inspirai profondamente, cercando di non mostrare

quanto fossi incazzato. Riuscivo a malapena a trattenermi dall'inseguire Scarlett e darle una lezione su come ci si comporta. Ovviamente, aveva troppa fiducia in sé stessa.

«Mio, mio!» esclamò Oliver, guardandomi. «Lei sa come strofinartela in faccia e tu pensi ancora scioccamente che sarai in grado di gestirla.»

«È solo testarda e troppo sicura di sé. Posso gestirla», sbottai, tornando al mio tavolo.

«Continui a ripeterlo a te stesso», sorrise Oliver. «Il karma può essere un vero stronzo, giusto, fratello?»

«Stai zitto, cazzo. Non sono dell'umore giusto per i tuoi commenti di merda.»

«Il tuo umore era ottimo prima che lei entrasse. Mi spieghi cos'è successo? Ti ha scaricato?»

Non mi degnai nemmeno di rispondere e cercai di tenere tutte le emozioni lontane dalla mia faccia. Che Oliver poteva vedere attraverso la mia facciata.

«Oh, mio Dio ... Lo ha fatto!» esclamò, battendo le mani sul tavolo e fissandomi intensamente.

Era uno di quei momenti in cui volevo dare a mio fratello uno schiaffo sulla sua faccia compiaciuta.

«Porca puttana! Ora capisco perché ti sei trasformato in un pesce senza parole quando è entrata. Non hai idea di cosa fare con lei!»

«Ehi, perché non vai a casa e fai ... Non so, *qualcosa di utile*?» Ero davvero stanco di questo piccola riunione di famiglia.

«Sai una cosa?»

«Che cosa?» gli abbaiai contro o quasi.

«Ti terrà per le palle prima di quanto pensi. E, fidati, Dom, ti divertirai.»

«Qualcuno ti ha mai detto che cazzo di rompicoglioni sei?» dissi, fissandolo.

«Sì, l'ho sentito dire un paio di volte. Non cambia

assolutamente niente. *Ho* ragione e lo sappiamo entrambi.»

«Fuori di qui!» gridai, sperando che mi ascoltasse davvero. *Com'era possibile essere così dannatamente testardi?*

«Chiamami quando la tua vita perfettamente pianificata inizierà a cadere a pezzi», commentò, aprendo la porta, nemmeno minimamente offeso dalla mia scortesia; in realtà sembrava divertito. «Sarà un segnale che sei completamente fregato. Sai cosa voglio dire.»

Non appena la porta si chiuse dietro di lui, mi appoggiai allo schienale della mia poltrona e chiusi gli occhi, sospirando; la stanchezza travolse il mio corpo e la mia mente. Non riuscivo a pensare a nient'altro che a Scarlett: le sue labbra perfette che si muovevano sulle mie; il suo corpo appoggiato al mio; le sue palmi che si muovevano su e giù per il mio petto; il suo profumo che faceva impazzire le fantasie nella mia mente ...

Merda, sembrava che Oliver avesse ragione dopotutto: ero in un pasticcio di guai con questa donna, non riuscivo nemmeno a smettere di pensare a lei per un minuto.

A fine giornata, mi sentivo come se stessi per svenire da un momento all'altro. Il mio cervello si rifiutava di funzionare e avevo davvero bisogno di un bel pisolino lungo; da ieri sera, la mia stupida mente si rifiutava di tacere, e non avevo chiuso gli occhi nemmeno per un momento.

Mentre Scarlett era ancora lì con me, era semplicemente impossibile smettere di fissare la sua pelle cremosa, in contrasto con le mie lenzuola color cioccolato; i suoi capelli setosi che mi solleticavano la spalla e le sue labbra carnose così vicine alle mie. Stava dormendo profondamente e non vedevo l'ora che si svegliasse. Non avevo mai desiderato nessuna donna tanto quanto volevo lei. Era un po' brillo mentre cercavamo di raggiungere la mia camera da letto, ma comunque, ogni sua mossa sembrava così dannatamente inebriante, come se fossi ubriaco anch'io, non per l'alcol, ma per lei. Eravamo così impazienti; dubitavo di essermi mai spogliato così in fretta.

Quando finalmente ci infilammo nel mio letto, ero così eccitato che pensavo sarei esploso da un momento all'altro, deludendo lei e me stesso, ma riuscii a resistere. La sua mano scivolò lungo il mio stomaco e avvolse saldamente il mio membro, muovendosi lentamente su e giù. Il cuore iniziò a martellarmi nel petto e potevo sentire il suo battito veloce in tutto il corpo, rimbombare nelle mie vene e farmi smettere di respirare. Cazzo, era così incredibilmente bello. Lei alzò lo sguardo su di me ma non disse una parola, e mi chiesi per quanto tempo sarebbe riuscita a stare zitta con me dentro di lei, ma forse era solo una di quelle donne che taceva durante il sesso. Certo non mi succedeva spesso, ma una volta ogni tanto mi c'era una donna silenziosa durante il sesso.

Ero così agitato che riuscii a malapena a trattenermi dall'inchiodarla alle lenzuola con il mio corpo e mostrarle quanto volevo starle vicino; sciogliermi in lei e diventare tutt'uno con lei. Ma volevo che guidasse lei questo gioco. Non mi facevano un lavoretto manuale da molto tempo e, anche se non vedevo l'ora di fare molto di più, mi piacque moltissimo.

Mi chinai per posare dei piccoli baci sulla sua clavicola fino ai capezzoli induriti, che sembravano così dannatamente invitante. Nel momento in cui la mia lingua circondò un capezzolo, lei chiuse gli occhi, gemendo piano. Dannazione, anche solo quel suono poteva farmi venire. Il mondo intorno a noi sembrava surreale, come un sogno; un sogno da cui non ero pronto a svegliarmi.

Non sapevo cosa ci fosse di così diverso in questa donna in particolare, ma non mi ero mai sentito così bene con nessuna prima. Ero anche un po' terrorizzato, rendendomi conto che probabilmente sarei caduto a pezzi nelle sue mani e non l'avrei mai più rivista dopo aver finito. Non ero preparato per una sensazione del genere. Ero così sicuro che il sesso non sarebbe mai stato altro che una soddisfazione fisica che la mia improvvisa perdita di autocontrollo fu come una spruzzata di acqua fredda a metà gennaio. Dovevo avere qualcosa di sbagliato...

Era semplicemente impossibile tenere le mani a posto. Le avvolsi intorno alla sua vita, chiudendo la distanza tra noi abbastanza da succhiarle il collo. Era troppo tardi quando mi resi conto di aver lasciato un segno sulla sua pelle. Anche se non me ne pentii, nemmeno per un secondo. Volevo rivendicare ogni centimetro del suo corpo con le mie labbra, e lei sembrava così affamata di qualunque cosa stessi per fare.

Mi stava osservando da vicino, rispondendo ad ogni piccolo suono che emettevo, aumentando la velocità dei suoi movimenti o rallentando, come se potesse davvero leggermi nella mente, sapendo esattamente cosa volevo che facesse. Stavo per crollare quando le sue labbra si schiantarono sulle mie, stuzzicando la mia lingua con la sua, succhiando ed esplorando, come se non ne avesse mai abbastanza di me. Strinsi gli occhi, sperando di prolungare il momento, almeno per un po'. In qualche modo, sapevo che il mio paradiso stava per crollare in un milione di piccoli pezzi.

«Più veloce», sussurrai sulle sue labbra socchiuse, sapendo che non potevo più trattenere il mio desiderio. Il solo pensiero di venire sul suo ventre piatto mi rendeva ancora più difficile controllarmi.

Una tensione familiare iniziò a formarsi nei miei muscoli e sapevo che mi stavo lasciando andare troppo presto. Le succhiai il labbro inferiore, la mascella, il collo, cercando di assorbire ogni battito del suo cuore. I miei pensieri si offuscarono e sentii un'onda piacevole corrermi lungo la schiena fino al punto in cui la sua mano continuava a toccarmi. Venni con un basso gemito, sentendo un enorme muro invisibile di tensione cadere dalle mie spalle. Aprii gli occhi e vidi le sue iridi blu brillante che mi fissavano affascinate e.... sorpresa? *Non poteva essere la prima volta che costringeva un uomo a venire con una mano, vero?*

Mi sentii un po' stordito, la tirai più vicino per abbracciarla.

«Ti è piaciuto?» chiese con voce appena udibile.

Rispose con una risata tranquilla, «Molto.»

«Bene.»

«Bene?» Mi spostai un po' per vedere il suo viso, ma lei teneva la testa bassa e gli occhi chiusi.

Non volevo deluderla.

«Che cosa?» Sembrava così innocente, non potevo credere che fosse un diavolo affamato solo pochi secondi prima. «Non mi deluderesti mai», dissi, baciandole i capelli.

«E come fai a saperlo?» Non alzò lo sguardo e mi chiesi se stesse per addormentarsi.

«L'ho capito nel momento in cui ti ho baciato di nuovo al club.»

«Bene», disse di nuovo, e io sorrisi tra me e me pensando che era la prima volta dopo *anni* che non avevo voglia di scappare dopo che i miei bisogni sessuali erano stati soddisfatti.

Il respiro era regolare e anche senza vedere il suo viso sapevo che dormiva. Tolsi la mia mano da sotto la sua testa e la sostituii con un cuscino che lei strinse forte. Sdraiata a pancia in giù, sembrava così giovane e fragile. Mi appoggiai su un gomito, per guardarla. Non conoscevo nemmeno il suo nome, ma non riuscii a trattenere un sorriso: sembrava un angelo, ma potevo dire che era pericolosa. E accidenti, mi piaceva.

Si svegliò circa tre ore dopo, come se avesse paura di ritrovarsi nella mia stanza, nel mio letto. Non sapevo cosa pensare del suo improvviso cambiamento di umore. Se ne andò così in fretta che non ebbi nemmeno il tempo di rendermi conto di cosa era appena accaduto. Continuai a pensare alla mia misteriosa ospite per tutta la mattina, mentre facevo la doccia, bevevo il caffè e guidavo verso l'ufficio. E poi, BOOM! Si era rivelata la figlia del mio socio in affari e, ancora una volta, pensai che il karma fosse uno stronzo del cazzo, proprio come dicono sempre tutti ...

Sospirai, appoggiandomi allo schienale. *La mia vita poteva diventare ancora più complicata?*

Il suono di un nuovo sms mi riportò alla realtà. Guardai l'orologio e aggrottai la fronte. Era quasi mezzanotte. *Chi mi mandava messaggi così tardi?*

Il numero era nascosto, ma capii subito da chi proveniva il messaggio. *"Dobbiamo parlare di ieri sera"*, diceva.

"Solo parlare?" digitai in risposta.

"Sì. Sei ancora al lavoro?"

"Stavo per andare via."

"Ci vediamo nel parcheggio tra cinque minuti."

"Okay."

Quindi anche Scarlett era ancora al lavoro? Vorrei averlo saputo prima. Non desideravo parlare di lavoro, ma ero sicuro che avessimo molte cose di cui discutere. Spensi il computer, presi il cellulare, le chiavi della macchina e mi diressi verso l'ascensore.

Lei mi stava aspettando, appoggiata alla mia auto.

«A cosa devo l'onore, *Raggio di sole*?» Mi piaceva il soprannome con cui la chiamava suo padre.

Si mosse a disagio, ma il suo viso rimase imperturbabile. «Volevo chiederti una cosa», disse con le braccia incrociate.

«Vai avanti», risposi, stando ad un passo da lei. Dio,

parlare era l'ultima cosa che volevo fare adesso.

Le sue sopracciglia si contrassero e sembrò che non fosse abbastanza coraggiosa da fare la sua domanda.

«Ieri sera eri più determinata», dissi, godendomi il modo in cui le sue guance arrossivano alla menzione del tempo che avevamo passato insieme la scorsa notte.

«É esattamente quello di cui volevo parlare.»

«Ovviamente.»

«Ascolta, Dominick ... Qualunque cosa sia successa, è stato un errore.»

Ahia ...

Sentii la mascella contrarsi.

«Non faccio cose del genere», disse, evitando ancora di guardarmi.

«Che tipo di cose? Un lavoretto con la mano?»

Fece un respiro affannoso e si passò una mano tra i capelli. «Anche quello.»

Alzai le spalle, cercando di sembrare indifferente. «Okay, me lo ricorderò la prossima volta che verrai con me nel mio letto.»

«E non ci sarà mai *la prossima volta*», aggiunse con uno sguardo freddo.

«Ne sei sicura? Pensavo avessimo, diciamo, degli *affari in sospeso* da affrontare.»

«Una volta è stata più che sufficiente.»

«Difficilmente si può definire *una sola volta* in realtà.»

«Cosa vuoi dire?» chiese lei confusa,

La studiai per un lungo minuto prima di capire; non ricordava cosa fosse successo la notte scorsa ... Pensava che avessimo fatto sesso, e la verità era che non ci eravamo nemmeno avvicinati a quello.

«Non importa, un'avventura di una notte era esattamente ciò di cui avevo bisogno. Quindi, sì, mi va benissimo se vuoi fingere che non sia successo niente. *Non che farò finta che non sia successo niente anch'io ...*»

Era un po' offensivo sapere che aveva dimenticato qualcosa che pensavo fosse una delle migliori *scopate* della mia vita. Ma comunque, dire quello che lei voleva sentire era meglio che ammettere quanto volevo davvero vederla venire su tutto il mio uccello ...

«Bene», disse, annuendo con sollievo. «Quindi, le cose possono essere normali tra noi, giusto?»
«Certo.»
Lei annuì di nuovo e girò sui tacchi per andarsene.
«Ti serve un passaggio?» La chiamai.
«No, grazie. Prenderò un taxi.»
«Dov'è la tua auto?»
«Non ero sicura di poter guidare stamattina.»

Ha avuto il tempo di passare a casa sua stamattina? Sembrava un po' stanca, ma era quasi mezzanotte e aveva avuto una lunga giornata. Solo ora, pensai a qualcosa che non mi interessava scoprire stamattina. *Come era tornata in città?*

Vivevo in una zona isolata. C'erano solo poche case nei dintorni e dubitavo fortemente che avrebbe trovato un taxi là fuori; sicuramente non alle 5:00 del mattino.

Salii in macchina, accesi il motore e aspettai che la sagoma di Scarlett scomparisse dietro l'angolo. In un batter d'occhio, era riuscita a capovolgere il mio mondo. Ricordavo le parole di mio fratello e pensai persino di chiamarlo, dato che la mia vita perfettamente pianificata stava già andando a rotoli, proprio come aveva detto lui ...

Capitolo 5

Scarlett

Tornare a casa fu una sensazione incredibile. C'era persino il profumo della pace che nemmeno *Frenchie* poteva rovinare. Feci una doccia; una delle docce più lunghe della mia vita. Speravo ancora segretamente di essere in grado di lavare via i ricordi che *mi facevano male allo stomaco.* Quello era un pio desiderio; non funzionò, purtroppo...

Quando uscii dal bagno, notai una luce rossa sul mio cellulare lampeggiava. *una chiamata persa o un messaggio?* Le mie ginocchia tremarono al pensiero che potesse essere di Dominick. Ma proprio nell'istante in cui stavo per dare un'occhiata, il mio telefono squillò e il viso sorridente della mia migliore amica comparve sullo schermo.

«Jill, sono quasi le due del mattino. Hai considerato il fatto che potrei già dormire?»

«No, ero sicura che saresti stata ancora completamente sveglia, a sognare ad occhi aperti di spogliarti davanti al mio nuovo capo sperando che ti rinfrescasse i ricordi di ieri sera.» Ridacchiò dall'altra parte.

«Oh, mio Dio. *Non* mi stai aiutando, sai?» gemetti, sprofondando nei cuscini del mio letto.

«Non stavo provando ad aiutarti.»

«Che diavolo, Jill? Non dovresti essere dalla mia parte?»

«Davvero, Scar? Essere dalla tua parte quando un uomo del tipo *per favore fottimi adesso* con una splendida serie di muscoli è dall'altra parte? Mi prendi in giro?»

«Non chiamarlo mai più così.»

«Perché? Fa impazzire le farfalle nel tuo stomaco che desideravano ardentemente una buona scossa?»

«Come mai tutti questi aggettivi?»

«Be', non sei passata a trovarmi dopo che la riunione era finita e non mi hai mai chiamata. Il che mi fa pensare che tu abbia bisogno di qualcuno con cui parlare.»

«Spesso pensi in modo disarticolato, ma questo è uno dei tuoi peggiori tentativi di rendere chiaro ciò che stai cercando di dire. Non credo di aver capito.»

«Come vuoi. Raccontami tutto!», disse eccitata come se pensasse che potessi ricordare cosa era successo, anche se le avevo già spiegato che non ci riuscivo.

Mi ero subito pentita di aver detto a Jillian di Dominick. Be', tecnicamente, non le avevo detto che era *Dominick*, ma in qualche modo l'aveva capito da sola dopo aver visto noi due perforarci a vicenda con lo sguardo durante l'intera riunione.

«Non c'è niente da dire; veramente. Abbiamo parlato per assicurarci di essere sulla stessa lunghezza d'onda.»

«E di quale onda stai parlando esattamente? Quella di *dimentichiamo tutto* o quella di *non vedo l'ora di rifarlo*?»

«La prima», risposi, sperando che questo chiarisse il mio punto di vista sul fatto che non ci sarebbe stato mai niente tra me e *Frenchie*.

«Oh, be'... Sei sicura che questo è quello che vuoi? Voglio dire, lui è super sexy e tu non fai sesso da un'eternità. Seriamente, chi resiste *così* a lungo senza scopare?»

«E allora? Non permetterò a lui né a nessun altro di rovinare i miei piani per il futuro, solo perché tu e la mia vagina pensate che io abbia bisogno di fare sesso.»

Lei rise nel ricevitore. «Dio, Scar, non sai nemmeno quanto sembri disperata. Sono d'accordo con te, però, la tua vagina ha dei bisogni. Allora, perché non provi a fare una pausa e a prendere le cose con calma?»

«Se per *calma* intendi andare a letto con il tuo capo, allora no, non prenderò le cose con *calma*.»

«Uh, a volte vorrei scuoterti per le spalle, perché ti perdi tutto ciò che la vita ti dà! E non sto parlando del tuo lavoro. Ci sono altre cose al di fuori del lavoro, sai? Bene, puoi trovarle anche nei boxer del mio capo, ma comunque capisci cosa intendo dire.»

«Sì, ho capito. E grazie per il promemoria, abbiamo entrambe del lavoro da fare per domani, quindi adesso chiudo e ci vediamo tra circa sei ore.»

«Scar, aspetta!»

Premetti *il* pulsante di *fine chiamata* e spensi il telefono, sapendo che mi avrebbe richiamato subito; almeno altre dieci volte prima di arrendersi e decidere di proseguire la conversazione il giorno seguente al lavoro.

Addormentarsi non fu difficile. Ero così esausta che nemmeno i pensieri su *Mr. Perfetto* riuscivano a farmi rimanere sveglia. Mi sembrava di essermi appena addormentata quando sentii suonare la sveglia ma la mia mente era troppo confusa per rendersi conto che in realtà era ora di alzarsi.

Presi il cellulare dal comodino, lo accesi e alla fine vidi il messaggio che mi ero dimenticata di controllare prima di andare a letto.

"Assicurati che la prossima volta che lasci il mio letto, entrambi otteniamo ciò che vogliamo", diceva il messaggio.

Fissai lo schermo, confusa. *Di che diavolo stava parlando?* Pensavo che entrambi *avessimo* ottenuto ciò che volevamo l'altra notte, ecco perché mi ero svegliata nel suo letto nel cuore della notte.

Quindi decisi che avrei chiesto, *"Non abbiamo entrambi ottenuto ciò che volevamo?"*

Con mia grande sorpresa, la risposta arrivò immediatamente.

"Be', non riesco a ricordare bene, ricordo solo la parte in cui mi stavi implorando di prenderti subito."

Oh, Dio … Stava scherzando, vero? Maledetti quei Margarita! Potrei non bere mai più la tequila!

Esitai per un paio di minuti prima di digitare il messaggio successivo; quindi, premetti *invia* prima di cambiare idea.

"Che cosa vuoi?"

"Mi devi almeno un orgasmo."

Cosa? Diceva sul serio?

"Pensavo che ti andasse bene lasciar perdere questo 'affare in sospeso'."

"Ho cambiato idea."

Stronzo …

"Sono sicuro che puoi trovare qualcun'altra che lo porti a termine al posto mio, sono sicura che ci sono altre donne che puoi infastidire."

"I debiti devono essere rimborsati".

Davvero?

"Spiacente, ma non questa volta." O qualsiasi altra volta *per questo argomento,* ma non lo aggiunsi al messaggio di testo, pensai che avrebbe capito.

"Ho qualcosa che potrebbe farti cambiare idea."

Oh, no … Sentivo le mie mani tremare.

"Di che si tratta?"

"Fai colazione con me e lo scoprirai."

Okay, almeno non aveva intenzione di inviare le mie foto nuda o qualunque cosa avesse, ai giornali o pubblicarle online; almeno non senza incontrarmi prima, o almeno così speravo.

"Va bene. Dove?"

"Nel mio ufficio. 7:30, non fare tardi."

Stronzo due volte …

Guardai l'orologio sul muro: segnava le 6:50. Il che significava che avevo solo quaranta minuti per vestirmi e andare in ufficio.

Feci una doccia veloce anche se la sera prima l'avevo già fatta, mi aiutò a svegliarmi. Indossai il primo vestito che riuscii a trovare e corsi al piano di sotto, sperando di non rimanere bloccata nel traffico, dopotutto era New York City — la città numero uno degli Stati Uniti per traffico caotico. È così terribile che la maggior parte delle persone non possiede nemmeno un'auto; si limitano a prendere un taxi. Fortunatamente, quando arrivai in ufficio e mi tolsi la giacca, erano solo le 7:35; Ero sicura che quell'idiota non si sarebbe accorto che ero in ritardo.

«Sei in ritardo di cinque minuti e trentadue secondi», disse nel momento in cui varcai la soglia del suo ufficio. Imprecai mentalmente. *Perché un tale idiota doveva avere un viso così bello?*

Indossava un completo grigio scuro con una camicia bianca e una cravatta rossa che lo facevano sembrare ancora più severo e stupendo.

«Siediti.» Indicò la sedia di fronte a lui. *Cosa pensa che io sia un cane? Non rispondo a comandi di una sola parola! Non questa ragazza scusa amico.*

«Lascia i tuoi atteggiamenti da capo per qualcun altro, non sono una tua dipendente e non sono il tuo cane», sbottai, avvicinandomi alla sua scrivania. Non mi sedetti. Rimasi in piedi con le braccia incrociate sul petto, cercando di decifrare cosa si nascondeva dietro quella sua faccia da poker.

Lentamente, i suoi occhi si spostarono lungo il mio viso, fermandosi sulle mie labbra abbastanza a lungo da farmi capire cosa stava guardando, e poi scivolarono sul mio collo e sul mio seno che ovviamente non poteva passare inosservato. *Maiale.*

«Abito adorabile», commentò infine, alzandosi in piedi. Mi spostai a disagio al pensiero che si avvicinasse ancora di più a me. Mi sentivo molto più sicura quando restava ad una certa distanza.

Non mi mossi quando si fermato proprio dietro di me e

mi scostò i capelli che coprivano il segno ancora visibile che mi aveva lasciato sul collo la notte precedente.

«Ti ricordi in quale momento della nostro gioco ti ho fatto questo?» chiese piano, accarezzando il succhiotto con la punta delle dita.

«No», risposi, cercando di sembrare indifferente.

«Allora te lo ricorderò io», replicò; le sue labbra mi sfiorarono la pelle, facendomi accelerare il battito cardiaco. «È stato durante la prima fase del nostro piccolo gioco», sussurrò nella curva del mio collo, una delle sue mani scivolò lungo il mio fianco. «La tua mano era sul mio uccello, i tuoi seni pieni nelle mie mani, e stavi cercando così fottutamente di compiacermi.»

Deglutii, incapace cancellare le immagini che le sue parole facevano balenare dietro i miei occhi chiusi.

«Eri così disposta a darmi tutto ciò che volevo», proseguì, baciandomi leggermente il collo. Quasi gemevo per quanto era meraviglioso e quanto desideravo le sue labbra su tutto il corpo, e non solo sul collo. «Così servizievole e così esigente. Come è possibile combinare due emozioni completamente opposte?» Le sue labbra arrivarono alla mia mascella e non mi resi nemmeno conto di essermi voltata a guardarlo; i nostri occhi si incrociarono, le nostre labbra a pochi centimetri di distanza. «Ti rendi conto di cosa mi stai facendo, *ma Belle de nuit*?»

Ecco fatto — il momento in cui il mio pensiero razionale vinse e prese il controllo; feci un passo indietro cercando di allontanarmi da lui, ma finii solo bloccata tra il suo corpo e la scrivania.

«Nessuna via di fuga?» chiese; con una luce eccitata che ballava in quei suoi occhi sexy.

«Che cosa vuoi?» gli chiesi per quella che mi sembrò la centesima volta.

«*Te*. Voglio *te*. Qui, nel mio letto, nel tuo ufficio, ovunque posso portarti per farti finalmente uscire dalla mia mente.»

Le sue mani si spostarono sull'orlo del mio vestito e lo sollevò così velocemente che mi mancò il fiato quando mi depose sulla scrivania che era alle mie spalle.

«Cosa pensi di fare?» chiesi, inorridita. Qualcuno poteva entrare da un momento all'altro, e di sicuro non volevo essere beccata in questa situazione imbarazzante.

Lui ignorò la mia domanda e sorrise astutamente, avvicinandosi, come se stesse aspettando che lo fermassi. Ma ero così ipnotizzata da lui, tutto in quell'uomo sembrava così inebriante: la sua voce con le parole, il suo viso con le espressioni sexy, la sua bocca che mi stuzzicava baciandomi il collo, le sue mani che mi sollevavano il vestito, il suo profumo che mi riempiva le narici, e non credo che abbia pensato che avessi notato il rigonfiamento nei suoi pantaloni; l'avevo notato. Non potevo andarmene anche se sapevo che era esattamente quello che dovevo fare, e dovevo farlo subito prima che qualcuno entrasse e vedesse cosa stava succedendo.

Un attimo dopo le sue labbra erano sulle mie, e mi stava baciando con così tanto desiderio e fame, che mi dimenticai immediatamente come respirare. Le sue mani erano su di me: i miei fianchi, la mia pancia, i miei seni, le mie cosce ...

Avrei potuto fermarlo, avrei *dovuto* fermarlo, ma più di ogni altra cosa volevo che andasse avanti.

«Cristo, non puoi nemmeno immaginare quanto voglio essere dentro di te in questo momento», mi sussurrò sulle labbra prima di ricominciare a baciarmi. Potevo sentire la sua mano scivolare lungo le mie calze fino a toccarmi la pelle.

«Così morbida e calda», sussurrò, mordendomi dolcemente il labbro inferiore. Poi sentii le sue dita scivolare sotto l'orlo delle mie mutandine e andai nel panico.

«Smettila», gli ordinai senza fiato, prendendolo per mano.

«Troppo tardi», rispose, portandosi un dito alla bocca, leccandolo e rimettendolo nelle mie mutandine, per fare pressione sul mio clitoride e accarezzarlo.

«Dico sul serio», continuai, cercando di liberarmi dalle sue mani e dai suoi occhi strabilianti.

«Anch'io», mormorò, disegnando piccoli cerchi intorno al mio clitoride.

Strinsi gli occhi, cercando di muovermi. Dovevo andarmene, volevo restare e dovevo fermarlo, ma non volevo ...

Pensando e ripensando a ciò che era necessario e da fare, alla fine mi arresi, smisi di resistere, mandai all'inferno i miei dubbi e mi avvicinai, osservando il fuoco familiare che bruciava nei suoi occhi. Era una delle poche cose che ricordavo ancora dell'altra sera.

«Dio, sei così calda e bagnata», disse piano, come se riuscisse a malapena a controllarsi. Poi mi guardò con una tale intensità che pensai sarei esplosa solo per quello sguardo. Le sue dita si tuffarono dentro di me, muovendosi lentamente e poi velocemente. Mi maledissi per aver vissuto così a lungo senza un uomo; per essermi privata di questa straordinaria sensazione. Cavolo, ero fregata ...

«Ti voglio. Adesso», disse con un gemito, i suoi occhi bevevano in ogni linea del mio viso.

«*Tu peux faire ce que tu veux* — puoi fare quello che vuoi», risposi. E fu proprio in quel momento che il diavolo era tornato e mi stava sorridendo con quel sorriso trionfante che diceva tutto: non mi avrebbe presa qui, proprio in questo momento.

«Ora, Raggio di sole, se vuoi scusarmi», disse, sistemandomi il vestito. «Ho del lavoro da fare.»

La mia prima reazione fu di confusione, poi si trasformò in shock e poi in furia.

Afferrò la mia mano prima che potessi schiaffeggiarlo, senza un accenno di sorriso sul suo volto. «La prossima volta che vuoi scaricarmi, ricorda che il karma trova sempre un modo per tornare a morderti nel culo, *Raggio di sole*.»

«La prossima volta che vuoi entrare nelle mie mutandine, assicurati di avere la porta chiusa a chiave. Perché la prossima volta potrei non essere soddisfatta delle tue dita, e tu non vuoi che nessuno veda il tuo culo nudo al lavoro, vero? Ora, *se vuoi scusarmi*», dissi di nuovo in piedi. «Ho un lavoro più interessante da fare che scopare con te.» Poi mi diressi verso la porta e la sbattei dietro di me.

«Buongiorno, signorina», disse Stevie salutandomi, ma ero troppo furiosa per rispondere e mi limitai ad annuire, poi andai nel mio ufficio e mi appoggiai alla porta chiusa.

Il mio cuore batteva all'impazzata, i miei pensieri erano un pasticcio, le mie guance erano arrossate e un maledetto dolore tra le gambe peggiorava le cose. *Fottuto bastardo ...*

«Ha un pacco da Mr. Altier», mi comunicò Stevie nel vivavoce.

Cosa?

«Dov'è?» chiesi, attraverso la porta chiusa.

«Sulla sua scrivania.»

Mi precipitai alla scrivania come se fosse in fiamme. C'era una semplice busta bianca con sopra il mio nome, scritto con una calligrafia molto bella e attenta. *C'è qualcosa che quello stronzo fa di sbagliato?*

Aprii la busta e mi bloccai, fissando con aria assente la foto che trovai all'interno. Era una foto mia, mentre dormivo nel letto di Dominick, con la coperta che copriva solo una parte della mia schiena. Potevo vedere chiaramente la mia faccia, i capelli sparsi su tutto il cuscino che stavo abbracciando e una parte del mio seno che faceva capolino da sotto la coperta. Trovai conferma alle mie peggiori paure: era uno psicopatico ossessivo.

Il telefono vibrò nella mia tasca.

"Ti è piaciuta la foto?" chiedeva il messaggio.

"Fottiti!" digitai in risposta. Volevo urlargli contro, meglio ancora, volevo urlargli contro e poi strappargli quel sorriso sexy dalla faccia. *Come osava?*

"Quindi ti è piaciuta."

"Quando l'hai scattata?"

"Ovviamente, quando dormivi dopo un lungo e piacevole incontro sessuale con me."

"Quante ne hai?"

"Molte."

"Quindi hai intenzione di ricattarmi?"

"No."

Non riuscivo a credere ai miei occhi.

"No?" digitai di nuovo.

"Non credo di aver bisogno di ricattare qualcuno che mi ha già dato il permesso di fare TUTTO QUELLO CHE VOGLIO."

Mi ero mai pentita di qualcosa quanto di quelle stupide parole che gli avevo detto nella foga del momento? Non credo proprio. Non avevo idea che avrebbe usato il sesso per vendicarsi di me, o be', immagino che usasse l'idea del sesso, dato che in realtà non avevamo fatto sesso pochi minuti prima, quel fottuto stronzo!

"Dove hai messo il resto delle foto? Le voglio tutte. SUBITO!"

Ci fu una pausa con la risposta, ed ero sicura che mi avesse fatto aspettare apposta, sapendo quanto fossi incazzata e nervosa.

"Per ottenerle, dovrai lavorare molto duramente."

"Mi stai prendendo in giro ..."

"Postale dove vuoi. Non verrò a letto con te. MAI PIÚ!"

"Non le pubblicherò. Ho un'idea migliore."

Avevo una sensazione spiacevole riguardo al prossimo messaggio da parte sua. *"Le manderò a tuo padre e gli mostrerò che bambina cattiva sei stata"*, diceva.

Dannazione ...

"Non verrò a letto con te! Non me ne frega un cazzo di quello che fai con le foto."

Entrambi stavamo giocando a questo stupido gioco.

"Domani sera, alle 22:00, a casa mia, non indossare troppi vestiti."

Sul serio? Pensava che ci sarei cascata? Risi nervosamente, sia eccitata che arrabbiata. Ma che diavolo? Non l'avrei accontentato facendo ciò che desiderava, quindi per quale motivo ero così eccitata? *Stupidi ormoni ...*

"Nei tuoi sogni!" scrissi, sperando che facesse marcia indietro.

"Vieni domani e ti dirò tutto quello che vuoi sapere sui miei sogni."

Non esisteva proprio!

Guardai il messaggio un'ultima volta, lo cancellai e chiesi a Stevie di portarmi una tazza di caffè. Avevo già perso troppo tempo con quel pezzo di merda che non meritava nemmeno un secondo.

Il lavoro era sempre stato per me una delle migliori distrazioni. Ogni volta che avevo bisogno di spostare la mia attenzione su qualcosa di importante, mi dedicavo al lavoro, facendo nuovi piani e studiando diversi progetti. La concentrazione non era mai stata un problema. Fino a ieri ...

Sì, Dominick Altier era bello, intelligente e irresistibile; ma comunque era solo un uomo! Incontravo uomini diversi ogni giorno; la maggior parte di loro erano benestanti, molti persino attraenti. Ma non avevo mai pensato di andare a letto con nessuno di loro, per non parlare di fare sesso nell'ufficio di mio padre. *Cosa c'era di sbagliato in me?* Oh, Dio, la mia vita non poteva andare peggio ...

Nel momento in cui il mio cellulare squillò, quasi saltai per lo spavento. Era mio padre. Risposi il più velocemente possibile.

«Papà? Va tutto bene?» Non mi aveva mai chiamato così presto la mattina. *Oh no! Dominick aveva inviato le foto come minacciava di fare anche se aveva detto che non l'avrebbe fatto se fossi andata a casa sua domani?*

«Sì. È anche meglio che tutto a posto! Tua madre ed io abbiamo trovato una casa meravigliosa con una vista mozzafiato sull'oceano. Vogliamo che tu venga a vederla.»

«Wow, notizie fantastiche Congratulazioni! Quando volete che venga?»

«Che ne pensi di questo weekend?»

«Perfetto», risposi, pensando che fosse una grande opportunità per distrarmi.

«Allora ci vediamo presto, Raggio di sole!», disse mio padre entusiasta. «Oh, e un'altra cosa ... Ho invitato anche Dominick.»

«*Cosa* hai fatto?» chiesi incredula. *Speravo di non aver sentito quello che pensavo, aveva invitato Dominick?*

«Gli ho chiesto di unirsi a noi per un barbecue domenicale.»

«Spero che abbia detto di *no*», sbottai senza pensare, semplicemente scivolò fuori dalla mia bocca prima che potessi fermarlo.

«In realtà, ha detto di *sì*. Va tutto bene tra voi due?» mi chiese confuso.

Troppo tardi, mi ricordai di quanto bene mio padre mi conoscesse. Anche senza vedermi, sapeva sempre quando qualcosa non andava in me.

«Va tutto bene», mentii, sperando che non percepisse l'inquietudine nella mia voce.

«Lo spero, tesoro. Voglio che voi due formiate una grande squadra!»

Reagii con una smorfia sentendo quelle parole. Tutto quello che volevo ora era sprofondare nel pavimento e non vedere mai più nessuno, specialmente quel viso che era saldamente impresso nella mia mente. *Merda ...*

«Ci vediamo presto, papà», lo salutai in fretta. Non volevo che facesse altre domande, così poteva sentire che *grande squadra* potevamo formare Dominick ed io. Il mio carissimo papà non aveva idea di quanto fosse lontano dalla verità. *Mr. Altier* ed io non avremmo mai giocato per la stessa squadra ...

Capitolo 6

Non riuscivo a smettere di fissare l'orologio nella mia camera da letto. Erano le 20:30 e ci voleva tutto il mio autocontrollo per non correre da Dominick.

«Non cadrai in questa trappola», mi dicevo. «Vuole ingannarti di nuovo, ma *non* ci cascherai ... Dannazione!» imprecai, chiudendo gli occhi. Il silenzio nella stanza mi stava uccidendo. Potevo sentire ogni dannato ticchettio dell'orologio, e non mi aiutava affatto.

Perché stavo anche solo considerando di accettare il suo invito spudorato? Forse perché essere nel suo abbraccio era tutto ciò che volevo in questo momento? Uh, perché quelle voci sempre addormentate si svegliano quando non vuoi altro che zittire l'inferno? Odiavo l'incertezza. E ancora di più, odiavo la velocità con cui un francese arrogante ed egocentrico fosse riuscito a prendere il controllo della mia infallibile sicurezza in me stessa.

Il cellulare vibrò nel palmo della mia mano, non mi ero

nemmeno accorta di averlo in mano.

"Sto aspettando", diceva il messaggio. E non so perché, ma mi faceva impazzire le farfalle nello stomaco. *Stupide traditrici ...*

Okay ... Presi un respiro profondo e iniziai a pensare ad un modo per far funzionare questo *incontro*. Potevo andare da Dominick e semplicemente provare a fargli cambiare la sua idea malata e contorta e consegnarmi il resto delle foto che aveva scattato. Sembrava facile. Tuttavia, non avevo idea di come farlo e tenermi i vestiti addosso allo stesso tempo. Poi mi ricordai del suo messaggio in cui diceva che non voleva che indossassi molti vestiti e provai un brivido ancora una volta al pensiero di lasciarmi spogliare da lui. Non che io non volessi che lo facesse ...

Mi alzai in piedi e iniziai a passeggiare per la stanza, cercando di non pensare alle piacevoli sensazioni che mi attraversavano al pensiero di arrendermi e di guidare dritto a casa di Dominick.

Feci del mio meglio per ignorare i suoi messaggi e le chiamate; riuscii anche a non incontrarlo per l'intera giornata. Stevie mi riferì che lui aveva chiesto di me durante il pranzo, ma io dissi che non volevo sentire alcun suo messaggio a meno che non fossero delle domande sul mio lavoro, quindi in altre parole, se non era urgente avrebbe dovuto tenerlo per sé. Non avevo tempo per i suoi giochi meschini.

«La tua tattica di nasconderti nella caverna del lavoro non funzionerà per sempre», disse Jill, entrando nel mio ufficio quando stavo per andarmene.

«Non mi sto nascondendo da nessuno», risposi di scatto.

Mi rivolse uno sguardo onnisciente e scosse la testa, dicendo «Voi due siete come due bambini che litigano per una caramella o per i giocattoli dell'altro.»

«Risparmiami i tuoi sconci paragoni», dissi e la guardai torva.

Lei rise piano dietro di me. «Non intendevo niente di sconcio, ma se la tua mente mette automaticamente Dominick e un pezzo di caramella o un giocattolo in una fantasia sexy, dovresti seriamente pensare di alleviare la tensione dei muscoli della parte inferiore del tuo corpo.»

Alzai gli occhi al cielo. «Non sto nemmeno pensando a Dominick. Okay?»

«Se lo dici tu», concluse con un piccolo sorriso che mi fece capire che sapeva che stavo mentendo.

«Perché stiamo parlando di me?» chiesi, voltandomi a guardarla. «Ti ho chiamato ieri sera e tua sorella ha detto che eri ad un appuntamento. Chi è il fortunato? Lo conosco?»

Esitò a rispondere, era così diversa dalla ragazza che non aveva mai saputo fermare il fiume di parole che le uscivano dalle labbra.

«No», disse, sfogliando una delle riviste sulla mia scrivania. «Non lo conosci.»

Alzai le sopracciglia, sorpresa dal suo viso arrossato. «Che cos'è questa cosa che ti fa arrossire? Di solito non ti vergogni a parlare delle tue conquiste.»

Sorrise maliziosa e disse «Non ci crederai.»

«Questo mi rende ancora più curiosa.»

«Si chiama Mark. Ci siamo incontrati al club la sera che tu e il mio capo ... Non importa», scosse la testa. «Così mi ha chiesto di uscire. E mi è piaciuto il nostro appuntamento. Molto.»

«Aspetta, era l'altro ieri e ne sento parlare solo ora senza che tu me lo dica, ma tua sorella? E ieri sera eri di nuovo con lui?»

«Sì.»

«Wow ... Due sere di fila con lo stesso ragazzo! Hai intenzione di stabilire un nuovo record personale?» sorrisi maliziosamente.

«Sta' zitta» Lei si mise a ridere. «Lui mi piace.» Abbassò

gli occhi a terra per nascondere l'imbarazzo.

«Questo è esattamente quello che dici di ogni nuovo ragazzo con cui esci.»

«Non *tutti i* nuovi ragazzi. Non l'ho detto del mio nuovo capo.»

Allontanai questo pensiero con un gesto. «Non conta, non sei andata ad un appuntamento con lui.»

«Penso che Mark potrebbe essere diverso da chiunque io abbia mai frequentato. È gentile e dolce e bacia così bene. Le sue mani possono fare una vera magia alla mia ...»

La interruppi, «Okay, ho capito. Ti è piaciuto andare a letto con lui. Ma lascia che vi ricordi che questa non è la prima volta che succede.»

«Sì, ma stavolta è diverso.»

«Okay, per il momento accetterò questa spiegazione. Ora, perché non la finiamo qui?»

«Accetterai l'invito di Dominick?»

«No.» Ero stata laconica, ma non pensavo avesse bisogno di una spiegazione.

«Sei sicura? Sembrava molto emozionato quando mi ha chiesto di darti il suo indirizzo.» Quel maiale aveva avuto il coraggio di coinvolgere la mia migliore amica nei suoi giochi mentali malati.

«Ci scommetto.»

«E?» chiese, guardandomi in attesa.

«*E* come ho già detto, non vado da nessuna parte. Solo a casa mia.»

Era la fine della mia conversazione con Jillian, e proprio in quel momento ero sicura che non avrei cambiato idea.

Ora, in piedi davanti allo specchio nel mio bagno, mi chiedevo fino a che punto sarei arrivata in questo gioco con il diavolo? Alla fine, c'era solo un modo per scoprirlo ...

Seguendo le istruzioni di Dominick, non mi preoccupai di

indossare troppi vestiti. Ero anche un po' curiosa di sapere quale sarebbe stata la sua reazione al mio outfit. Anche se non avevo avuto nessuna relazione seria (o nessuna relazione del genere) negli ultimi sette anni, adoravo ancora la lingerie che mi faceva sentire femminile e bella, e il mio armadio era pieno di piccoli pezzi di pizzo che meritavano un'esplorazione precisa.

Più mi avvicinavo a casa sua, meno riuscivo a controllare i miei nervi. Una o due volte, mancai il semaforo verde sulle strade trasversali e fui ricompensata con auto che emettevano forti segnali acustici e alcuni *complimenti* molto eloquenti sulle mie capacità di guida da parte dei conducenti dietro di me. Quando mi fermai nel vialetto di Dominick, pensai che non sarei stata in grado di scendere dalla mia auto. Le ginocchia mi tremavano decisamente.

Come se percepisse la mia esitazione, il diavolo mi mandò un sms.

«I cancelli sono chiusi. Adesso non si torna più indietro.»

«Grazie per l'avvertimento», risposi, pensando che probabilmente era l'unica persona al mondo a mandare messaggi alla sua ospite invece di portarla fuori di casa e invitarla a entrare.

Presi un respiro profondo, guardai un'ultima volta il mio riflesso in un piccolo specchio e andai alla casa che pensavo non avrei mai più rivisto.

Con mio sollievo, la porta non era chiusa a chiave, quindi la spinsi per aprirla ed entrai.

«Non pensi che sia un po' surreale essere di nuovo qui?» chiese la voce familiare.

Lentamente, mi voltai alla mia sinistra e vidi il proprietario della casa e della voce appoggiato tranquillamente ad una scala. In qualche modo, non me ne ero accorta l'ultima volta che ero stata qui. Indossava una semplice camicia bianca, con alcuni bottoni in alto slacciati, e un paio di jeans azzurri che non mi sarei mai aspettata di vedere addosso ad uno come lui. Gli pendevano pericolosamente in basso sui fianchi, e avrei giurato che non indossava niente sotto. Non credevo fosse un tipo da jeans azzurro chiaro.

«*Mr. Altier*, piacere di rivederla», dissi, sperando di sembrare calma e formale, persino professionale, quando in realtà, ogni centimetro del mio corpo era in massima allerta.

Lui sorrise, avvicinandosi. «Pensavo avessimo finito con *Mr.* e *Miss, ma Belle de nuit.*» Mi accarezzò la guancia con il dorso della mano e quasi dimenticai di respirare quando mi prese per la vita, tirandomi più vicino.

«Sai sicuramente come far aspettare un uomo», disse piano.

«Non mi ero resa conto di essere in ritardo.»

«Non sei in ritardo. Ma aspetto questo momento dalla notte in cui mi hai lasciato solo nel mio letto.» I suoi occhi brillavano luminosi e solo per una frazione di secondo pensai che non fosse reale, come una bella foto che potevi guardare ma non toccare.

Si chinò e posò un piccolo bacio all'angolo delle mie labbra, come se mi stesse stuzzicando, mettendomi alla prova, cercando di scoprire se ero pronta per altro. E dannazione, ero decisamente ...

Gli avvolsi le braccia intorno al collo, i miei occhi viaggiarono lungo le linee nette del suo viso e mi soffermai sulle sue labbra carnose che non vedevo l'ora di assaporare di nuovo.

«Non ci sono fermate intermedie questa volta», dissi, prima di fare l'ultimo passo nel suo abbraccio accogliente e coprire le sue labbra con le mie.

Non dovetti attendere molto per la sua risposta. Nel momento in cui le nostre labbra si incontrarono, il suo abbraccio si strinse e sentii i suoi denti mordermi leggermente il labbro inferiore, e poi il bacio si fece più profondo, la sua lingua si mescolò alla mia.

L'ambiente diventò sfocato così velocemente che chiusi gli occhi tuffandomi nell'oceano di dolci sensazioni che danzavano sotto la mia pelle, sperando che questo momento durasse il più a lungo possibile, forse anche per sempre.

Sentii le dita di Dominick sulla mia nuca, farsi strada, aggrovigliarsi tra i miei capelli, tirarli leggermente mentre mi succhiava la lingua con la stessa precisione ritmica, e far crollare rapidamente tutti i dubbi nella mia mente.

«Adoro il sapore delle tue labbra», sussurrò, interrompendo il bacio. «Amo il tuo profumo e, ancora di più, amo i piccoli suoni che fai quando le mie dita sono dentro di te, che entrano ed escono e ti fanno impazzire.»

Il mio cuore batteva al ricordo. Le mie mani percorsero la sua camicia e si infilarono sotto, accogliendo il calore della sua pelle che toccava la mia. Un sorriso compiaciuto curvò le sue labbra mentre prendeva la cintura del mio cappotto e la tirava lentamente, facendomi aprire il cappotto.

Era il momento che stavo aspettando durante il viaggio verso casa sua. Smisi persino di respirare, osservando la sua reazione. Sembrava sbalordito e scommetto che si aspettava che indossassi qualcos'altro tranne quello che stavo effettivamente indossando sotto il cappotto.

«Questo», disse, studiandomi dalla testa ai piedi, «è l'abito più strabiliante che abbia mai visto.»

Sorrisi, contenta. Ero felice che gli piacesse. Sapevo che sarebbe rimasti sorpreso dal fatto che avessi seguito le sue istruzioni di indossare pochi vestiti, probabilmente pensava che avrei indossato una cintura di castità; quindi, sapevo che l'avrei colto alla sprovvista con la mia lingerie.

I nostri occhi si incontrarono di nuovo e rimasi sbalordita dall'intensità del suo sguardo. «*Piacere* non è una parola abbastanza forte», disse, guardando il corsetto di pizzo blu scuro, con il perizoma abbinato e le calze nere autoreggenti con una giarrettiera; con décolleté Louboutin nere con suola rossa.

«Sono senza parole sbalordito», aggiunse a bassa voce. E poi, qualcosa cambiò nei suoi occhi. «Quanto spesso ti vesti così?»

Feci un sorrisetto. «Perché? Sei geloso degli altri miei *amici*?»

«Solo perché tu lo sappia, non condivido una donna con altri», disse con l'accento che improvvisamente divenne più evidente. *Era nervoso?*

«Non dovrai farlo. Non sono un'imbrogliona, sai? Non vado a letto con chiunque.»

Il sollievo inondò il suo volto solitamente impassibile. «Bene. Perché non beviamo qualcosa, allora», disse, guidandomi nel suo soggiorno. Non ricordavo quanto fosse grande la sua casa. Enormi finestre si aprivano sul giardino sul retro con un cielo notturno nero come la pece punteggiato da stelle bianche e brillanti.

«Perché vivi così lontano dalla città?» chiesi, lasciando cadere il cappotto su una delle sedie. «Non è fastidioso alzarsi due ore prima solo per essere al lavoro in orario?»

Lui non rispose.

«Dominick?» Mi voltai e lo vidi fissare di nuovo il mio outfit.

«Riesco a malapena a pensare, vedendoti così.»

Uomini, perché diventano sempre così indifesi quando vedono una donna seminuda? Non deve nemmeno essere in piedi di fronte a loro come lo ero io ora, può essere sulla copertina di una rivista e il loro cervello pensante va dritto al loro uccello, rendendoli incapaci di fare una conversazione normale.

«Ho fatto solo quello che mi hai chiesto di fare o piuttosto di *non* fare — non ho indossato troppi vestiti.»

«Chi l'avrebbe mai detto che saresti stata così gentile?»

«Allora dimmi, *Mr. Intelligentone*, cosa ci faccio esattamente qui?» chiesi, sedendomi su un divano e accavallando le gambe.

Portò due bicchieri di champagne e me ne diede uno. «Be', pensavo ci fossero cose di cui non dovremmo discutere in ufficio. Mi risulta che non riusciamo nemmeno a fare una piccola conversazione quando tu ed io siamo rinchiusi insieme in una stanza.»

«Il tuo modo di spiegare le cose non era molto chiaro, non per me comunque.»

Lui annuì, ridendo piano, i suoi occhi fissi nei miei.

«Cercherò di essere più *specifico* stasera.»

«A che gioco stai giocando?» chiesi, bevendo un sorso del mio drink.

«Proprio il gioco per cui ti sei vestita», rispose, senza alcuna esitazione.

«E quanto pensi che possa durare esattamente?»

«Finché entrambi ne abbiamo bisogno o lo desideriamo.»

«Non ho *bisogno* di niente da te.»

«E allora perché sei qui?» chiese, con gli occhi socchiusi, cercando di darmi della bugiarda.

Bella domanda ...

«Per ottenere le foto che hai scattato senza il mio permesso l'ultima volta che sono stata qui.»

«Cosa ti fa pensare che io voglia dartele o che te le darò?»

«In realtà, sono sicura che non vuoi darmele. Ma ...» Mi alzai in piedi, posai il bicchiere su un tavolino e mi avvicinai al suo orecchio. «Ho qualcosa che potrebbe interessarti per fare uno scambio.»

«Davvero? E cos'è esattamente questo "qualcosa" che potrebbe interessarmi?»

Invece di rispondere, gli avvolsi le braccia intorno alla vita e mi avvicinai ancora di più per sentire la sua erezione, premuta contro il mio ventre. «Penso che entrambi conosciamo la risposta a questa domanda», sussurrai con voce seducente.

Non so perché, ma qualcosa in Dominick mi sembrava sbagliato stasera. Era insolitamente tranquillo. Non mi aveva portato di corsa nella sua camera da letto; per un secondo pensai persino che avesse paura del modo in cui sarebbe potuta finire la serata.

«Sei piena di contraddizioni, Scarlett. Prima mi fai credere che posso ottenere da te tutto quello che voglio, poi fai finta di essere totalmente disinteressato a me, e ora di nuovo, mi fai credere che vogliamo le stesse cose.»

«Troppo pensare e troppe parole», dissi, avvicinando le sue labbra alle mie. Dio, avevano un sapore incredibile: come champagne e miele, e come i miei sogni più dolci che si realizzavano.

«Non voglio che ti penti di niente», disse, respirando affannosamente. «Se non vuoi stare con me, allora non farlo, perché ci confonderai entrambi.»

«Non mi pentirò di niente», mentii, sapendo che qualunque cosa fosse accaduta dopo mi avrebbe cambiata subito e per sempre. Non sapevo cosa avrei detto a riguardo quando tutto fosse finito, e non ero sicura che non me ne sarei pentita. Ma in questo momento, non mi importava ...

Gli sbottonai la camicia, godendomi la sensazione del suo petto sotto le mie dita: sodo e perfetto. Lentamente, gli sfilai la camicia, lasciandola cadere a terra. Poi gli aprii la cerniera dei jeans abbassandoli, sapendo già che la mia ipotesi sulla biancheria intima era corretta, stasera sarebbe rimasto nudo.

«Vedo che hai seguito il tuo consiglio sui vestiti», dissi, cercando ancora di capire cosa ci fosse di così diverso in lui quella sera.

«Non volevo sprecare nemmeno un secondo del tempo insieme a te», disse con voce roca. Poi mi sollevò ed io avvolsi le gambe intorno ai suoi fianchi.

«Il mio letto, niente giochi, solo tu ed io, niente scappare via nel cuore della notte o la mattina presto.»

Persi il filo dei pensieri per un minuto, sorpresa da un cambio di regole così improvviso. *Cosa diavolo stava succedendo?*

«Affare fatto», dissi, temendo di cambiare idea e di scappare prima che iniziasse qualsiasi cosa.

La sua presa sui miei fianchi si strinse e sentii il suo petto alzarsi e abbassarsi contro il mio. Le sue labbra trovarono di nuovo le mie, ma a differenza dei nostri baci precedenti, questo non era affamato o impaziente o qualcosa del genere. Era morbido e dolce, quasi gemetti tenero. Era come se lui stesse baciando qualcuno a cui teneva davvero ...

Troppi pensieri, mi ricordai.

«Non credo di aver mai desiderato nessuno tanto quanto voglio te», disse, avanzando lungo il corridoio che sapevo conduceva alla sua camera da letto. «Non voglio smettere di baciarti, non voglio smettere di esplorare il tuo fantastico corpo e non voglio lasciarti andare via dalle mie braccia. Ma devo farti uscire dalla mia mente.»

Alla fine, percepii qualcosa che spiegava il motivo del suo strano comportamento. Non si sentiva sicuro con me. Non che avesse paura di me, piuttosto di se stesso e della sua perdita di controllo. Non potevo biasimarlo per questo, perché questo ha fatto di noi due.

Varcò la soglia della sua camera da letto e mi mise giù, guardandomi freneticamente dietro e poi di nuovo verso di me.

«Qualunque cosa accadrà qui dentro, resterà tra noi», dissi, le mie braccia ancora avvolte intorno al suo collo.

«Affare fatto.»

«Niente più foto», lo avvisai. «E mi consegnerai quelle che

hai scattato l'ultima volta.»

Mi studiò per un lungo minuto, poi annuì brevemente e disse, «*D'accord* — okay.»

Feci qualche passo indietro finché le mie gambe non toccarono il bordo del suo letto. Mi seguì, i suoi occhi non lasciarono mai i miei.

«Anche se è così dannatamente bello, voglio vedere cosa si nasconde sotto di esso», disse, slacciandomi i lacci sulla schiena, gli occhi concentrati ed eccitati come un ragazzino che apre il suo regalo preferito a Natale. Quando il mio corsetto se ne fu andato, mi prese i seni tra le mani e si chinò per far scorrere la lingua su di essi, succhiando dolcemente i capezzoli.

Niente era mai stato così bello. Nemmeno quando lui ed io eravamo nella stessa stanza, a fare la stessa cosa.

Quando sentii le sue labbra muoversi lungo la mia pancia fino al bordo del perizoma, smisi di respirare all'istante. Non ricordavo che mi avesse baciato lì l'ultima volta, ma in questo momento volevo sentire le sue labbra su tutto il mio corpo.

«Siediti sul letto», ordinò, spingendomi leggermente indietro.

Obbedii e fui immediatamente colta alla sprovvista dai suoi occhi che bevevano ogni centimetro del mio corpo.

«*Suprêmement belle* — Divinamente bella.»

La sua lingua percorse la mia coscia nuda e si fermò sul triangolo di pizzo che separava le sue labbra dalla parte più sensibile del mio corpo. Con i denti lo scostò e leccò la pelle appena scoperta; la mia mente e il mio corpo esplosero. Mi appoggiai al lenzuolo e gemetti piano, pregando che questo dolce gioco non finisse mai.

Sembrava che Dominick non ne avesse mai abbastanza di me, baciando, succhiando e assaporando ogni millimetro del mio corpo. Questa volta non mi dispiaceva che mi lasciasse dei segni, morivo dalla voglia di darmi a lui. Le sue mani e le sue labbra ora erano su di me: le mie gambe, i fianchi, la pancia, il seno, il collo. Ma ancora non sembrava abbastanza.

Allontanandosi da me abbastanza a lungo per togliermi il perizoma, si chinò su di me, guardandomi negli occhi, come per chiedere il permesso.

«Non credo di potermi fermare ora», disse avidamente come se stesse davvero morendo di fame.

«Allora non fermarti», replicai, facendo scorrere una mano sul suo ventre e sfiorandogli leggermente i peli del petto.

Con un piccolo sospiro, si sporse in avanti e coprì il mio corpo con il suo, premendo più forte i suoi fianchi contro i miei. La mia mano scivolò tra i suoi capelli e gli baciai le labbra avidamente, dandogli mentalmente il permesso per qualsiasi cosa volesse fare dopo.

Lui gemette nella mia bocca e interruppe il bacio, dicendo «Non voglio che niente ci separi.»

Mi ci volle solo un secondo per capire di cosa stesse parlando ... *Precauzioni.*

«Nemmeno io», dissi, sollevando i fianchi per sentire la sua erezione premere contro di me.

Le mie parole erano vere. Non ricordavo nemmeno di avergli chiesto di indossare un preservativo, o di controllare prima la sua storia medica. Volevo tenerlo il più vicino possibile. E non so perché, ma questa volta mi sentivo al sicuro e così nel giusto ...

Capitolo 7

Dominick

Lo stavo perdendo disperatamente. Riuscivo a malapena a controllarmi e, accidenti, mi piaceva come mai prima.

«Ho immaginato questo momento così tante volte», dissi,

facendo scorrere le mani su e giù per i suoi fianchi sexy, con quelle curve sexy e il suo piccolo corpo.

Dopo l'episodio nel mio ufficio, non riuscivo più a controllare me stesso, ricordando la sensazione delle mie dita che scivolavano dentro di lei e le sue labbra morbide che sfioravano le mie, ancora e ancora. Fissai i documenti davanti a me e imprecai mentalmente per la centesima volta di seguito. Le parole e le frasi si offuscavano davanti alla mia vista, e sapevo che non sarei stato in grado di concentrarmi, tanto presto. Cancellai tutti gli appuntamenti fissati per il resto della giornata e me ne andai. Avevo bisogno di mettere più distanza tra me e Scarlett. Pensai anche di traslocare in un ufficio su un altro piano, ma con mia delusione, erano già stati presi tutti.

Passai la giornata a casa, trascinando il mio corpo dolorante da una stanza all'altra, non credo di essere mai stato così agitato. Stavo quasi per iniziare a prendere a pugni le cose solo per sentirmi almeno un po' meglio. Non so nemmeno dove trovai la forza di fermarmi quando lei disse che potevo fare tutto ciò che volevo. Sì, farla impazzire e poi lasciarla così faceva parte del mio piano, ma il mio uccello decisamente non approvava quel passo quasi suicida. La volevo tanto quanto ero sicuro che lei volesse me adesso. E mi faceva piacere sapere che almeno qualche volta i nostri desideri erano gli stessi.

I suoi occhi erano spalancati e così incredibilmente belli, come pozze d'acqua azzurra, che brillavano alla luce. Non potevo credere che fosse reale. Fino all'ultimo momento, ero sicuro che non si sarebbe fatta vedere e poi ammirandola in quel corsetto e calze sexy come l'inferno, pensai che sarei svenuto, letteralmente. Sembrava il migliore dei miei sogni che si avvera. Se solo lei avesse saputo quanto mi faceva sentire debole e indifeso. Le avevo mentito. Non avevo altre foto ...

L'unica cosa che avevo era solo un tentativo di tenere per

me almeno una piccola parte di lei. L'avevo presa con il mio cellulare e non l'avrei mai condivisa. Ma in qualche modo, si era trasformata nell'unica arma che potevo usare per fare in modo che lei passasse più tempo con me. Non mi piaceva l'idea di ricattare Scarlett, ma accidenti, avevo bisogno di lei e speravo davvero che una notte insieme sarebbe stata sufficiente per far tornare il mio pensiero razionale. Speravo anche che non mi trasformasse nel suo schiavo, perché le possibilità che mi offuscasse ancora di più la mente erano dannatamente alte.

Lei mi stava guardando in silenzio, e io morivo dalla voglia di sapere a cosa stesse pensando. Non si vergognava di stare con me adesso, e mi piaceva. Mi piacevano anche il suo tocco stuzzicante, la malizia che brillava nel profondo dei suoi occhi azzurri e il modo in cui sapeva sempre cosa desideravo. Pensavo che lei non mi avrebbe mai più parlato dopo quello che le avevo fatto nel mio ufficio, ma nel momento in cui la udii entrare nel mio vialetto, capii di averla finalmente battuta in questo nostro piccolo gioco.

«Hai pensato a me?» chiesi, stringendole leggermente i fianchi. Amavo la morbidezza della sua pelle, sembrava ricoperta da un elisir invisibile che non riuscivo a smettere di assaggiare.

«Sì», rispose senza esitazione.

La guardai e sorrisi. «Quando?»

«Non ho intenzione di dirtelo.»

«Perché no? O le tue fantasie erano troppo sporche per condividerle ad alta voce con me?»

«E tu, invece?» mi chiese, facendo scivolare una mano tra i miei capelli. «Hai pensato a me?»

«Oh, sì. Sicuramente più di quanto volessi, o almeno più di quanto volessi ammettere.»

«Quando?»

«Non ho mai smesso di pensarti dal momento in cui ci

siamo incontrati, il che significa ... per due giorni interi.»

«E cosa hai pensato esattamente?» chiese con tono misterioso.

«A farti mio, volevo solo te; essere ... stare con te», risposi, toccandole dolcemente le labbra con la punta delle dita.

Ero un po' ossessionato dall'idea di realizzare quella notte tutti i miei sogni su di lei. Non sapevo come definirlo. Per una volta nella mia vita, non volevo pensare al domani. Al momento, contava solo lei.

Intrecciai le mie dita con le sue e le sollevai le mani, bloccandola sulle lenzuola con il mio busto.

«Stasera mi rifiuto di lasciarti addormentare», dissi, sorridendole.

«Chi ha detto che voglio dormire?» lei rispose, ricambiando il sorriso.

Non potevo fare a meno di ammettere che il gioco che avevamo iniziato due giorni prima stava diventando sempre più emozionante. E mi chiedevo se sarei stato ancora in grado di respirare una volta finito ...

Ero proprio lì, in bilico sul bordo, e non sapevo per quanto ancora avrei potuto trattenermi dal tuffarmi dentro di lei. Mi spinsi più forte contro di lei e sentii il suo corpo tendersi sotto di me. Ero stordito dall'ebbrezza del mio desiderio.

«Non ti farò del male», respirai nella curva del suo collo, posizionandomi tra le sue gambe aperte e il sesso bagnato e pronto.

«So che non lo farai», rispose, guardandomi. Per un attimo rimasi sbalordito dalle sue parole. *Lei si fidava di me.* Ed ero un tale maiale che mentiva sulle foto, pensando che fosse l'unico modo per farle passare una notte con me. *Quando era successo?* Non avevo mai avuto bisogno di giochi o trucchi per sedurre la donna che desideravo. Ma ora, sembravo essere pronto a fare qualsiasi cosa per ottenere il premio desiderabile, compreso raccontare bugie.

Improvvisamente, volevo sistemare le cose. Volevo far sentire bene Scarlett, soddisfatta e completa.

Ero sdraiato pesantemente su di lei, sollevandomi anche solo di pochi centimetri mi sembrava di perderla. I miei occhi percorsero i lineamenti gentili del suo viso e il mio respiro colse l'intensità del desiderio che riempiva i suoi occhi. Lei poteva chiedermi qualsiasi cosa ed io avrei obbedito. Nel profondo del mio cuore, sapevo di essere già perso in lei, non potevo perderla adesso ...

Sollevai i fianchi abbastanza per penetrare in lei, inarcandomi per ritrovarmi avvolto nella sua morbidezza, e con una promessa silenziosa negli occhi, mi spinsi in avanti, scivolando sempre più a fondo nell'accogliente calore del suo sesso.

Entrambi emettemmo un gemito di piacere, e io mi fermai per un secondo come se potessi memorizzare quel momento per sempre nella mia mente.

«Dio, sei così stretta», sussurrai, sentendo i suoi fianchi sollevarsi per incontrare i miei con un movimento identico. Mi accolse completamente dentro di sé, guardandomi con piccoli gemiti di piacere che sfuggivano alle sue labbra carnose. Erano rosse e gonfie per i miei baci, e dannazione, era incredibilmente bella, mi portava in alto e mi abbatteva, tutto in una volta.

I miei movimenti diventarono più frenetici, più ruvidi. Ma a lei non sembrava importare, rispondeva alle mie spinte con dolci gemiti, che volevo ardentemente bere dalle sue labbra. Mi sporsi in avanti e premetti le mie labbra sulle sue, accelerando e rallentando, dando e prendendo e supplicando ...

«É così bello», lei sussurrò sulle mie labbra socchiuse. «Sei così bravo.» Sentii le sue unghie affondare nelle mie spalle e, per la prima volta in assoluto, volevo che una donna mi lasciasse un segno. Con questa donna in particolare, non mi dispiaceva nemmeno essere graffiato e marchiato come sua proprietà. Non volevo solo che lei fosse mia, volevo anche essere suo. Sembrava strano considerando che ci eravamo incontrati solo 48 ore prima? Forse. In realtà non mi importava. Ora, avevo tutto ciò che volevo e di cui avevo bisogno nelle ultime 48 ore e forse per sempre ...

Continuavamo a muoverci in sintonia l'uno con l'altro, non potevamo chiudere gli occhi, o distogliere lo sguardo, nemmeno per un secondo. Sembrava così incredibilmente intimo, una connessione così profonda. Dubitavo di essermi mai sentito così, nemmeno con Pamela.

Acceleravo il ritmo, mordendo e succhiando le sue labbra, il lobo dell'orecchio e il collo, e poi rallentavo di nuovo, assaporando la sua silenziosa supplica di andare avanti.

Potevo sentire le sue mani esplorare la mia schiena, le mie braccia e il mio petto. Volevo sentirle ovunque. Il ricordo di quanto velocemente le sue mani mi avevano fatto venire l'ultima volta che eravamo stati insieme intensificò il desiderio che già bruciava in me.

«Così perfetta», dissi, ora guardando il suo corpo, connesso con il mio. «Siediti sulle mie gambe. Voglio vederti far scivolare il mio membro dentro di te.»

Lentamente, mi avvolse le braccia intorno al collo ed io la sollevai, tremando visibilmente nell'anticipazione di ciò che sarebbe successo dopo. Mai in vita mia ero stato così ipnotizzato dall'idea di fare sesso. Ma stavolta era tutto diverso, come se fosse la mia prima volta in assoluto, come se fossi di nuovo vergine; duro e pronto ad esplodere da un momento all'altro.

Lei restò in ginocchio, in bilico proprio sopra il mio uccello in attesa, abbassandosi quel tanto che bastava per stuzzicarmi.

«Non farlo», dissi in tono di avvertimento, guardando il suo viso sorridente.

«Oppure?» obiettò, facendo scivolare le mani sul mio petto e fino al punto in cui volevo sentirle di nuovo così tanto.

«Oppure ti scoperò seriamente e non sarai più in grado di fare un passo senza ricordare quanto è stato bello sentirmi dentro di te.»

«Hmm, sembra così dannatamente elettrizzante», mormorò, abbassando i fianchi per guidarmi finalmente dentro di lei.

«Non insistere», dissi, prendendo alcuni respiri. Sentire il suo sesso bagnato scivolare lungo il mio membro eretto era così fottutamente strabiliante.

Strinsi le braccia attorno a lei, godendomi ogni secondo dei nostri corpi che si muovevano così perfettamente insieme. Si chinò per baciarmi le labbra e rimasta sbalordito dalla tenerezza che aveva messo in quel bacio come se stesse baciando via tutto ciò che non andava nella mia vita, sostituendolo con un piacere e una gioia infiniti e rimettendo tutto a posto.

Il mio cuore mi rimbalzò nel petto quando mi resi conto che una notte con lei non era nemmeno vicino ad essere abbastanza. Dubitavo che sarebbe mai stato sufficiente, ma in questo momento preferii spingere quel pensiero in fondo alla mia mente, perché sapevo che più ci pensavo, più reale sarebbe stato quello che provavo per Scarlett. E non ero pronto ad affrontarlo in questo momento.

Stavo rubando tutti i suoi gemiti, cercando di ottenere di più, cercando di dare di più e farla rimanere con me, avevo bisogno che Scarlett restasse ...

Con ogni secondo che passava, la realtà di ciò che stava accadendo mi rendeva ancora più debole e insicuro. Mi sentivo come se stessi soffocando, morendo ancora e ancora fino a non poter più sopportare le torture più dolci di sempre.

«Sono così vicina», sussurrò, appoggiandosi a me.

«Anch'io», dissi, prendendo uno dei suoi seni nella mia mano e succhiando avidamente il capezzolo.

Poi le diedi alcune spinte affamate e sentii i suoi muscoli stringersi intorno a me, portandomi ancora più vicino al limite. Affondai il viso nella curva del suo collo e la spinsi rudemente lungo la mia lunghezza, sentendo un'ondata di piacere crescere sotto la mia pelle e scorrere nelle mie vene come un fiume fumante di beatitudine. Le sue unghie affondarono nella schiena, graffiandomi possessivamente. Potevo sentire ogni centimetro del mio corpo ronzare per il calore e l'attesa. Era così — il momento di soddisfazione tanto attesa che solo lei sapeva come farmi provare. Esplosi dentro di lei, gemendo nelle sue labbra e baciando via i suoi gemiti così piacevoli.

«Cristo, è stato così ...»

«Irreale?» lei chiese, posando un piccolo bacio all'angolo della mia bocca.

«Già.» La guardai e qualcosa dentro di me si ruppe. Avevo ottenuto quello che volevo. E ora? Ero pronto a lasciarla andare? Assolutamente no ...

Ero ancora in profondità dentro di lei, e non volevo uscire come se sapessi che ci avrebbe separati per sempre.

«Resta dentro di me», disse con voce appena udibile. Non mi mossi.

«Sarei felice di restare qui per sempre», mormorai, facendo scorrere le mani sui suoi fianchi e sulla sua schiena. «Vuoi di più?»

«Penso di sì.» Lei rise piano, guardandomi da vicino. «Davvero?»

Non potei fare a meno di sorridere per l'incertezza della sua domanda. «Credi davvero che io possa dire di *no*?»

Alzò le spalle, disegnando cerchi invisibili sul mio petto e fino a dove eravamo ancora uniti insieme con il mio membro sepolto nel profondo dentro di lei. «Non lo so. Non hai detto che ti è piaciuto.»

Non mi degnai nemmeno di rispondere. Invece, la spinsi indietro sulle lenzuola e mi chinai su di lei, sentendomi di nuovo indurire dentro di lei. Sapevamo entrambi che non sarebbe stata l'ultima volta che avremmo fatto sesso quella notte, ma in questo momento volevo fare del mio meglio per mostrarle quanto poteva essere bello andare piano, assaporando ogni battito dei nostri cuori.

Mi presi del tempo per guidarla verso le piacevoli vette dell'orgasmo, dove entrambi crollammo esausti, condividendo movimenti e i suoni dell'altro.

Strinsi gli occhi, immergendomi nel calore della sua pelle che toccava la mia; l'aroma del suo profumo che ora potevo sentire addosso a me; era così tranquillo in quel momento che pensavo che non avrei mai più provato nient'altro ...

«Così bello», dissi più a me stesso che a lei.

Ci sentivamo come se stessimo volando in alto sopra la terra, dove ogni nostro respiro era qualcosa di magico e troppo indescrivibile per essere vero. *Dio, ero ancora in possesso del mio corpo adesso?* Mi sentivo un perfetto estraneo, non sapevo di potermi sentire così perfettamente in equilibrio e in armonia con me stesso...

La mattina seguente iniziò con una telefonata di mio fratello. «Ehi, puoi venire tra un'ora, a casa mia?»

Guardai assonnato l'orologio sul muro e sbadigliai dicendo «Sei fuori di testa? Sono le 6:30 del mattino!»

«Sì, be', qui ho un'emergenza e solo tu puoi aiutarmi ad affrontarla.»

«Se non sai come sbarazzarti di un'altra tua fan pazza di

te, dubito che sarò in grado di aiutarti.»

«No, in realtà non si tratta di me.»

Scarlett si mosse accanto a me e io mi pentii immediatamente di aver risposto a quella dannata chiamata.

«Sono un po' impegnato ora», dissi, guardandola. Lentamente, aprì gli occhi e mi guardò, sorridendo leggermente.

«Un po'?» lei borbottò, offesa.

«Molto impegnato», mi corressi.

«Wow ... Non sei solo, vero?»

Oliver sembrava genuinamente sorpreso di sentirlo, ed entrambi sapevamo perché: non avevo mai avuto donne che pernottassero a casa mia e non mi ero mai fermato a casa loro, infatti, non sapevano nemmeno dove vivessi in modo da non stare a casa mia. Non avevo mai invitato delle donne da me.

«Scusa per l'interruzione, ma sono sicuro che mi perdonerai per aver trascinato fuori il tuo uccello da chi è riuscito a tenerlo per l'intera notte quando vedrai perché ho bisogno del tuo aiuto.»

Sospirai, imprecando mentalmente. «D'accordo. Sarò lì tra un'ora.»

«Bene. *Saluta* la tua dolce metà.»

«Lo farò, senz'altro.» Riagganciai e mi rivolsi a Scarlett, anche lei un po' delusa nel sentire che dovevo andarmene.

«Oliver?» chiese, sedendosi.

«Sì. Ha bisogno di me per qualcosa di urgente, o almeno così dice.»

«Come pensavo», disse solennemente.

Mi alzai per sedermi accanto a lei e le misi un braccio intorno alla vita per attirarla più vicino a me.

«Come ti senti?» chiesi, posando un dolce bacio sulle sue labbra.

«Non lo so ancora. Ti farò sapere quando mi alzerò dal letto.»

Le sorrisi e la baciai di nuovo, questa volta più profondamente. «Fammi sapere se riesci ancora a camminare. Dovrò inventare qualcosa di *più fantasioso* per mantenere la promessa di ieri sera.»

Ridacchiò e scosse la testa, arrossendo leggermente. «Non posso credere che l'abbiamo fatto ... quante volte?»

«Ho smesso di contare quando erano circa le quattro del mattino.»

«Se mi addormento nel bel mezzo della giornata lavorativa, sarà colpa tua», disse, alzandosi in piedi.

«Dove stai andando?» chiesi accigliato. Sicuramente non ero pronto per iniziare un nuovo giorno e per la realtà che improvvisamente avrebbe fatto irruzione nel nostro mondo perfetto.

«Ti dispiace se mi faccio una doccia?» chiese, lasciando cadere il lenzuolo a metà strada verso il mio bagno.

Cristo, se solo fossi stato in grado di pensare con lucidità mentre fissavo la sua schiena, i fianchi e le gambe perfette che ricordavo ancora da ieri sera avvolte intorno a me.

«Niente affatto», borbottai, guardando la porta chiudersi dietro di lei.

Le ci vollero solo dieci minuti per farsi una doccia e asciugarsi i capelli, mentre io stavo preparando il caffè per noi.

«Profumo di Paradiso», commentò, entrando in cucina.

Mi voltai al suono della sua voce e ancora una volta mi sorpresi a pensare a quanto fosse bella, con addosso nient'altro che la mia camicia bianca, con le maniche arrotolate fino ai gomiti.

«È ancora troppo presto per andare in ufficio, perché non rimani qui ad aspettarmi?» la invitai porgendole una tazza di caffè.

«Devo tornare a casa. Non posso andare al lavoro, vestita

da spogliarellista.»

Risi sottovoce. «In realtà, non mi dispiace vederti entrare nel mio ufficio con nient'altro addosso che un corsetto e tacchi alti.»

«Ma non ti dispiace che tutti gli altri mi vedano vestita così?» lei disse alzando gli occhi.

Feci una smorfia, sentendo un'ondata di disagio e qualcos'altro, correte lungo la mia schiena. «Non credo.»

«Possiamo ... mantenere segreto quello che è successo qui?» chiese, sedendosi.

«Pensavo ne avessimo già discusso.»

«Lo abbiamo fatto, ma voglio comunque essere sicura che non ...»

«Farò un cartellone con una descrizione dettagliata di tutto ciò che abbiamo fatto ieri sera?»

Lei rise, un po' nervosa. «Esattamente.»

«Non preoccuparti. So come tenere la bocca chiusa. Specialmente», dissi, avvicinandomi alle sue labbra, «se tu mi aiuti.»

«Ricordo un'altra cosa che mi avevi promesso ieri sera.»

Le foto ... «Di cosa si tratta?»

«Lo sai.»

Sospirai, cercando di trovare una risposta più o meno credibile. «Posso tenerle?»

«A che scopo?»

«Solo per avere la possibilità di guardarti quando non ci sei. Non le mostrerò a nessuno, nemmeno a tuo padre.»

«Me lo prometti?»

Ancora una volta, fui sorpreso di sapere quanto si fidasse di me. E di nuovo mi pentii di averle mentito. Troppi rimpianti. C'era qualcosa in me che non andava ...

«Promesso», dissi, e fui immediatamente premiato con un bacio.

Capitolo 8

I miei pensieri erano un disastro. Non riuscivo nemmeno a mettermi al volante, quindi chiesi a Tom, il mio autista, di accompagnarmi da Oliver. Ero troppo distratto per guidare, specialmente a New York. Probabilmente avrei finito per causare un incidente con varie auto.

Avevo alcune cose importanti da fare quella mattina, ma non riuscivo a concentrarmi su niente. La mia mente pensava ancora solo a Scarlett. I ricordi della scorsa notte mi balenarono in mente e quasi ringhiai per quanto avessi ancora bisogno di lei. Per la prima volta in assoluto, il mio corpo e la mia mente erano d'accordo su quel desiderio.

Mai in vita mia ero stato così attratto da qualcuno. Anche quello che provavo per Pamela era così diverso dai miei sentimenti per Scarlett. *Accidenti, avevo appena detto "sentimenti"?* Dovevo essere completamente fuori di testa ...

Sospirai e chiusi gli occhi, appoggiando la testa contro il sedile. Non sapevo come definire cosa mi stesse succedendo. Non volevo solo una notte con Scarlett, e che quella fosse l'ultima notte che avevamo passato insieme. Forse avrei dovuto prenderla lentamente invece che così veloce, caldo e pesante, come un cavallo da corsa in pista pronto a sfrecciare fuori dal cancello non appena sparano il colpo di pistola. Iniziare con un film e dei cioccolatini, come se fossero stati lasciati accidentalmente sulla sua scrivania. Forse avrei dovuto chiederle di uscire, per un vero appuntamento? Ricordavo le parole di suo padre e la sensazione di disagio che si era formata dentro di me. Avrebbe approvato che la sua *Raggio di sole* uscisse con uno come me, un uomo il cui volto era apparso sui giornali scandalistici più spesso di quanto non ci fossero giorni in un anno? Un uomo che non poteva offrirle altro che sesso? Un uomo così fottutamente spaventato dagli obblighi?

«Eccoci qua», annunciò Tom, fermandosi davanti all'alto edificio di cinquanta piani.

Sbattei le palpebre e guardai distrattamente fuori dal finestrino.

«Sta bene, signore?»

«Per niente», borbottai, scendendo dall'auto. «Aspetta qui, non credo che qualunque cosa Oliver vorrà da me richiederà così tanto tempo.»

Se solo avessi saputo che il suo problema in realtà era mio...

«Spero davvero che tu non mi abbia trascinato fuori dal letto solo perché volevi vendicarti per una partita a scacchi», dissi cupo, entrando nel suo appartamento.

«Vorrei che si trattasse solo di scacchi», disse, facendomi cenno di seguirlo in soggiorno.

La prima cosa che vidi fu una chioma rossa che ricordavo molto bene. Mi bloccai. «Pamela?»

Lei si volto al suono della mia voce e qualcosa scattò dentro di me come se fossi stato trasportato cinque anni nel passato, guardando quegli occhi verde brillante che amavo così tanto ...

«Ciao, Dom», mi salutò, alzandosi in piedi.

«Che cosa ci fai qui?» le chiesi a bassa voce.

Si guardò alle spalle e sorrise leggermente a qualcosa che non riuscivo a vedere.

«Vi lascio soli», disse Oliver, facendo un passo indietro.

«Che diavolo sta succedendo, qui?» scattai, avvicinandomi a dove si trovava Pamela.

«Mamma, perché quest'uomo è così arrabbiato?» chiese una voce giovane che non conoscevo.

I miei occhi si spostarono su un ragazzino seduto per terra, che suonava una delle chitarre giocattolo di mio fratello.

«Non è arrabbiato, tesoro», lei lo rassicurò, inginocchiandosi davanti a lui. «È solo un po' sconvolto.»

«Per quale motivo?»

Alzò lo sguardo su di me e qualcosa nei suoi occhi mi disse che non mi sarebbe piaciuto il motivo per cui lei si trovava qui.

«Perché non vai a cercare lo zio Oliver?»

Zio Oliver?

Il ragazzino si alzò in piedi, mi guardò incuriosito e se ne andò senza aggiungere altro.

«Ora, saresti così gentile da rispondere alla mia domanda?» chiesi, incrociando le braccia.

La mia memoria non rendeva giustizia alla bellezza di Pamela. Indossava un abito verde scuro lungo fino al ginocchio, che metteva in risalto il colore dei suoi grandi occhi e contrastava con i suoi lunghi capelli rossi fluenti. Era magra ma non troppo come una top model; era ancora piuttosto formosa. Aveva questi fianchi e seni pieni che potevano creare un ingorgo nel traffico. Sapeva sempre come avere un aspetto fantastico. E in quel momento, restai un po' sorpreso rendendomi conto che la sua bellezza non mi faceva più nessun effetto. Non provavo altro che rabbia. Ero ancora arrabbiato con lei per avermi tradito, ma di sicuro non l'avrei mostrato.

«Ho pensato che fosse ora che tu sapessi una cosa», disse, giocando con la cintura del suo vestito. Sembrava un po' nervosa e non ricordavo di averla mai vista così. Era sempre stata un grande esempio di compostezza.

«La mattina che ho visto la foto di te e quella donna bruna che vi baciavate, il mio cuore si è spezzato», affermò con voce tremante.

Davvero? Ero anche un po' curioso di sapere fino a che punto sarebbe arrivata la sua recita. Ovviamente, non sapeva che l'avevo vista scopare con un ragazzo di cui non volevo nemmeno sapere il nome, e ora sembrava così offesa come se fossi stato io a *tradirla* due settimane prima del nostro matrimonio.

«Non sapevo cosa fare», proseguì. «Sono partita per Washington, sperando che la mia famiglia mi avrebbe aiutato a superare lo shock.»

Stavo per mettermi a ridere, ma poi pensai che prima avrei dovuto ascoltare l'intera storia.

«Poche settimane dopo la mia partenza, ho scoperto di essere incinta.»

Mi guardò di nuovo, e il mio battito cardiaco accelerò come se sapessi già cosa stava per dire dopo.

«Max è tuo figlio, *nostro figlio*, Dominick.»

La mia bocca si aprì e si richiuse, non sapevo cosa dire, ero completamente senza parole. Per un momento pensai persino che non sarei mai più stato in grado di parlare.

«Cosa hai detto?» la fissai, sperando che ripetesse le sue parole, ma invece si limitò a sorridere e fece un passo avanti.

«*Abbiamo* un figlio.»

Grazie a Dio, non persi l'equilibrio. Ero rimasto scioccato come qualsiasi altro uomo che avesse saputo all'improvviso di essere padre da quasi cinque anni.

«Perché ... Perché non mi hai detto che eri incinta?»

«È solo che non sapevo come dirtelo. Pensavo non volessi avere un bambino. Pensavo mi avresti detto di ...»

«Cosa? Sbarazzarti di lui? Sei fuori di testa, Pamela? Che tipo di persona pensi che io sia?»

Alcune lacrime le rigarono la guancia e non riuscivo credere che potesse davvero essere un'attrice così favolosa.

«Lasciami chiarire tutto», risposi, stanco delle sue bugie. «So che mi stavi tradendo. Sì, vi ho visto; tu e quel tizio», dissi, disgustato, «nel tuo letto. E non dirmi che mi sto sbagliando, perché ho visto tutto con i miei occhi e potevo certo sposare una puttana!»

I suoi occhi si allargarono. «Tu ... Io... Lascia che ti spieghi.»

«No, Pamela. Non ho bisogno di alcuna spiegazione. Avresti dovuto saperlo: le persone devono pagare per aver rovinato la vita di qualcun altro. E non hai solo rovinato la mia vita, hai ucciso ogni sentimento che provavo per te. Hai ucciso l'uomo che c'è in me! Ed è colpa tua se non riesco più ad amare perché mi hai mostrato quanto diventa inutile un sentimento quando non è reciproco. In breve, non mi fido di te, né di nessun altro, a causa *tua*.»

«Ti amo ancora, Dominick! non ho mai smesso di amarti.» Si avvicinò di un passo e mi accarezzò la guancia. «Non ti ricordi com'era bello stare insieme? Solo tu ed io, stretti nel nostro abbraccio ...»

Sussultai, guardandola incredulo. *Poteva mai una donna essere più ingannevole?*

«Se pensi che crederò a queste stronzate, allora ovviamente non mi conosci affatto», dissi. «Se questo ragazzino è davvero *mio* figlio, gli darò il mio nome e tutto il resto che merita. Ma prima, ho bisogno del test del DNA che dimostri che non stai mentendo.»

«Come puoi essere così cieco? Ha i tuoi occhi e assomiglia proprio a te quando avevi la sua età!»

«Scusa, tesoro, ma non sono più un cucciolo disperatamente innamorato di te. Mi fido solo delle parole scritte nero su bianco.»

«D'accordo. Se vuoi delle prove, te le darò.»

«Bene. Fammi sapere quando sei pronta per andare in laboratorio», dissi, porgendole il mio biglietto da visita.

Poi mi voltai e stavo per andarmene quando lei chiese «Non vuoi saperne di più su tuo figlio?»

Mi fermai, la mano sulla maniglia della porta. «Voglio prima le prove.»

«Come puoi essere così senza cuore, Dominick?»

Il sangue mi ribolliva lentamente nelle vene e ci volle ogni grammo del mio autocontrollo per non ucciderla a mani nude perché in quel preciso momento era esattamente quello che volevo fare.

Sorrisi. «Proprio tu dovresti sapere quanto sia facile distruggere un cuore. Quindi grazie per aver distrutto il mio, Pam. Senza offesa, ma l'unico modo per farlo funzionare ora è con un medico e il mio avvocato.»

Attesi che Pamela e il ragazzino se ne andassero, non andai nemmeno a salutarlo, e quando Oliver tornò in cucina dove lo stavo aspettando, la sua espressione era scura come una nuvola di tempesta.

«Un bambino? Seriamente, Dom? Come hai potuto non sapere di essere padre?»

Gli lanciai un'occhiata fredda e sbattei le mani sul piano di lavoro della cucina. «Come potevo sapere di avere un figlio se lei non si è mai presa la briga di informarmi che era incinta?»

«Non avevate amici in comune che lo sapevano?»

«Non conoscevo *nessuno* dei suoi amici. E da quando è tornata a Washington, non ho più avuto sue notizie. Perché è venuta da te, comunque?»

«Ha detto che non aveva il tuo nuovo numero di cellulare o il tuo indirizzo.»

«Esatto.»

«Accidenti, amico, ti rendi conto che sarebbe una bomba se la stampa o, peggio ancora, i nostri genitori, lo scoprissero?»

Ma l'unica persona la cui reazione mi avrebbe davvero preoccupato adesso era Scarlett. In qualche modo, ero sicuro che quella notizia non mi avrebbe aiutato a far funzionare le cose con lei.

«Devo andare», dissi, dirigendomi verso la porta.

«A proposito», mi chiamò Oliver, «chi è la ragazza così

fortunata da svegliarsi nel tuo letto stamattina?»

«Non sono affari tuoi», ribattei.

«La conosco?» lui non si arrendeva mai facilmente.

«No.» Girai la maniglia, uscii dalla porta e tornai alla mia macchina.

Sbattei la portiera della dietro di me e ordinai a Tom «In ufficio.»

Dubitavo seriamente che la mia vita potesse essere ancora più fottuta. Pamela aveva ragione, non mi serviva il DNA per vedere quanto mi somigliava quel ragazzino. Ma volevo comunque essere sicuro che non mi avrebbe trascinato in un'altra trappola. Avevo molte ragioni per non fidarmi di lei.

La prima cosa che volevo fare quando l'ascensore si fermò al mio piano, era vedere Scarlett. Andai verso il suo ufficio e bussai alla sua porta.

«Avanti», rispose lei da dietro la porta chiusa.

«Ehi», dissi, fermandomi sulla soglia. Ero così felice di rivederla, il mio cuore batteva forte dentro il mio petto.

«Che cosa ci fai qui?» chiese, un po' nervosa. Le sue guance arrossirono e lo adorai.

«Volevo solo passare per assicurarmi che tu fossi arrivata in ufficio, sana e salva», dissi, attraversando la distanza che ci separava.

«Nonostante il fatto che ieri sera tu abbia fatto del tuo meglio per sfinirmi e non farmi arrivare viva in ufficio, ho trovato la forza di tornare a casa, cambiarmi d'abito e venire qui.»

«Mmm, ieri sera», sospirai, avvicinandomi al suo orecchio. «Non riesco a smettere di pensarci.» Iniziai con dei baci lungo la sua scollatura, e subito lei mi ricompensò con un debole gemito, vibrando sotto le mie labbra.

«È pazzesco», replicò, alzandosi e posandomi entrambe le

mani sul petto.

«Lo dici come se fosse qualcosa di brutto», dissi, avvolgendole le braccia intorno alla vita.

«Non sono sicura che dovremmo continuare a farlo.»

«Fare cosa? Passare le notti insieme in un letto? Baciarci e farti urlare in estasi?»

«Uh, non mi stai davvero aiutando, lo sai?»

«Tutto quello che so è che voglio di più», dissi, coprendo le sue labbra con le mie.

Non mi rendevo nemmeno conto di quanto avessi bisogno di quel bacio. Era come tornare in un luogo segreto, dove regnavano solo pace e piacere. Nel momento in cui la mia lingua scivolò tra le sue labbra socchiuse, il mio mondo interiore esultò. Le succhiai leggermente, sentendo il suo corpo avvicinarsi al mio. Non potevo assolutamente andarmene adesso.

Mi avvolse le braccia intorno al collo e approfondì il bacio che non potevo nemmeno immaginare più sensuale di quanto non fosse già. Le mie mani scivolarono lungo i suoi fianchi e la strinsi più forte contro di me, volevo che lei sapesse che ero più che pronto per la seconda notte.

«Sai cosa voglio fare adesso?» chiesi, infilando una mano sotto l'orlo della sua gonna.

«Non ne ho idea», mi sussurrò sulle labbra.

«Voglio finire quello che abbiamo iniziato una volta nel mio ufficio.»

«Tieni questo pensiero per dopo. Ho un incontro con i designer di *Moonlight* tra ...», guardò l'orologio, «cinque minuti.»

«Pensi che possa farti venire entro quell'ora?»

Ridacchiò, scuotendo la testa. «No.»

«No? Non sottovalutare mai i miei talenti, *ma Belle de nuit*», mormorai in un sussurro, sentendo sotto le mie dita il tessuto liscio delle sue mutandine.

«Non dubito del tuo talento, ma non sono sicura che sarò

ancora in grado di pensare subito dopo qualunque cosa tu abbia in mente.»

«Per quanto tempo rimarrai alla riunione?»

«Non meno di due ore. Abbiamo molto da discutere.»

«Va bene, allora che ne dici di venire a pranzo con me?»

«A pranzo con te?» chiese, guardandomi con un sorriso malizioso, che giocava sulle sue labbra.

«Sì, perché?»

«Sarà un pranzo che non avrà niente a che fare con il cibo come la colazione insieme di due giorni fa?»

Sorrisi, baciandole di nuovo le labbra. «Forse.»

«Ci penserò», rispose, guardandomi attentamente.

«Mrs. Wilson, è in ufficio?» chiese una voce attraverso il vivavoce.

Le guance di Scarlett arrossirono di nuovo, si voltò verso il telefono sul tavolo, premette il pulsante rosso e disse «Sì, Stevie. Di cosa si tratta?»

Non potevo fare a meno di ammettere che già mi mancava, sapendo che non l'avrei vista prima di mezzogiorno.

«Il team della *Moonlight Design* è qui. Li accompagno in sala riunioni?»

«Sì, grazie. Sarò lì tra un minuto.»

«È ora di andare!» dissi piano, stringendola contro il mio petto.

«Sì. Siamo ancora al lavoro, ricordi?» Non sembrava che volesse andarsene, ed ero più che felice di ammetterlo. La sua testa era appoggiata sulla mia spalla destra, mettendo in mostra la sua perfetta scollatura e la clavicola che non riuscivo a smettere di baciare.

Con le mani sui suoi fianchi, le posai un piccolo bacio proprio sotto l'orecchio e feci un passo indietro. «Vai, prima che chiuda a chiave quella dannata porta e ti faccia perdere il tuo incontro importante.»

Non si voltò, ma sapevo che stava sorridendo.

«Allora ci vediamo dopo.» Prese un taccuino e una penna e si diresse verso la porta, lasciandomi completamente perso, ma sorprendentemente felice.

Naturalmente, il mio buon umore non poteva durare per sempre. Nel momento in cui Scarlett andò via, le mie preoccupazioni per Pamela e il nostro *piccolo problema* tornarono. Andai nel mio ufficio e chiamai il dottor Morrison, che era l'unica persona di cui potevo fidarmi per essere sicuro che la notizia che avevo un figlio non si sarebbe diffusa in tutto il mondo entro domani mattina.

«Dominick, cosa posso fare per te?» chiese.

«Ho bisogno che tu mi faccia un favore che dovrebbe rimanere tra noi due.»

«Certo. Sai che i miei pazienti sono come una famiglia. Tengo per me i loro segreti.»

«Lo so. Ecco perché ti sto chiamando. Puoi incontrarmi tra un'ora?»

«Il mio ufficio o il tuo?»

«Mio, se per te va bene.»

«Nessun problema. A presto!»

Riattaccai il telefono e guardai la pila di documenti sulla scrivania che dovevo esaminare. Il lavoro era sempre stato per me una grande distrazione. Ma a differenza di altre volte, oggi non serviva a molto. A parte la mia cosiddetta paternità, i miei pensieri ruotavano ancora intorno a Scarlett. Mi chiedevo se stesse pensando a me tanto quanto io pensavo a lei.

"Cosa indossi sotto quella tua bella gonna bianca?" scrissi in un messaggio, appoggiandomi allo schienale della mia poltrona.

"Tu cosa vorresti?" mi chiese ed io sorrisi, nemmeno minimamente sorpreso dalla sua risposta immediata.

"Niente", diceva il mio messaggio. *"Nient'altro che le mie*

dita, che fanno scivolare i tuoi dolci succhi lungo la mia pelle", altro messaggio.

Ci fu una breve pausa, durante la quale ero sicuro che stesse cercando di tenere a bada l'eccitazione che anch'io sentivo formarsi in me al solo pensiero che le mie parole diventassero reali.

"Sei solo?"

Aggrottai le sopracciglia leggendo il suo messaggio.

"Sì. Perché?"

"Chiudi la porta."

Mi piacque subito, qualunque cosa intendesse fare.

"Fatto!" risposi con un messaggio.

"Voglio che ti tocchi."

Uh, quella donna ovviamente sapeva come farmi perdere la testa. Era un po' folle, e di sicuro non avrei mai iniziato a masturbarmi nel bel mezzo della giornata lavorativa, proprio nel mio ufficio. Ma in questo momento ... Dannazione, volevo pensare solo a cosa mi avrebbe chiesto di fare dopo.

"Ti stai toccando?"

"Sì, sei cattiva, piccola provocatrice."

"Riesci ad immaginare la mia mano che ti tocca?"

Oh, Dio, sì ...

"Ricordo che la tua mano era abbastanza brava."

"Riesci a immaginare le mie labbra che si fanno strada lungo il tuo petto? E fino a dove potrebbero aprirsi e la mia lingua leccare la tua asta?"

"Cristo, quei tizi della MD sanno che non te ne frega un cazzo del loro incontro?"

"Rimani concentrato su quello che dovresti fare!"

"Sì, Raggio di sole." Sorrisi e premetti il tasto di *invio*.

"Ora, immagina le mie labbra che si avvolgono intorno a te—"

Oh, cazzo sì ...

"E poi scivolano lungo il tuo glande ..."

Si, per favore ...

"E poi salire e scendere ancora ..."

Oh, Signore ...

"E poi succhiarlo leggermente ..."

Cavolo...

Dopo non più di cinque secondi di silenzio, scrissi *"Cosa succede dopo?"*

"Avvolgerei le mie dita intorno ad esso ed inizierei ad accarezzarlo, stuzzicando le tue labbra con le mie."

"Non fermarti!"

"E poi le mie labbra tornerebbero sulla tua asta, muovendosi su e giù finché non riuscirai più a controllarti e inizierai a lasciarti andare ..."

Oh, sì ...

"Finché non ti sento eccitato e poi venirmi addosso ..."

Amico, le sue parole potevano essere ancora più strabilianti? Lasciai che la mia immaginazione si scatenasse e mi ripetei nella mente le parole che lei su scriveva ancora e ancora fino a quando sentii una felicità familiare scorrere sotto la mia pelle e fino al punto in cui erano le sue labbra immaginarie ...

"É stato incredibile", scrissi in un messaggio, con le mani che ancora tremavano.

"Prego", rispose con una faccina. *"Ora, ho una presentazione da mostrare."*

"Non confonderla con la conversazione che lampeggia sullo schermo del tuo cellulare."

"Torna al lavoro, Mr. Altier! Oh, e non dimenticare di rimetterti i pantaloni."

Risi scuotendo la testa, ancora incredulo per quello che era appena successo. Oliver aveva ragione, le mie palle non mi appartenevano più ... Ma erano di quella bionda sexy che stava facendo una presentazione nella stanza in fondo al corridoio.

Capitolo 9

Scarlett

Ero decisamente fuori di testa. Non potevo credere di aver appena mandato un messaggio a Dominick con tutte quelle parole sconce. *Sarei riuscita ancora a guardarlo senza arrossire dopo quello che avevo appena fatto? Non credo proprio ...*

Non vedevo l'ora che la riunione finisse. Ero così eccitata che non riuscivo a pensare a nient'altro che a bruciare le lenzuola con quell'uomo meraviglioso nel più selvaggio dei miei sogni. La notte che avevamo passato insieme era stata anche migliore delle mie aspettative. Ogni centimetro del mio corpo ricordava ancora le mani e i baci di Dominick, e non vedevo l'ora che arrivasse il momento per rifarlo di nuovo. Lui lo voleva tanto quanto me? Non lo sapevo. Anche se si comportava come se fosse speciale per lui, dubitavo che volesse che questo gioco durasse troppo a lungo. Il mio cuore si contrasse al pensiero di porre fine al mio rapporto con Dominick perché qualunque cosa fosse, non avevo mai sperimentato niente di meglio.

«Mrs. Wilson, possiamo avere una copia digitale della sua presentazione?» chiese una voce dall'altra parte della stanza.

Sbattei le palpebre, cercando di riportare la mia attenzione sulla riunione. «Certo, Mr. Carsen. Chiederò alla mia segretaria di farne una copia per voi.»

«Fantastico. Volevo anche ringraziarvi per la pronta risposta alla nostra offerta. Se le cose continuano secondo i nostri piani, finiremo una nuova promozione di *Ishu* entro la fine del mese.» *Ishu Industries* era uno dei più grandi venditori di tecniche giapponesi e uno dei nostri migliori clienti; quindi, non avrei mai lasciato che i miei giochi con Dominick rovinassero un progetto su cui stavo lavorando da mesi.

«È un piacere lavorare con voi», dissi, sorridendo ai

rappresentanti della MD. Erano i nostri principali rivali in affari, ma dopo che il loro capo e mio padre si erano resi conto che unendo i nostri sforzi avremmo potuto ottenere di più, avevamo iniziato a lavorare insieme sviluppando con successo alcune campagne pubblicitarie molto redditizie.

Il cellulare mi vibrò in mano.

"Se non vieni qui ora, temo che dovrò venire lì e mettere fine alla tua maledetta riunione, e sono certo che i rappresentanti del MD non lo apprezzerebbero molto", diceva il messaggio.

"Datti una calmata, qui ho quasi finito."

"Più facile a dirsi che a farsi. Sto aspettando!"

Chiusi le labbra per non iniziare a sorridere come un'idiota. Non volevo che nessuno pensasse che stavo flirtando tramite messaggi di testo mentre discutevo di un affare da un milione di dollari.

«Se non avete altre domande, penso che abbiamo praticamente finito qui, signori», dissi alzandomi in piedi. Semplicemente non riuscivo a restare seduta più a lungo, e la mia parte inferiore del corpo era totalmente d'accordo su questo.

«Posso scambiare due parole con te, Scarlett?»

Oh, no! Imprecai mentalmente. I colloqui con John Tithdail non duravano mai meno di un'ora. Era un uomo divorziato sulla trentina e conoscevamo tutti la sua reputazione di scapolo donnaiolo. Quell'uomo non poteva mancare una sola gonna che gli passava accanto.

«Certo, Tom. Perché non parliamo nel mio ufficio?» proposi, sperando di trovare una buona scusa per sbarazzarmi di lui il prima possibile. «Vuoi una tazza di caffè o, forse, del tè?»

«Sì, un caffè sarebbe ottimo. Grazie.» Sorrise, seguendomi fuori dalla sala riunioni.

«Stevie, potresti per favore prepararci due tazze di caffè? E dire a Mr. Altier che lo incontrerò un po' più tardi?», dissi, sperando che Tom si rendesse conto che non avrei dovuto ascoltare per sempre le sue sciocchezze; quell'uomo ovviamente aveva bisogno di qualcuno con cui parlare e non solo con cui scopare.

«Allora, come stai da quando tuo padre è andato via, Scarlett?» chiese, sedendosi sul mio divano. «Ho sentito dire che Dominick Altier è un uomo infernale con cui lavorare. Spero che non stia cercando di darti degli ordini?»

«Oh, no. Certo che no. Sa dove finisce il confine dei suoi obblighi e dei suoi diritti.» Be', forse non era del tutto vero...

«Bene. Fammi sapere se cerca di metterti sotto pressione», si raccomandò, con tono preoccupato.

«Lo farò.» Gli sorrisi educatamente, sedendomi accanto a lui.

Stevie entrò nel mio ufficio, con le due tazze di caffè che avevo chiesto. «Grazie, Stevie.» Presi una tazza, la diedi a Tom e poi presi la mia.

«C'è un'altra cosa di cui volevo discutere con te», disse.

«Cosa?»

«So quanto odi gli eventi pubblici, ma la prossima settimana darò una piccola festa e sarei felice se partecipassi anche tu.»

Aveva ragione, non mi piaceva nemmeno l'idea.

«Qual è l'occasione?» chiesi come se fossi interessata.

«Il compleanno della mia figlia maggiore.»

«Di Margaret? Quanti anni ha?» Conoscevo quella ragazza. Era molto carina.

«Compirà diciotto anni.»

«Wow, come crescono in fretta!» esclamai, sinceramente sorpresa.

«Sì, sua madre ed io eravamo così pazzi l'uno dell'altra.» Tom rise piano al ricordo. «Margaret è nata quando avevamo vent'anni. Vorrei che vi conosceste meglio. Sei sempre stata uno dei suoi idoli.»

«Davvero?»

«Sì. Un giorno prenderà il mio posto nell'azienda e voglio che veda come una donna giovane e bella può gestire bene i nostri affari.» Alle parole "giovane e bella" i suoi occhi scivolarono sul mio seno e sulle mie gambe, e io mi mossi a disagio sotto il suo sguardo. *Fottuto bastardo ...*

Avevo solo sette anni più di sua figlia e lui sembrava incapace di rendersi conto che era troppo vecchio per me. Anche se a giudicare dall'età delle sue gallinelle, dubitavo che gliene fregasse un accidente.

«Grazie per l'invito», dissi, guardando l'orologio con impazienza. «Ci penserò. Ho un altro incontro oggi, quindi se è tutto ciò di cui mi volevi parlare ...»

«Oh, giusto. Mi ero completamente dimenticato che dovevi vedere il diavolo.» Sorrise con simpatia. «Mi ripeto, sarò incredibilmente felice di vederti alla festa», disse, appoggiandomi una mano sul ginocchio; poi sembrò un po' imbarazzato come se l'avesse messa lì per caso, ma lui ed io sapevamo che non era un gesto casuale, non stava prendendo in giro nessuno.

Un attimo dopo la porta del mio ufficio si spalancò ed entrò Dominick; i suoi occhi fissarono la mano di Tom.

«Spero di non interrompere nulla», disse, guardandomi con le sopracciglia alzate con espressione interrogativa.

«Niente affatto», risposi alzandomi in piedi. In realtà ero contenta che fosse venuto prima che la mia conversazione con Tom potesse diventare ancora più imbarazzante. «Dominick, lascia che ti presenti Mr. Tithdail, il proprietario della *Moonlight Design*.»

«Il suo nome mi suona familiare», disse Dominick, perforando il mio compagno con uno sguardo omicida. «Sei tu quello che Clary Fanton ha accusato di violenza sessuale?»

Oh, Dio, doveva proprio essere un asino onnisciente?

Tom sorrise, ma potrei giurare che in quel momento stava morendo dalla voglia di uccidere Dominick a mani nude. «É stato solo un malinteso», commentò. «Adesso, se volete scusarmi.» Ci fece un cenno e si diresse verso la porta. «Non dimenticare l'invito, Scarlett.»

«Non lo farò.» Chiusi la porta dietro di lui e mi girai verso Dominick, scuotendo la testa senza parole.

«Cosa? Volevi diventare la sua prossima Clary?»

«Lei ha mentito sull'aggressione sessuale e lo sappiamo entrambi.»

«Io non ne sarei troppo sicuro. Quell'uomo non sa come tenere l'uccello nei pantaloni!»

«Senti chi parla!» Risi, incrociando le braccia. «L'uomo che non vuole altro che un altro orgasmo per pranzo.»

«Forse non solo uno», commentò, avvicinandosi.

«Non puoi entrare nel mio ufficio senza bussare», lo rimproverai, fingendo di non essere influenzata dalla sua vicinanza.

«O sì? Quindi volevi diventare la prossima Clary di quello stronzo?»

«Questo *non* è ciò che intendevo.»

«Be', ero un po' eccitato di rivederti», disse, tirandomi al suo petto. «E solo per la cronaca, se mai proverà a toccarti di nuovo, giuro che gli strapperò le palle.»

Sorrisi, dicendo «Darei qualunque cosa per vedertelo fare.»

«Non insistere, Scarlett. Forse posso dimenticare che lavori con così tanti bastardi avidi che muoiono dalla voglia di entrare nelle tue mutandine, ma non lascerò mai che nessuno di loro lo faccia davvero.»

«E cosa ti fa pensare di avere il pieno controllo su di me e sulla mia vita privata?»

«Forse il fatto che nessuno possa farti provare quello che riesco a farti provare io?»

«Oh davvero? Vuoi scommettere?» dissi, mettendo le mani sui fianchi.

«Assolutamente no», sibilò a denti stretti. «*Non* condivido, e tu lo sai. Quindi finché sei mia, nessuno può toccarti. È chiaro?»

«E per quanto tempo esattamente mi avrai tutta per te?» Non mi piaceva il suo tono possessivo, ma da qualche parte nel profondo del mio cuore sapevo che avrei fatto qualsiasi cosa per appartenergli per sempre ...

C'era qualcosa nei suoi occhi che non riuscivo a capire. *Di certo non poteva essere geloso, giusto?*

«Sempre che piaccia a entrambi», disse infine.

«E se non lo volessi più?»

Sorrise, avvicinandosi alle mie labbra. «Non illuderti, *Raggio di sole.*»

Forse se non fosse stato Dominick Altier a pronunciare quelle parole, gli avrei subito indicato la porta, ma mi sembrava di non riuscire nemmeno a respirare quando c'era quest'uomo nei paraggi.

Rinunciare non è mai stata una delle mie migliori risorse. Gli accarezzai il labbro inferiore con la punta delle dita e dissi, «Continuerò a dirlo finché non dimostrerai il contrario.»

«Uh, *j'adore* le sfide», disse quasi in un sussurro prima che la sua lingua mi leccasse un dito. «Vieni qui.» Poi mi strinse al suo petto e coprì le mie labbra con le sue, succhiandole dolcemente.

Sapevo che nel momento in cui le nostre labbra si fossero incontrate, tutti i miei dubbi sarebbero volati fuori dalla finestra. Baciarsi non bastava più. E lo sapevamo entrambi.

«Dammi un secondo», disse, respirando affannosamente. Poi andò alla porta e udii la serratura scattare. *Chiusa a chiave ...*

«Non possiamo farlo *qui*», obiettai, non desiderando

nient'altro che il suo corpo sopra il mio.

«Dovremo essere silenziosi», disse, prendendomi le mani nelle sue e tirandomi sul divano.

«È possibile?»

«Scopriamolo.» Si sedette e mi fece sedere sul suo grembo, con le mie gambe intorno ai suoi fianchi. «Adoro questo vestito», sussurrò sulle mie labbra socchiuse. «Ho sognato che mi cavalcassi così dal momento stesso in cui ti ho visto indossarlo stamattina. Mi sei mancata da morire.»

Il mio outfit non era altro che una semplice gonna svasata bianca con una vita che si adattava alla parte superiore del mio corpo come un guanto, anche se sembrava ancora abbastanza appropriata per il lavoro.

«Dovevi lavorare, e non ti manco», dissi, sentendo le mani di Dominick scivolare sotto l'orlo della mia gonna.

«Era un po' difficile concentrarsi, ricevendo tutti quei tuoi messaggi sconci.»

«Ti sono piaciuti?»

«Oh, sì. Moltissimo. Continui a scherzare con la mia testa e non so come calmarmi. Ti voglio ... Sempre.»

«Quindi forse dovrei smettere di flirtare con te?»

«Non pensarci neanche. Quando sono con te, sono tutto tuo. Puoi fare quello che vuoi e non cercherò nemmeno di fermarti.»

«Oh, davvero? E se poi ti slaccio la cintura ... ti apro i pantaloni ... e ...?»

«Fallo», disse, guardandomi negli occhi.

Il suo sguardo era il riflesso del mio: pieno di desiderio inespresso e di fame che entrambi dovevamo soddisfare.

Avvolsi le mie dita attorno alla sua erezione e ansimai silenziosamente per quanto il membro fosse lungo e duro nella mia mano.

«Te l'avevo detto che mi mancavi da morire», sussurrò

Dominick, sorridendo. «Pensi di poterlo gestire?» Guardò in basso dove lo stavo toccando.

«Non sono sicura, ma mi piacerebbe dare un'occhiata.»

«Guidami dentro di te», disse con voce implorante e non potevo fare a meno di ammettere che più tempo passavamo insieme, più volevo stare con lui. Non solo per sesso intendo, in realtà volevo essere solo sua, come aveva detto lui ...

«Toccami», lo invitai, alzando i fianchi quel tanto che bastava per dargli un migliore accesso alle mie cosce. «Voglio sentire le tue mani su tutto il mio corpo», mormorai facendo le fusa.

«Dio, sei così dolce e calda», sussurrò, chiudendo gli occhi per un momento. «Ti voglio così tanto, da farmi male.»

«Anch'io», risposi, godendomi il modo in cui la mia pelle bruciava sotto le sue dita sapienti che si facevano strada lungo la mia coscia e sotto il tessuto delle mutandine, dove il mio desiderio pulsava.

Accarezzando il mio clitoride, continuava a baciarmi le labbra, la mascella e il collo, mordicchiandomi la pelle e facendomi bagnare in tutti i punti giusti.

«Mi piace quando sei così eccitata», mi mormorò all'orecchio. «Non credo che ne avrò mai abbastanza di te. A dire il vero no.»

Ascoltare quelle parole era incredibilmente bello. Ma d'altra parte, non volevo sentirle, perché una parte di me sapeva già che quando tutto tra noi sarebbe finito, mi sarei spezzata ...

Chiusi gli occhi, cercando di scacciare quei pensieri e concentrarmi su quello che avevo adesso. E ora, avevo l'uomo più bello e desiderabile di sempre, che moriva dalla voglia di stare con me. Per ora, era abbastanza.

Fece scivolare due dita dentro di me ed io gemetti piano in risposta. Mi piaceva quando faceva così.

«Shh, non vogliamo che nessuno sappia cosa stiamo

facendo qui, vero?»

Francamente non me ne fregava niente ...

Quando sentii stringersi la sua presa sul mio fianco, capii che non poteva più aspettare. Sollevandomi sulla punta del suo membro, mi appoggiai a lui, baciandolo dolcemente. Lui gemette nelle mie labbra e mi spinse verso il basso, costringendomi ad accoglierlo in profondità con un unico, veloce movimento.

«Dio, mi fai sentire in paradiso», disse con voce roca, sollevandomi i fianchi e spingendoli di nuovo verso il basso.

La mia vista si offuscò e chiusi gli occhi, temendo di svenire per quanto era bello sentirlo di nuovo dentro di me. I suoni fluidi dei nostri corpi che si muovevano riempivano l'intero spazio intorno a noi, e dubitavo di poter pensare a qualcos'altro tranne che a noi due che eravamo di nuovo una cosa sola. Mai in vita mia mi ero sentita così completa ...

Dominick non emise un suono, anche il suo respiro sembrava essersi fermato. Aprii gli occhi e vidi che mi stava guardando affascinato; come se fossi la donna più bella e desiderabile del mondo. Per un secondo, lasciai che quei pensieri mi sopraffacessero e il mio cuore iniziò a battere più forte perché la verità era che volevo essere l'unica donna con cui lui avrebbe mai voluto stare ...

«Scommetto che non sai nemmeno quanto sei fottutamente sexy in questo momento», disse, rallentando le sue spinte. «Con gli occhi chiusi, le guance arrossate e la testa gettata all'indietro; mentre fai questi piccoli suoni morbidi che muoio dalla voglia di bere dalle tue labbra. Guardami, *ma Belle de nuit.*»

Non potevo ... Non volevo ... Sapevo che nel momento in cui avessi aperto gli occhi, sarei morta. E non ero così pronta a lasciare che i miei sentimenti oscurassero l'estasi che eravamo così vicini a provare.

«Non ancora», dissi, accelerando.

Fece scivolare una mano verso il punto in cui i nostri

corpi erano uniti e iniziò a giocare di nuovo con il mio clitoride, facendomi ribollire piacevolmente il sangue nelle vene. Iniziò a succhiare e mordere il mio collo, ed ero sicura che le sue labbra mi avrebbero lasciato il segno. Ma non mi interessava ...

«Sono così vicina», dissi, sentendo la familiare sensazione di piacere che si formava tra le mie gambe aperte e schizzava su tutto il mio corpo.

«Apri gli occhi», mi intimò un po' troppo duramente questa volta. Ubbidii. «Voglio vedere i tuoi occhi quando verrai per me.»

Il suo sguardo era pieno di emozione e quasi piangevo per quanto volevo memorizzarlo nella mia mente per sempre. Ed eccola lì — la realizzazione di ciò che avevo cercato di combattere così duramente — mi stavo innamorando di Dominick ... Più rapidamente di quanto avrei mai potuto immaginare.

E poi, sentii il suo orgasmo, riempirmi, e mi lasciai andare, quasi incapace di trattenere le lacrime. Un nuovo dolore si formò nel mio corpo e non aveva nulla a che fare con il sesso. Mi stavo perdendo in lui e non sapevo se sarei mai riuscita a rimettermi in sesto ...

Mi guardava, respirava affannosamente, e non riuscivo a trovare le parole giuste per spiegare cosa stesse succedendo dentro il mio petto. Mi prese il viso e mi baciò dolcemente, facendo soffrire ancora di più il mio cuore.

«Scarlett», il mio nome uscì dalla sua bocca facendo le fusa e mi chiesi se condivideva i miei sentimenti e non riusciva a trovare le parole giuste per descrivere quanto fosse bello stare insieme.

«Sì?» chiesi, guardandolo di nuovo.

«Miss Wilson?» *Oh, no ... Non ora, Stevie!* Non era la prima volta che volevo uccidere la mia segretaria. In qualche modo, quella donna sapeva sempre tirare fuori il peggio di me.

Dominick sorrise leggermente e forse era la mia immaginazione, ma per un momento pensai che anche lui si fosse perso come me.

«Mi ha visto entrare nel tuo ufficio», disse. «Rispondi alla chiamata.»

Lentamente, mi alzai in piedi, sentendo già la mancanza di lui dentro di me. Ero un po' stordita e ancora non riuscivo a pensare con lucidità.

Mi schiarii la voce e premetti il pulsante del telefono dicendo «Sì?»

«Mrs. Murano sta cercando Mr. Altier. Suo padre è in linea.»

Alzai lo sguardo e vidi Dominick venire verso di me. «Puoi reindirizzare la chiamata qui?» chiese in vivavoce.

«Sì, signore. Solo un momento, per favore.»

«Grazie», rispose, prendendo la cornetta.

Pensai di lasciargli un po' di spazio, così mi voltai verso la porta, ma lui mi prese per mano e accostò le mie labbra alle sue, dandomi un dolce bacio.

«Resta qui», sussurrò quando sentì la voce di suo padre dall'altra parte della linea. «Ciao, papà. Va tutto bene?»

Mi sedetti sulla mia poltrona, ancora guardandolo, appoggiato alla mia scrivania. La sua cravatta era allentata, la camicia ed i pantaloni erano un po' stropicciati, e non potei fare a meno di sorridere mentalmente tra me e me. Sembrava un uomo che aveva appena fatto sesso. E scommetto che io non sembravo affatto diversa ...

Capitolo 10

«Scar? Mi stai ascoltando?» Jillian ed io stavamo andando al bar. Avevo bisogno di un pranzo adeguato, dopotutto. «Okay, che ti succede?» Si fermò bruscamente e io mi scontrai con lei, facendola sorridere diabolicamente. «È quello che penso io?»

«Non riesco a leggere nel pensiero, quindi apprezzerei che tu fossi più specifica.» Non le avevo detto di me e Dominick che *uscivamo insieme.* Ma era la verità? Accidenti, non lo sapevo.

«Sembri diversa», disse, studiandomi dalla testa ai piedi.

«Diversa?» chiesi con tono innocente.

«Direi ... appena scopata.» Lei sorrise ampiamente.

Be', accidenti, cosa potevo rispondere? Aveva ragione, dopotutto.

«E non stai nemmeno cercando di negarlo», aggiunse, sorridendo.

«Perché non pranziamo e basta?» sibilai continuando a camminare.

«Aspetta!» Mi prese per mano. «Stavi bene quando ti ho vista stamattina. Vuol dire che ti sei scopata il mio capo – in modo assurdo – nel bel mezzo della giornata lavorativa? Dove?»

«Dobbiamo davvero discuterne ora?» sospirai.

«Sì! Oh, mio Dio ... tu ... oh, non riesco nemmeno a crederci! Stavate facendo sesso quando suo padre ha chiamato?»

«In realtà avevamo già finito a quel punto.»

Lei scoppiò a ridere. «Mio Dio! Chi avrebbe mai pensato che una puritana come te avrebbe fatto qualcosa di così sconsiderato?»

«Seriamente, Jill. Non sono dell'umore giusto per parlarne ora. Possiamo cambiare discorso?»

«Sì. È bravo a letto?»

«Che cosa?» Mi fermai, fissandola confusa.

«Il mio capo è bravo a sc ...»

«Oh, no. Non ho nemmeno intenzione di rispondere a questo.»

«Perché no? È un vero piacere per gli occhi, scommetto che le donne muoiono dalla voglia di cavalcarlo.»

Feci una smorfia alle parole. Non solo perché la mia amica non aveva filtri quando parlava, ma anche perché il pensiero di altre donne che *cavalcavano* Dominick mi faceva star male.

«Pensavo che non lo guardassi da quel punto di vista», sbottai, entrando nel caffè.

«Anche i ciechi vedrebbero che è sesso che cammina.»

Mi guardai intorno, sperando che nessuno potesse sentirla. «Chiudi il becco, Jill. La gente viene qui per mangiare.»

«E allora? Vedi tutte queste signore educate qui dentro? Mangerebbero volentieri il tuo prezioso Dominick a colazione, pranzo e cena!»

Occupammo uno dei tavoli liberi vicino alle vetrine, e Bret, il cameriere, arrivò subito a darci il menu.

«Il solito per me», disse Jill.

Guardai il menu distrattamente. Ordinavo sempre lo stesso pranzo, quindi la mia amica non poteva perdere l'occasione di prendermi in giro di nuovo.

«Dubito che sappiano preparare il tuo dessert preferito.»

«Perché? Possiamo cucinare quasi tutto», obiettò Bret, un po' offeso.

«Prenderò l'insalata di mare e il caffè», dissi, ignorando il volto sorridente di Jill.

«Cappuccino, giusto?»

«Sì.»

«Aggiungi più panna in cima», disse a Bert. «Oggi siamo dell'umore giusto per panna extra.»

Alzai gli occhi al cielo, cercando di non scoppiare a ridere. Nonostante tutto il suo sarcasmo, Jill era sempre stata l'unica persona in grado di farmi sorridere, qualunque cosa accada.

«Cosa? Ammettilo, Scar, ti piace scoparlo.»

«Se continui a parlarne, non riuscirò a mangiare.»

«D'accordo. Se non vuoi raccontarmi nulla di te e di *Mr. Sexy Altier*, non ti dirò nulla del mio appuntamento con Mark ieri sera.»

«Voi due vi state ancora frequentando?»

«Sì, ma come ho già detto, non ne discuteremo adesso.»

«Uh, per favore, Jill. Non sai come tenere la bocca chiusa, quindi prima o poi mi dirai tutto.»

Lei esitò non più di due secondi. «Okay. È stato così, *così* incredibile! Lui è così romantico, sempre così dolce; mi fa svenire.»

«Da quando sei passata da un tipo sbalorditivo ed eccitante ad un tipo romantico?»

«Mark ha tutto quello che ho sempre voluto in un uomo.»

«Ma?»

«Ma? Non c'è un *ma* questa volta.»

«Uhm —»

«Cosa?»

«Lui ti piace», conclusi, guardando un grazioso rossore che copriva le guance di Jill. Non era una ragazza che arrossiva facilmente, quindi fu un po' inaspettato vedere la mia amica sorridere in silenzio per un minuto intero.

«Non mi sono mai sentita così bene con nessuno», mi confidò. «Sa come farmi ridere e come togliermi il respiro con un solo bacio. Ti rendi conto?»

In realtà, potevo capire. Perché nel momento in cui disse quelle parole, ricordai Dominick e il modo in cui mi guardava e come mi faceva sentire ogni volta che eravamo soli. Mi si formò un groppo in gola, mi sembrava di non essere più in grado di parlare.

«Penso di essermi innamorata di lui», sbottai. Non sapevo perché, ma all'improvviso capii che dovevo parlare con qualcuno di ciò che provavo per Dominick perché non avrei mai potuto ammetterlo con lui.

«Ehm, cosa?» Il bicchiere di succo di mela di Jill si bloccò a metà strada dalle sue labbra.

«Mi hai sentito», dissi, un po' imbarazzata nel ripetere quelle parole.

«Sembra che tu abbia paura che qualcuno possa sentirti», disse, posando il bicchiere sul tavolino.

Sospirai, non sapendo cosa rispondere.

«Okay. Lui cosa pensa della vostra *relazione*?»

Conoscevo quello sguardo negli occhi di Jillian. Stava per darmi una lezione e non ero sicura di voler sentire quello che aveva da dirmi.

«Dice che gli piace passare del tempo con me.»

«Gli piace venire a letto con te? O parlare con te, guardare film e condividere con te una tazza di caffè la mattina?»

«Sono sicura solo della prima parte della domanda. Questo è ciò che piace ad entrambi.»

«Be', è ovvio. Altrimenti, non sarebbe scivolato nel tuo ufficio fingendo di voler *parlare*. E il tempo che trascorrete fuori dal lavoro?»

«Ora non riesco smettere di pensarci ...», gemetti, scuotendo la testa. «Lui è dappertutto! Qualunque cosa guardi, vedo il suo viso, i suoi occhi, le sue labbra, il suo sorriso.»

«Wow, sembra ...»

«Orribile, lo so.»

«No, non orribile. In realtà stavo per dire *fantastico*.»

La guardai con un sopracciglio corrugato.

«Congratulazioni, Scarlett. Ti sei innamorata del bastardo più irresistibile del mondo.»

«Sapere che tutte le donne del mondo lo vogliono non mi fa sentire meglio.»

«Sì, ma ora lui vuole solo te. Allora perché non ti metti le tue migliori mutandine da ragazza grande e vai a scoparlo a sangue?»

Alcune donne del tavolo vicino si voltarono a fissarci scioccate.

«Per favore, smettila di umiliarmi. Ho capito cosa intendi.»

«Scarlett, lascia che ti dica una cosa che ho imparato da tutte le mie precedenti relazioni — non lasciare mai che un uomo ti rovini la testa. Puoi andare a letto con lui, fargli assecondare ogni tuo desiderio, ma mai, MAI permettergli di rovinarti.»

Feci un sorrisetto. «Sai che novità!»

«Non sai un accidente dei giochi degli adulti, quindi ascolta qualcuno che ha più esperienza.» Si indicò il petto, sorridendo. «Stabiliamo le regole prima dell'inizio del gioco.»

«Sembri una puttana.»

«Non essere scortese, tesoro. Sto cercando di aiutarti! Quindi, se ti rendi conto che il gioco non va come dovrebbe, scappa via. Il più lontano e il più velocemente possibile prima di ritrovarti a pezzi e a piangere sul tuo cuscino.»

«E se non volessi scappare?»

«Allora preparati ad affrontare le conseguenze.»

«E se lui provasse qualcosa per me, ma non fosse pronto ad ammetterlo?»

«Allora fai del tuo meglio per farglielo dire ad alta voce.»

Non sapevo cosa fare. Avevo sempre preferito restare al sicuro, ma il problema era che con Dominick non esisteva *un lato sicuro.* Tutto in lui era pericoloso. Così pericoloso che mi faceva bagnare le mutandine in pochi secondi.

Scossi la testa irritata. Non potevo permettere che il sesso mi rovinasse la vita. A meno che non fosse il sesso più strabiliante di sempre. Uh, ero un disastro ambulante. Guardai il mio cellulare, appoggiato silenzioso sul mio tavolo, e imprecai mentalmente, delusa di non vedere chiamate perse o messaggi di Dominick. Non lo vedevo da circa cinque ore, ma sembrava un'eternità. Dopo che Jill ed io tornammo dalla pausa pranzo, lui se n'era già andato e aveva lasciato un messaggio alla mia segretaria dicendo che non sarebbe tornato prima di domani. In qualche modo, pensava che non meritassi di esserne informata di persona. *Che maiale ...*

Forse la mia amica aveva ragione dopotutto e dovevo tracciare una linea tra me e Dominick che non doveva essere mai superata? Era possibile condividere un letto e non farmi spezzare il cuore, vero? Be', almeno speravo di essere in grado di farlo funzionare a modo mio. Quindi feci un respiro profondo e digitai il messaggio *"Ehi, che succede?"*

"Se te lo dico, ti ci siedi sopra?" Fu la risposta.

Ridacchiai, fissando lo schermo. *"Ricordi cosa ha detto il tostapane alla fetta di pane?"*

"Ti voglio dentro di me."

Furbacchione ...

"Esatto!"

"Ho capito. Buono a sapersi che siamo ancora sulla stessa lunghezza d'onda."

Sorrisi di nuovo e infilai il cellulare nella borsa. Era ora di tornare a casa e speravo di poter passare il resto della notte *senza* sognare Dominick. Dopotutto, era sempre più facile essere la regina delle pie illusioni ...

Per fortuna avevo così tante cose da fare in giro per l'appartamento, che anche quando guardai l'orologio sul muro e mi resi conto che era quasi mezzanotte, non pensai a Mr Altier o al fatto che dopo quei messaggi ci eravamo scambiati ore prima, non avevo sentito una sua parola. Feci una doccia e andai a letto, ancora sicura che la mia vita sarebbe stata la stessa al mio risveglio. Di nuovo, una fottuta pia illusione ...

La mia mattinata iniziò con una chiamata di Jillian. Ero già al lavoro, stavo controllando il programma della giornata, quando lei chiamò dicendo quanto segue: «Pagina sei. E assicurati di sederti prima di aprirlo.»

«Cosa ci troverò?» chiesi, cercando il giornale sulla mia scrivania.

«Leggilo e richiamami.» Poi riattaccò il telefono e quasi mi strozzai con il caffè, vedendo la faccia di Dominick proprio nel bel mezzo di pagina sei.

"UNA RIUNIONE DI FAMIGLIA O SOLO UN ALTRO TRUCCO DI *MONSIEUR ALTIER*?" Diceva il titolo. Sotto c'era una foto di Dominick e di una bellissima mora con un bambino.

Ma che diavolo?

"Uno degli scapoli più famosi di Parigi e New York, Dominick Altier sorpreso in compagnia della sua ex, Pamela Rolsheld, e di suo figlio di cinque anni che somiglia sospettosamente all'ex fidanzato di sua madre. Ricordiamo che Miss Rolsheld e Mr. Altier si erano fidanzati e hanno annullato il matrimonio due settimane prima della data fissata. Le ragioni della loro rottura rimangono ancora segrete. Secondo le parole di un'amica intima, Pamela ha rotto con Dominick dopo aver visto una foto di lui e Karly Devis, che si baciavano proprio nel ristorante in cui è avvenuta la proposta di matrimonio. Ora, aspettiamo e vediamo cosa ha da dire Mr. Popolarità su questo."

Lessi l'articolo non meno di dieci volte prima di rendermi conto che non stavo avendo le visioni e che ogni parola e le immagini erano reali.

Il mio primo desiderio fu di correre da Dominick e chiedere spiegazioni. Ma poi, guardai di nuovo la foto di lui e Pamela e capii che non avevo alcun diritto di farlo. Chi ero io per lui? Solo una ragazza che gli piaceva scopare? Non credo bastasse per comportarmi come una moglie che aveva appena saputo che il marito aveva un figlio con un'altra donna.

Il mio telefono squillò di nuovo, ma non mi degnai di rispondere, vedendo il numero di Jill lampeggiare sullo schermo.

«Miss Wilson, ha ricevuto una chiamata da suo padre», mi informò Stevie attraverso il vivavoce. «Devo metterla in contatto con lui?»

«Sì, per favore», risposi, gettando il giornale in un bidone della spazzatura. Dopotutto, mi ero ripromessa di rimanere forte, qualunque cosa accadesse.

«Ciao, papà. Come vanno le cose?»

Grazie a Dio, mio padre non aveva letto il giornale a pagina sei. Parlare della vita personale di Dominick era l'ultima cosa che volevo fare adesso. Mi aveva chiamato per assicurarsi che i miei programmi per il fine settimana non fossero cambiati e che sarei comunque andata a Los Angeles. Non osavo chiedere se *Mr. Popolarità* si sarebbe ancora unito a noi per il barbecue domenicale, e speravo davvero che il suo bel culo fosse troppo occupato a scappare da giornalisti ficcanaso per ricordare l'invito.

Rendendosi conto che non avrei risposto alle sue chiamate, Jill iniziò a scrivermi. Non-stop ...

"Ti farò parlare con me", diceva il primo messaggio. *"Non pensare nemmeno a piangere per quello stronzo!"* il secondo. *"Quel cazzone non merita un'unghia dei tuoi piedi!"* diceva il terzo. *"Vuoi che gli strappi le palle? Dimmelo e lo farò!"*

Sorrisi lievemente. *"Non farlo. Potrebbe ancora averne bisogno. Inoltre, se provi a infilarti nei suoi pantaloni potresti voler restare lì un po' più a lungo"*, digitai in risposta.

"Comunque, fammi sapere se hai bisogno di qualcosa."

"Grazie, ma sto bene!"

"Lo dici sempre quando la tua vita fa schifo."

"Buono a sapersi che almeno una parte della mia vita non è cambiata."

"Non è divertente. Coraggio! Faremo una serata Margarita!"

Assolutamente no, pensai tra me e me. Avevo avuto

abbastanza serate Margarita per il resto della mia vita.

Un'ora e mezza più tardi, ero pronta per vedere la mia amica. Non potevo nascondermi da lei per sempre, perché ero sicura che mi avrebbe trovato anche all'inferno.

«Lui è qui?» chiesi, indicando l'ufficio di Dominick.

«Arrivato una decina di minuti fa. Ti senti bene?»

«Te l'ho detto, sto bene.»

«Okay.» Lei annuì, guardandomi attentamente. «Hai intenzione di parlargli dell'articolo?»

«No.»

«Perché no? Non pensi che avrebbe potuto almeno farti sapere che aveva un figlio?»

«Non sappiamo se è suo.»

«Andiamo, Scarlett! Hai visto la foto. Il bambino gli assomiglia!»

«Non vuol dire niente. Inoltre ...»

«Non mi interessa, Dom! Te l'avevo detto che ero stufa e stanca della tua merda!»

Jill ed io fissammo la ragazza che stava uscendo dall'ufficio di Dominick. Era ovviamente furiosa.

«Non ne sapevo niente!» esclamò lui, seguendola. Poi i suoi occhi si fermarono su di me e la sua espressione si addolcì immediatamente. «Scarlett, dobbiamo parlare.»

La sua ospite mi rivolse uno sguardo curioso.

«*Est elle ton nouveau jouet* — È lei il tuo nuovo giocattolo?»

«Dio ce ne scampi!» Scattai prima di voltarmi e tornare in ufficio. Quell'idiota sapeva che andando a letto con l'intera New York e Parigi prima o poi sarebbe diventato famoso per tutte le sue gallinelle? Uh, quel bastardo aveva una tale faccia tosta.

«Scarlett, ascoltami!»

Mi voltai al suono della voce di Dominick e gli lanciai uno sguardo freddo. «Scusa, *amore*. Non ho tempo per te adesso.»

«E non me ne frega niente!»

Okay, era furioso e mi chiedevo quale degli eventi mattutini gli dava sui nervi di più.

«Siamo in due», replicai con calma, sedendomi.

«Immagino che tu *abbia* visto il giornale», disse, avvicinandosi alla mia scrivania.

«L'ho visto.»

«Non è come pensi.»

Feci un sorrisetto. «Pensavo che saresti stato più creativo con la scelta delle parole.»

Respirò profondamente e venne ad accucciarsi accanto a me. «Lasciami spiegare.»

Ancora una volta, sentii il suo accento diventare più forte e non potei fare a meno di ammettere che rendeva la sua voce profonda ancora più bella.

«Non mi devi niente», dissi.

«In realtà, ti devo un bel po'.» Girò la mia poltrona in modo da vedere il mio viso, e fui immediatamente colta alla sprovvista dalla disperazione che vidi nei suoi occhi.

«Con quante donne vai a letto adesso?» domandai.

«Che cosa?»

«Io, quella ragazza francese in corridoio, e chi altro?»

Scosse la testa, sorridendo. «Josseline è mia sorella.»

«Ah davvero? E quella sul giornale è tua nipote?»

«Dico sul serio, Scarlett.»

Aggrottai la fronte, ripensando alla scena a cui avevo assistito un minuto prima. La ragazza sembrava sua sorella.

«Okay. E il bambino? È tuo?»

«Non lo so.» Chiuse gli occhi e si passò entrambe le mani tra i capelli. «Non sapevo nemmeno che Pamela fosse incinta. Quella mattina, quando Oliver mi ha chiesto di andare a casa sua, lei era lì, a cercarmi.»

«Lei ha detto che il bambino era tuo figlio?»

«Sì. Ma non le credo. Voglio fare un test del DNA, ma secondo il mio medico, ci vorranno circa due settimane per conoscere i risultati.»

Annuii distrattamente. Non sapevo perché mi stesse dicendo tutto questo. Non gliel'avevo chiesto. Ma in qualche modo, sembrava che volesse che gli credessi.

«Spero che non cambierà nulla tra noi.»

Capitolo 11

Dominick

Guardai Scarlett negli occhi, pregando in silenzio che non andasse fuori di testa. Non sapevo se mi credeva o no, ma speravo davvero che la storia della cosiddetta genitorialità non me la portasse via. Avevo bisogno di lei e, in quel momento, era l'unica persona con cui volevo parlare e stare.

«Non lo so», rispose piano e il mio cuore sussultò.

«È così ...»

«Inaspettato e incasinato, lo so», ammisi. «Ma per favore, non saltare alle conclusioni. Sai che voglio solo te, e anche se le parole di Pamela sono vere, e il bambino è mio figlio, lei ed io non staremo mai più insieme.»

«Perché l'hai lasciata?»

Probabilmente era l'ultima cosa di cui avrei voluto discutere, ma sapevo che non appena Scarlett avesse visto la foto, avrebbe posto quella domanda.

«L'ho vista a letto con un altro.»

«Come dormire in un letto, o come ...»

«Intendevo fare sesso.»

Era difficile ammettere che quella donna mi avesse tradito. Dopotutto ero un bastardo arrogante e, come la maggior parte degli uomini su questo pianeta, ero sicuro che nessuna donna avrebbe mai scelto qualcun altro al posto mio. Ma era successo, maledizione.

«Lei non si è accorta di me. Era così presa dal fottuto momento che dubito che avrebbe notato qualcosa tranne il cazzo di quel tizio.» Anche adesso, il solo pensarci mi faceva star male.

«Quindi la foto di te e quella ragazza – non ricordo il suo nome – che vi baciate al ristorante era la tua vendetta per il tradimento di Pamela?»

«Sì.»

«Sai essere così crudele, Mr. Altier.»

Feci un sorrisetto. «Lei se lo meritava.»

Il cellulare di Scarlett squillò. Lesse il nuovo messaggio e rise piano, digitando una risposta.

Aggrottai la fronte, guardandola. Volevo sapere da chi proveniva il messaggio, ma non sapevo se avevo il diritto di chiederlo.

«La tua segretaria pensa che il tuo bel culo stia morendo dalla voglia di essere preso a calci», disse, sorridendomi.

«Cosa?»

«Jill è la mia migliore amica, quindi sì, sa di *noi*.»

Okay ... Non me lo aspettavo.

«Quindi lei pensa che io abbia un bel culo? Fantastico.»

Scarlett alzò gli occhi al cielo. «Non è l'unica a pensarlo. Grazie a Dio, lei ha un altro culo da ammirare, altrimenti sarei seriamente preoccupata per la tua sicurezza.»

«Be', questa è una buona notizia. Credo.»

«Senti, Dominick, possiamo parlare più tardi di quello che è successo?»

Non mi piacquero queste parole. «Perché non adesso?»

«Perché non credo di essere pronta a rispondere alla tua domanda.»

Certo, mi rendevo conto che doveva essere sconvolta, ma comunque ...

«Vieni a casa mia stasera», le proposi, prendendole le mani nelle mie.

Scosse la testa, evitando di guardarmi. «Non posso. Ho alcune cose da fare prima di andare a Los Angeles.»

Maledizione, mi ero completamente dimenticato del barbecue a cui ero stato invitato.

«Quando è il tuo volo?»

«Domani mattina.»

«Capisco.» Annuii, sospirando. Non volevo che se ne andasse, anche se sapevo che l'avrei vista domenica, mi sembrava comunque di dover aspettare un'eternità.

«Allora penso che sia ora di tornare al lavoro», conclusi alzandomi in piedi.

Lei sorrise bruscamente e abbassò la testa quando mi chinai per baciarla. Imprecai mentalmente e sfiorai i suoi capelli con le labbra, dicendo, «Chiamami quando atterri.»

«Okay.»

Tornai in ufficio, sperando di riuscire a superare il resto della giornata senza altri drammi. Ma la realtà non era nemmeno vicina a ciò che mi aspettavo.

Nel momento in cui entrai nel mio ufficio, capii di essere fregato.

«Mamma, papà? Che cosa ci fate qui?» Oltre ai miei genitori, c'erano anche mio fratello e mia sorella.

«Spero che tu possa spiegarci», iniziò mia madre, indicando il giornale sul tavolo. Era seduta sulla mia poltrona e la sua espressione parlava da sola: era furiosa.

«Prima di tutto vorrei dire che non sapevo nulla della gravidanza di Pamela.» Ero abbastanza grande per non dover spiegare nulla ai miei genitori, ma il fatto che potessero avere un nipote di cui ignoravano l'esistenza meritava una spiegazione.

«Quando è stata l'ultima volta che hai visto Pamela?»

chiese mio padre. «Voglio dire prima che si presentasse da Oliver dicendo di avere un figlio con te.»

«Non la vedo dal giorno in cui ci siamo lasciati.»

«Cosa hai intenzione di fare?»

«Darai il nostro cognome al bambino!» esclamò mia madre.

«Be', sì, ma prima voglio assicurarmi che sia mio figlio.»

I quattro si scambiarono uno sguardo. «Sembra proprio la tua piccola copia», commentò Josseline.

«E allora?» urlai. «Il fatto che abbia gli occhi azzurri e i capelli neri non significa necessariamente che sia mio figlio!»

«Be', certo, vorremmo che prima ti sposassi, ma se il bambino è tuo, lo ameremo come se fosse sempre stato con noi.»

«Mamma, per favore, non affrettare le cose», la pregai, strofinandomi il ponte del naso. «Perché diavolo tutti vogliono che questo bambino sia mio?»

«Forse perché siamo abbastanza anziani per avere dei nipoti?» commentò mio padre.

«Rilassatevi, famiglia. Okay? Avrò moglie e figli quando sarà il momento giusto.»

«Spero che quando accadrà, tuo padre ed io non saremo ancora nella tomba», replicò mia madre con rabbia. Raramente mi parlava in quel modo, ma quando lo faceva, sapevo che era sconvolta e forse un po' delusa. Diceva sempre che avrei dovuto dare l'esempio ai miei fratelli. Ma era un consiglio difficile da seguire, soprattutto quando si trattava di relazioni e obblighi.

Quando finalmente i miei genitori e Josseline se ne andarono, tirai un sospiro di sollievo. A volte mi sentivo ancora come un bambino di cinque anni che aveva paura di essere punito per un'altra marachella.

«Allora, come stai dall'ultima volta che sono stato qui?» chiese Oliver. Non sembrava voler andarsene tanto presto.

«Alla grande», risposi, e poi chiesi a Jillian di prepararci il caffè.

«Come pensavo», sorrise, incrociando le braccia. Era seduto sul divano, con quella fastidiosa espressione onnisciente per cui l'avevo sempre odiato.

«Chiedi solo quello che vuoi sapere», dissi. Ero sicuro che non fosse rimasto solo per parlare del mio lavoro.

«Scommetto che Scarlett ha fatto del suo meglio per farti impazzire.» Eccoci qua, esattamente quello che mi aspettavo di sentire.

«Come lo sai?»

«È bastato vederla una volta per sapere che ti strapperai i capelli entro la fine della prima settimana in cui lavorate sotto lo stesso tetto.»

Ridacchiai alle sue parole. Non aveva idea di quanto fosse vicino alla verità. Con tutto quello che era successo, *ero* molto vicino a strapparmi i capelli.

«Penso che possiamo farcela», dissi.

Ci fu una breve pausa, e scommetto che Oliver stava cercando di capire quante volte prima dell'inizio di questa conversazione fossi riuscito a infilarmi nelle mutandine di Scarlett.

Alla fine, rise, battendo le mani. «Te l'avevo detto che ti avrebbe preso per le palle e ti sarebbe piaciuto. Avevo ragione, vero?»

«Su cosa esattamente?»

«Riguardo *alla parte in cui si gode*, ovviamente.»

«Cosa ti fa pensare che lei ed io ...»

«Andiamo, Dom! Ce l'hai scritto in faccia.»

«L'ultima volta che mi sono guardato allo specchio, non c'era nessuna parola scritta sul mio viso.»

«Dovresti guardare di nuovo, fratello. La semplice menzione del suo nome ti fa saltare fuori l'uccello dai pantaloni.»

Che coglione ...

«Non sapevo che fossi un esperto nel far saltare fuori i cazzi», sibilai, spostando la mia attenzione sul contratto che dovevo firmare.

Oliver rise di nuovo. «Sei così pieno di merda! Lei ti piace, vero?»

A mio fratello ovviamente piaceva farmi arrabbiare.

«È bella e intelligente, quindi sì, mi piace.»

«Non sto parlando della sua mente brillante che sono sicuro va contro gli stereotipi delle bionde stupide.»

Lo guardai, strizzando gli occhi. «Dimmi, Oliver, hai mai passato due notti con la stessa donna?»

«No, perché dovrei?»

«Allora come fai a sapere cosa rende un uomo simile a una donna? Fuori dal letto, intendo.»

«Riesco a leggere le persone molto bene.»

«Non lo sapevo», sorrisi scettico.

«Be', ora lo sai, quindi stai attento la prossima volta che proverai a prendermi in giro. Quanto a Scar, vale la pena lottare per lei», disse alzandosi in piedi.

«Non sapevo che voi due aveste un soprannome.»

Rise di nuovo, scuotendo la testa. «Dio, sei così adorabile quando sei geloso.»

«Sai anche come tenere la bocca chiusa?»

«Non ne ho idea.»

«Ovviamente. Adesso vattene. Devo lavorare.»

«Buona fortuna con il tuo lavoro! Anche con il resto.» Mi fece l'occhiolino prima di aprire la porta e chiuderla silenziosamente dietro di sé.

Non ero mai stato un fan della verità, soprattutto se me la gettavano in faccia e non volevo accettarla. Mio fratello aveva sempre saputo tutto delle ragazze con cui uscivo o con cui mi facevo vedere in giro Be', sarebbe stato un po' difficile nasconderle considerando che gli avidi giornalisti non potevano vivere un giorno senza controllarmi. Ma a differenza di altre volte, ora Oliver sembrava essere abbastanza consapevole del fatto che Scarlett significava qualcosa per me. Non che credessi nel suo cosiddetto talento per leggere le persone. È anche possibile essere un esperto nel capire gli altri, quando trascorri la maggior parte del tuo tempo nelle mutandine di qualcuno? Che cazzo poteva leggere vedendo solo ... Vabbè, comunque. Ne avevo abbastanza di cui occuparmi anche senza i continui tentativi di mio fratello di dimostrare che era il rompiballe più intelligente del mondo.

Ero così preso dal lavoro che non notai quanto velocemente la giornata lavorativa fosse giunta alla fine.

«Ha bisogno di qualcos'altro, Mr. Altier?» chiese Jillian, entrando nel mio ufficio verso le 18:30. A quanto pare, si era stancata di aspettare che le dicessi di andare a casa.

«No, grazie. Puoi andare e goderti il tuo fine settimana. Sono stati sette giorni infernali.»

«Vero.»

«Scarlett è ancora qui?»

«No, se n'è andata circa un'ora fa.»

E non si è nemmeno fermata a salutare ...

«Allora probabilmente dovrei chiudere la giornata anch'io.» Forzai un sorriso e Jillian se ne andò, augurandomi un fantastico venerdì sera e un buon fine settimana.

Non avevo programmi per la serata. Prima pensai di chiamare Scarlett, ma poi cambiai idea. Probabilmente ero l'ultima persona al mondo che voleva vedere dopo ... Be', dopo tutto quello che era successo nelle ultime 24 ore.

Il mio cellulare squillò e guardai lo schermo, sorpreso di vedere il vecchio numero di Pamela.

«Pronto?»

«Dominick, come stai?»

«Bene. Tu?»

«Anch'io. Ho pensato ... che forse... ti piacerebbe parlare dopo quello che è successo stamattina.»

In realtà, non ne avevo nessuna voglia. «Ho una riunione a cui devo partecipare», mentii.

«Oh, be' ... Allora forse potresti passare da me dopo che sarà finita?»

Cosa diavolo voleva da me?

«Per quale motivo?»

«Pensavo che volessi vedere Max.»

Il mio cuore si strinse udendo il nome di suo figlio. Poteva essere anche mio, e non sapevo nemmeno di quanto tempo avrei avuto bisogno per abituarmi all'idea di essere padre.

Sospirai. «Okay. Che ne dici se vengo tra circa ... due ore?"

Avevo bisogno di un drink prima. A differenza delle donne, la mia esperienza con i bambini si limitava all'acquisto di regali di Natale per i figli di mia cugina.

«Va bene. Sarà felice di vederti.»

«Okay. Ci vediamo dopo.» Riattaccai il telefono prima che potesse dire altro. Non ero entusiasta all'idea di affezionarmi ad un bambino che era il figlio di qualcun altro. *Perché diavolo il test del DNA richiedeva così tanto tempo?*

Quando il mio autista fermò l'auto sul vialetto di Pamela, il mio desiderio di vedere lei o suo figlio era svanito. Chi avrebbe mai pensato che fosse ancora lei la proprietaria di quella che doveva essere la nostra casa? Ricordavo il giorno in cui l'avevamo comprata. Allora pensai che sarebbe stato un posto perfetto per la mia famiglia. Ma dopo aver visto un altro uomo che dormiva nel mio letto, giurai che non sarei mai più tornato qui. Ed ora, in piedi sulla porta, mi chiedevo se fosse stata una buona idea accettare l'invito di Pamela ...

Lei aprì la porta anche prima che potessi bussare.

«Dominick, è così bello rivederti», mi salutò, con un gran sorriso. Era vero, era ancora straordinariamente bella. La maternità l'aveva solo resa ancora più attraente.

«Non posso dire di condividere la tua emozione», risposi, guardandola con curiosità. *Avevo mai pensato a quanto sarebbe stato bello stare di nuovo insieme?* Non sapevo da dove provenisse quel pensiero, ma cercai di respingerlo rapidamente prima che potesse fare gravi danni.

«Per favore, lasciamo i nostri conflitti per dopo. Entra.»

Pensavo che non sarebbe stato facile rivedere l'interno di quella casa. Avevo paura che avrebbe risvegliato i miei vecchi sentimenti per Pamela? Forse. Dopotutto, avevo creduto che lei fosse l'amore della mia vita.

Con mia sorpresa e sollievo, i miei timori non furono confermati. Le decorazioni erano tutte nuove e nulla mi ricordava il giorno in cui avevo pensato di uccidere la mia *amata fidanzata* a mani nude per aver dormito con un altro uomo nel *mio* letto.

«Perché hai tenuto questa casa?» chiesi, seguendola in soggiorno.

«L'ho sempre amata È difficile venderla quando tra queste mura sono racchiusi tanti ricordi meravigliosi.»

Davvero? Di cosa stava parlando? Quelli che lei ed io avevamo condiviso, o quelli di lei e di quel tizio che si scopava?

«Max, vieni a salutare il nostro ospite.»

Il bambino era così impegnato con la sua stazione dei treni giocattolo che non mi aveva notato.

«Ciao», disse, accigliandosi un po'.

«Ehi. Che succede, ometto?»

«Non riesco a farlo funzionare», disse, contrariato. «Mi aiuti?»

«Ora, vediamo.» Mi sedetti per terra accanto a lui e guardai la stazione. «Ne avevo una uguale alla tua età.»

«Davvero?»

«Sì. Era più piccola, ma ricordo ancora il rumore dei treni che viaggiavano lungo i binari.»

«Wow, i tuoi treni avevano il fumaiolo a vapore?»

«No. Ma immagino che il tuo lo abbia.»

«Almeno una volta sì. Non ci gioco da molto tempo e ora non riesco a ricordare come farli funzionare di nuovo.»

«Nessun problema. Penso di sapere come aiutarti.»

«Ragazzi, volete uno spuntino?»

Guardai Pamela e annuii, sorridendo leggermente. «Sarebbe fantastico. Non mangio dall'ora di pranzo.» Il whisky non contava. Non ero ubriaco, solo un po' stordito.

I nostri sguardi rimasero fissi per alcuni lunghi secondi, poi lei annuì e se ne andò, dicendo che sarebbe tornata subito.

Allentai la cravatta e mi tolsi la giacca, lasciandola cadere sulla sedia più vicina. In modo abbastanza sorprendente, il posto e la presenza del ragazzino non mi davano più fastidio.

«È ora di far funzionare il tuo treno!» esclamai, sorridendo al bambino.

Lui gridò di gioia e iniziai il mio lavoro.

Non so quanto tempo passammo seduti sul tappeto a giocare. Max sembrava così felice e non potevo costringermi ad andarmene. Per un momento immaginai persino di far parte della sua famiglia, passare le domeniche al parco e insegnargli ad andare in bicicletta. Questo era quello che avevo sempre voluto, questo era ciò che avevo sempre immaginato sarebbe stata la mia vita con Pamela.

Lei non si intromise nei nostri giochi da uomini, ma potevo sentire i suoi occhi su di me. Una o due volte mi voltai e la vidi sorridere sognante alla vista di me e Max che giocavamo insieme. *Per una notte con qualcuno che ero sicuro ricordasse a malapena valeva la pena perdere per sempre momenti come questo?*

«Penso che sia ora di smettere», disse, raccogliendo i giocattoli.

«Mamma, è ancora presto!» Max protestò. «Non voglio andare a dormire, non sono stanco!»

«Lo so, tesoro. Ma è tardi e Dominick ha avuto una giornata lunga e impegnativa. Anche lui ha bisogno di riposo», disse con simpatia al bambino.

«Mi leggi una storia?» lui chiese rivolgendosi a me.

«Quale storia?»

«Una storia su un Superman.»

«Naturalmente.» Presi la sua piccola mano nella mia e lui mi condusse nella sua stanza. Un tempo era una camera per gli ospiti, ma ora aveva un aspetto diverso, con pareti blu scuro e gialle e un soffitto ricoperto di piccole stelle lucenti.

«Verrai di nuovo a trovarmi per giocare?» chiese Max, salendo nel suo letto a forma di automobile.

Non sapevo cosa rispondere. «Ci proverò.»

«Mi è piaciuto giocare con te.»

«È stato divertente», ammisi, sedendomi accanto a lui.

«Mamma dice che hai molto lavoro e non puoi venire spesso», disse con un piccolo broncio che sciolse il mio cuore.

«Sì, ha ragione.» *Lui sapeva che potevo essere suo padre?* «Tu e tua madre vivete da soli?»

«No, abbiamo Frankie e Molly.»

«I tuoi nonni, giusto?»

«Vivono con noi. Passavamo anche del tempo insieme a Justin. Ma non viene più a trovarci.»

«Chi è Justin?» chiesi, curioso.

«L'amico di mamma.»

«Mmh ... Lo conosci bene?»

«No, ricordo solo qualche fine settimana che abbiamo passato insieme. Ora, voglio una storia», disse, porgendomi un libro.

«Okay. Allora, Superman ...»

Capitolo 12

Dopo avergli letto la storia non riuscii più a distinguere le lettere davanti a me, chiusi il fumetto e tirai un sospiro di sollievo; il bambino si era finalmente addormentato.

«Non è facile essere genitori, vero?» commentò Pamela, fermandosi sulla soglia della stanza.

«Non avrei mai pensato che sarebbe stato così difficile far addormentare un bambino», sussurrai di rimando. Guardai per l'ultima volta Max addormentato e seguii sua madre nell'ingresso, camminando in punta di piedi per non svegliarlo.

«Va pazzo per Superman», disse lei, sorridendo. «Vuole che gli compri ogni nuovo giocattolo ispirato a quel fumetto.»

«É un maschietto. Ovviamente gli piace Superman.»

«Solo non dirmi che piaceva anche a te.»

«In realtà sì.»

«Non me l'hai mai detto», disse, ridendo piano.

«Forse perché non siamo mai arrivati alla pagina con i bambini e le storie della buonanotte?»

Si fermò vicino alle scale, di fronte a me. «Penso di doverti delle scuse. Ma non ho mai avuto intenzione di ferirti.»

Quanto suonavano ridicole le sue parole?

«Non ha più importanza. La vita va avanti e spero che prima o poi tu ed io riusciremo a trovare la nostra dolce metà.»

«Esci con qualcuno?»

L'immagine di Scarlett mi balenò nella mente, ma scossi la testa rispondendo «No.»

«E tu, invece?» *Ero semplicemente curioso?*

«No.»

«Perché? Sei ancora giovane e bella, e ...»

«Pensi che io sia ancora bella?»

«Non mi stupisce. Il fatto che tu non possa essere fedele non significa che qualcosa non va nel tuo viso o nel tuo corpo.» Involontariamente, i miei occhi scivolarono lungo il suo vestito e le sue curve che ricordavo così bene.

Quando la guardai negli occhi, riconobbi lo sguardo che mi fissava. Mi guardava così quando facevamo l'amore ...

«Penso che sia ora che me ne vada», dissi, voltandole le spalle. Giocare con suo figlio era una cosa, ma giocando con Pamela non sarebbe mai andata a finire bene.

«Puoi restare qui», propose prendendomi per mano. «È così tardi e tu vivi Dio solo sa quanto lontano da qui.»

Guardai la sua mano che stringeva la mia e deglutii a fatica. *Una parte di me la voleva ancora? Assolutamente no.*

«Puoi stare nella stanza degli ospiti», disse come se percepisse la mia esitazione.

I miei occhi si spostarono sull'orologio sul muro — le 23:30. Aveva ragione, potevo dormire nella stanza degli ospiti. Dubitavo che avrei cercato di intrufolarmi nella sua stanza per scoprire se era ancora brava a letto. Non mi piaceva nemmeno l'idea.

«Va bene», accettai, sospirando stancamente. «Resterò qui.»

La notte non fu molto diversa da come mi aspettavo. Con una sola eccezione — i sogni su Scarlett non mi lasciarono fino al mattino. E in quei sogni, non c'era niente o nessuno tranne lei ed io, che facevamo l'amore ancora e ancora.

Aspetta ... L'avevo appena definito amore?

Mi sedetti bruscamente nel mio letto, passandomi entrambe le mani tra i capelli. Potevo innamorarmi di una donna che conoscevo da pochi giorni? Potevo *innamorarmi di* nuovo?

Scuotendo la testa, come se potesse aiutarmi a liberarmi dei pensieri nella mia mente, mi alzai e andai in bagno, sperando che una doccia facesse tornare il mio pensiero razionale.

Entrai sotto il getto di acqua calda, accogliendo le gocce che mi cadevano sulle spalle e sulla schiena. Era quasi come il paradiso in terra, ma mancava ancora qualcosa ...

Sapevo dov'era il mio vero paradiso. E in questo momento, ero così lontano da esso, che mi faceva male. Il mio rapporto con Pamela non sarebbe più stato lo stesso, ora lo sapevo per certo. Sì, c'è stato un momento in cui avevo pensato che l'avrei stretta a me e baciato le sue labbra, nel modo in cui lo facevo, anni prima. Ma poi, avevo immaginato quel bacio e avevo capito che le labbra che volevo baciare non appartenevano a lei. Era stato più che sufficiente per rompere le illusioni nella mia testa e fare un passo indietro, dove la realtà era molto migliore di qualsiasi cosa avessi mai condiviso con Pamela.

Avvolgendomi un asciugamano intorno alla vita, tornai nella stanza, mi vestii e chiamai il mio autista.

«Buongiorno, Mr. Altier.»

«Buongiorno, Tom. Devi farmi un favore enorme. Vai a casa mia e prepara una borsa con tutto ciò di cui avrei bisogno per un viaggio di due giorni: articoli da toeletta, qualche maglietta e jeans. Niente abiti o cravatte.»

«Parte oggi, signore? E l'incontro con i suoi genitori che aveva programmato?»

«Sì, lo so che ho promesso di fargli visita, ma ho un'emergenza a Los Angeles che non può aspettare.»

Potevo fidarmi ciecamente di Tom, quindi gli chiesi anche di chiamare mio fratello e dirgli che non sarei potuto andare a cena da lui. Chiamare io stesso Oliver non era un'opzione, dato che ero così dannatamente sicuro che non avrebbe perso l'occasione di prendermi in giro di nuovo su Scarlett. La mamma si sarebbe incazzata, ma non sarebbe stata la prima volta che mi ero perso una delle nostre riunioni di famiglia.

Potevo sentire i rumori dei pensili che si aprivano e si chiudevano in cucina. *Pamela stava facendo colazione?* Mai in vita mia l'avevo vista cucinare.

«Buongiorno», mi salutò, vedendomi entrare in cucina. «Pensavo che avresti gradito dei pancake.»

«Cosa ne hai fatto della ragazza che aveva paura di toccare una padella, per non parlare di metterci dentro del cibo?»

Sorrise, versando un bicchiere di succo d'arancia. «È scomparsa insieme all'abitudine di stare sveglia tutta la notte e indossare le minigonne.» Poi mi guardò di nuovo e il suo sorriso svanì. «Te ne vai così presto?»

«Sì, devo essere a Los Angeles tra poche ore.»

«Oh ...» Si voltò di nuovo verso il fornello e girò i pancakes.

«Ascolta, Pam ... Mi sono divertito con Max ieri sera. Davvero. Quindi, se mai doveste avere bisogno di qualcosa, fammelo sapere, okay?»

Lei annuì senza guardarmi.

«Digli che verrò a trovarlo di nuovo. Forse la prossima settimana.»

«Certo. Vieni quando vuoi. Sei sicuro di non voler assaggiare i miei pancake? Max dice che sono i migliori del mondo.»

«Magari la prossima volta.»

Non cercò di trattenermi e gliene fui grato. Odiavo le situazioni imbarazzanti e ancora di più, odiavo i momenti in cui non sapevo cosa dire. Ed in questo momento, non riuscivo a spiegare la mia fretta. Volevo semplicemente prendere il primo volo per Los Angeles e baciare quelle labbra che mi mancavano da morire.

Ma nel momento in cui aprii la porta, volevo sprofondare nel pavimento. I flash delle telecamere mi accecarono. Sbattei le palpebre e fissai scioccato circa due dozzine di giornalisti che mi scattavano delle foto con Pamela, in piedi proprio dietro di me.

«Tu e Miss Rolsheld siete tornati insieme?»

«E la ragazza con cui ti abbiamo visto la scorsa settimana?»

«È vero che hai abbandonato tuo figlio?»

Andate a fanculo ...

«Non dire una parola», intervenne Pamela alle mie spalle.

«Certo che no. Come diavolo facevano a sapere che ero qui?» Tornai in casa e mi appoggiai alla porta chiusa.

«Forse ti hanno seguito ieri sera?»

«Bastardi di merda!» Presi il cellulare dalla tasca e digitai il numero di Tom. «Dove sei?»

«La sto aspettando fuori, signore.»

«Vai alla porta sul retro.»

«Okay.»

«Perché non aspetti che i giornalisti se ne vadano?»

«Davvero, Pam? Sappiamo entrambi che non mi lasceranno uscire di qui vivo. Così come non se ne andranno prima di aver ricevuto le loro risposte.»

«Mamma, cosa sta succedendo?» Max stava scendendo le scale.

«Va tutto bene, tesoro. Vai a lavarti i denti e vieni in cucina. Ci sono i tuoi pancake preferiti che ti aspettano.»

«Fantastico! La mamma prepara i migliori pancake del mondo, Dom. Resti a fare colazione con noi?»

«Scusa, piccolo. Devo andare adesso.»

«Oh, okay.» Sembrava deluso, mi faceva sentire un po' in colpa.

«Non sapevo che la stampa ti stesse ancora seguendo così da vicino», disse Pamela, conducendomi alla porta sul retro.

«A volte mi chiedo se hanno qualcun altro da spiare. Perché mi sembra che ogni volta che starnutisco, loro sono lì per fotografarlo.»

«Comunque, spero che non ti rovinino la giornata.»

«Sono abituato ad essere perseguitato. Ti chiamo la prossima settimana, va bene?»

Sorrise e annuì, chiudendo la porta dietro di me.

«Brutta mattinata?» chiese Tom, guardandomi attraverso lo specchietto retrovisore.

«*Brutta* non rende nemmeno l'idea, cazzo. Hai portato la mia borsa?»

«Sì, signore.»

«Bene. Ora andiamo via da qui.»

«All'aeroporto?»

«Sì. Hai chiamato Oliver?»

Tom ridacchiò. «Sì.»

«Cosa ha risposto?»

«Sono sicuro che se ripeto quello che ha detto, mi licenzierà.»

«Andiamo, Tom. Forza sputa il rospo! So che mio fratello parla sempre prima di pensare.»

«Cito le sue parole, "*Di' a quel traditore stronzo che il suo pene potrebbe avere bisogno di una pausa. Poverino, è stato benedetto con il proprietario più cornuto di sempre!*"»

Alzai gli occhi al cielo. *Senti chi parla!*

«Sono licenziato?» chiese Tom, preoccupato.

«Certo che no. Ha detto qualcos'altro?»

«Ha detto che le sarà debitore per sempre per avergli salvato il culo dalla furia di vostra madre.»

«Mi dispiace che tu abbia dovuto ascoltare tutto questo, Tom.»

«Nessun problema, signore. Posso gestire suo fratello. Almeno finché il mio culo ha questo lavoro ben pagato.»

Scoppiammo a ridere entrambi e pensai che fosse ora di controllare la mia posta elettronica. Con i pensieri su Scarlett e i problemi con Pamela, ero così indietro con il lavoro.

Quando il mio taxi si fermò a casa di Wilson, ero sicuro che sarei morto per il caldo soffocante. Avevo sempre odiato Los Angeles. Cristo, non potevo credere di essere pronto a soffrire così solo per vedere Scarlett. Aveva detto di avere un volo mattutino, quindi speravo che fosse già lì e non mi sarei sentito un completo idiota cercando di spiegare il mio arrivo anticipato ai suoi genitori.

Incrociai le dita e premetti il campanello.

«Posso aiutarla, signore?» chiese la cameriera, aprendo la porta.

«Sì. Il mio nome è ...»

«Dominick? Che cosa ci fai, qui?» chiese Scarlett, sorpresa. Indossava un bikini rosso che giuro mi avrebbe fatto impazzire in men che non si dica; per un momento dimenticai che ero in grado di parlare.

«Io, ehm, ero qui per lavoro. E ho pensato ...» I miei occhi si spostarono lungo il suo corpo, il seno e la pancia piatta e sentii il mio membro indurirsi nei pantaloni. «Pensavo che non ti sarebbe dispiaciuto se io restavo qui, dato che sarò comunque con te domani per il barbecue.»

«Oh, Be' ... Oh, no, certo che no ... Grazie, Shannon. Me ne occuperò io», disse alla cameriera. Non riuscivo a decifrare l'espressione del suo viso. Era arrabbiata? O felice di vedermi?

«Condividerò volentieri un letto con te se non hai una stanza libera», dissi per allentare la tensione.

«Non credo che tu sia pronto a dire addio alle tue palle. Perché se mio padre viene a sapere che dormi nel mio letto, farà del suo meglio per darti una lezione molto dolorosa.»

«Non sembra eccitante», dissi, facendo una smorfia.

«Volevo dire esattamente questo!» Sorrise, salendo le scale.

Seguirla faceva soffrire ancora di più la parte inferiore del mio corpo perché ero sicuro che nessun uomo al mondo sarebbe stato in grado di resistere ad un culo come il suo che gli ondeggiava proprio davanti agli occhi.

«Bel bikini, comunque», commentai, mentre lei apriva la porta di una delle camere da letto.

«Grazie. Stavo per fare una nuotata quando sei arrivato.» Adesso era in piedi di fronte a me, con le mani sui fianchi, e quasi ringhiai per quanto volessi esplorare ogni centimetro della sua pelle setosa con le mie labbra e le mie mani.

«Non mi hai mai chiamato», le ricordai.

«Oh, sì. Mi dispiace. Non vado in vacanza da molto tempo. Venire qui, nella soleggiata Los Angeles, mi ha fatto dimenticare tutto.»

Si passò una mano tra i capelli biondi, facendoli ricadere sulla spalla.

«Tutto?» chiesi avvicinandomi di un passo. «Anche questo?» Feci scorrere la punta delle dita sulla sua guancia, sul labbro inferiore e sulla mascella e mi avvicinai di più, dicendo «Sarei più che felice di rinfrescarti la memoria.»

«Hai sentito cosa ho detto di mio padre e delle tue palle?»

«Sì, ho sentito. Ma mi fanno così male che dubito che sarò in grado di pensare con lucidità se non mi aiuti ad alleviare questo dolore bruciante.» La guardai negli occhi, avvolsi le mie braccia intorno alla sua vita e la tirai al mio petto. «Mi sei mancata così tanto.»

«Oh, davvero? Quanto?»

«Devo dirtelo o dimostrartelo?»

Sapevo che le cose erano un po' incasinate tra noi, ma speravo comunque che mi desse la possibilità di sistemare tutto.

«Hai dieci minuti prima che tornino i miei genitori.»

Sorrisi, contento. «Sono più che sufficienti per farti venire, baby. Magari più volte.»

Sorrise diabolicamente. «Tic tac!»

La porta era chiusa a chiave e i miei vestiti erano spariti in un lampo. Né Scarlett né io sembravamo in grado di rallentare. Mi spinse verso il letto e si chinò su di me, facendo scorrere le mani sul mio petto fino al punto in cui avevo più bisogno di lei. Avvolgendo le sue dita attorno alla mia asta, mi baciò le labbra, facendo scorrere il sangue più velocemente nelle mie vene.

«Se continui a prendermi in giro in questo modo, dubito che sarò in grado di essere gentile con te», commentai, guardando in basso dove la sua mano stava scivolando su e giù per il mio membro eretto.

«Chi ha detto che voglio che tu sia gentile con me?» mi sussurrò all'orecchio.

E oh mio Dio ... ero così perso ... La mia testa iniziò a girare. La spinsi indietro e la guardai, sorridendo.

«Ricorda: l'hai chiesto tu.» Raggiunsi la chiusura del reggiseno del bikini e lo slacciai, sporgendomi per baciare i suoi capezzoli induriti.

Si lamentò dolcemente inarcando la schiena, e mi tirò i capelli rudemente, rendendo il desiderio selvaggio che mi attraversava ancora più incontrollabile.

«Sei così reattiva», respirai sulla sua pelle candida, godendomi ogni respiro che faceva, soddisfatto dei miei tocchi. «Come ho potuto vivere senza di te così a lungo?»

I suoi occhi si spalancarono e mi fissò come se pensasse di avere un problema di udito.

«Cosa?» dissi, sorridendo leggermente. «Non pensi che sia il momento perfetto per ammettere che mi sto innamorando di te? Pazzamente.»

La sua bocca si aprì e si richiuse come se volesse dire

qualcosa, ma poi cambiò rapidamente idea.

«È vero. Non voglio fingere di stare semplicemente giocando con te, Scarlett. In effetti, penso che non sia mai stato un gioco per me.»

Lei deglutì, continuando a fissarmi, senza parole. Ora le sue mani erano posate sul mio petto, ed era così vicina e così bella; innocente e pericolosa allo stesso tempo. Sentivo il mio cuore battere forte nel petto, e giuro, potevo sentire ogni suo battito che mi frantumava in milioni di piccoli pezzi ...

Subito dopo, le mie labbra coprirono le sue e sapevo che avrei rinunciato a tutto ciò che avevo solo per averle così per sempre: morbide, dolci, stuzzicanti, dare e prendere.

Le mie labbra si mossero lungo il suo corpo perfetto, assaporandone ogni centimetro. Sapevo che mi stava guardando, potevo sentire i suoi occhi fermarsi ovunque la toccassi, e non so perché, ma mi piaceva così tanto.

Volevo che lei vedesse quanto significava per me, quanto amavo ogni piccolo tocco ed emozione che mi faceva provare, quanto avevo bisogno di lei, quanto la desideravo e quanto l'amavo ...

Con le mani appoggiate sui suoi fianchi, continuai a scendere fino al suo clitoride che sapevo che anche lei voleva che baciassi. Quando feci roteare la lingua attorno ad esso, il suo intero corpo si tese e non potei fare a meno di immaginare il suo sesso che si stringeva intorno a me. Lo faceva sempre quando voleva prolungare i momenti di piacere.

Sentivo la pelle d'oca che mi copriva la pelle; tremavo mentre leccavo e succhiavo le sue cosce e sentivo i suoi succhi sulle mie labbra. Non vedevo l'ora di tuffarmi dentro di lei e restarci finché lei me lo avesse permesso.

Le infilai due dita dentro mentre continuavo ad accarezzarle il clitoride con la lingua. La guardai e sorrisi intorno al suo sesso delizioso, caldo e umido, godendomi la natura selvaggia del suo sguardo che mi fissava.

«Più veloce», mormorò quando le mie dita iniziarono a muoversi per arrivare al suo punto g.

I nostri occhi erano ancora fissi e non volevo perdere un secondo dell'estasi che sapevo che stava per provare. Quando accelerai il movimento delle mie dita dentro di lei, fui ricompensato con un gemito di piacere.

Muovendo le dita dentro e fuori dal suo corpo, mi chinai su di lei, sentendo il calore provenire dalla sua pelle bruciarmi lentamente nei punti giusti.

«Sono così vicina», sussurrò, continuando a guardarmi.

Rallentai e mi misi tra le sue gambe aperte, dicendo: «Voglio riempirti. Amo ogni centimetro di te.»

E prima che dicesse qualcosa in risposta, guidai il mio membro duro come una roccia dentro di lei, gemendo mentre il suo sesso caldo e umido mi accoglieva.

«Cazzo, questo è l'unico posto da cui non voglio andarmene, mai.»

«Puoi rimanere lì tutto il tempo che vuoi», sussurrò.

Fu l'unica cosa che riuscì a dire prima che entrambi ci perdessimo nei suoni dei nostri corpi che danzavano all'unisono. Le sue mani viaggiarono lungo le mie spalle e la mia schiena e non potei più trattenermi dal fare l'amore con lei. Ora sapevo per certo che qualunque cosa avessi fatto dalla notte in cui ci eravamo incontrati, l'avevo fatta con un amore che pensavo non avrei mai più potuto provare.

Era più di una semplice donna per me, era una droga; era il più selvaggio dei miei sogni che si realizzava e la più forte dipendenza di cui non avrei mai voluto liberarmi.

Potevo sentire il suo corpo tendersi sotto il mio e sapevo che eravamo così vicini al paradiso. Le mie spinte divennero più frenetiche e incontrollabili. Il tempo con lei non bastava mai per soddisfare la mia fame. Ero come un avido figlio di puttana, che cercava di ottenere il più possibile. Ma non mi vergognavo ad ammetterlo, perché ero sicuro che lei si divertiva con me come io mi divertivo con lei.

Le sue mani erano dappertutto su di me: tra i miei capelli, sul mio petto, scivolando lungo i miei fianchi e stringendomi il culo e trasformando i miei movimenti in una corsa sfrenata. Sentendo l'orgasmo crescere da qualche parte nella mia schiena e schizzare su tutto il mio corpo, le diedi qualche spinta in più e venni dentro la sua vagina calda. Mi piaceva quando il suo orgasmo si univa al mio e i suoi muscoli si stringevano intorno a me.

Non bastavano le parole per dire quanto l'amavo. Non avevo mai provato niente del genere prima; volevo che anche lei si sentisse così.

«Dammi un altro bacio», sussurrai a pochi centimetri dalle sue labbra e le stuzzicai di nuovo il clitoride con le dita. Ero ancora dentro di lei e tutto ciò che volevo ora era sentirla venire per me, ancora e ancora ...

Capitolo 13

Scarlett

Mordendomi il labbro inferiore, chiusi gli occhi, cercando di soffocare un gemito. Potevo ancora sentire Dominick dentro di me; si stava indurendo di nuovo, muovendosi dentro e fuori quasi dolorosamente lentamente, stuzzicandomi e facendo nascere una nuova ondata di piacere nel mio ventre. Le sue dita si strofinarono contro il mio clitoride, un po' ruvidamente questa volta, ma non mi dispiacque affatto. Si chinò per succhiarmi i capezzoli, il suo membro eretto e pulsante tra le mie gambe aperte.

«Vieni a prendermi, piccola», sussurrò, spingendosi più a

fondo dentro di me, i suoi fianchi che sbattevano rapidamente contro i miei. Gemetti in risposta, incapace di trasformare il mio pensiero in parole comprensibili.

Così vicino ... Ero di nuovo così vicino che pensavo che sarei morta senza il suo tocco e le sue mosse.

Il respiro mi si fermò mentre un nuovo orgasmo mi investiva. Gridai forte, stringendo la presa sulle spalle di Dominick. Anche se eravamo sdraiati su un letto, temevo di cadere se mi avesse lasciato andare. Avvicinai rudemente le sue labbra alle mie, le nostre lingue scivolarono l'una contro l'altra. Potevo ancora sentire il mio sapore sulla sua lingua e sapevo che lui voleva di più.

«Voglio toccarti», dissi, facendo scivolare la mia mano lungo il suo fianco e dove il suo desiderio bruciava ancora.

«Cazzo, sì ...»

Avvolgendo le dita intorno al suo glande, iniziai a farle scorrere su e giù, baciando via i morbidi gemiti che vibravano sulle sue labbra; in momenti come questo, eravamo entrambi così deboli e indifesi.

I suoi occhi erano chiusi, le sue mani accarezzavano dolcemente il mio seno. «Sei una strega», disse, mentre mi guardava con un battito di ciglia. «Che tipo di incantesimi mi stai lanciando?»

Sorrisi in risposta. «Ecco perché si chiamano incantesimi. Solo chi li ha scelti sa cosa significano.»

«Qualunque cosa significhino, amo il modo in cui mi fanno sentire», disse un momento prima che lo sentissi venire nel mio palmo con un forte gemito che riempì l'intera stanza.

«Cristo, Scarlett ... Sono così dipendente da te. Non credo che ne avrò mai abbastanza.» Rotolò sulla schiena, respirando affannosamente.

«Spero che la cameriera non ci abbia sentito», commentai, appoggiandomi su un gomito.

«Io spero di sì, invece.»

«Cosa?»

«Voglio che tutti sappiano quanto ti amo», disse, guardandomi.

Sentii il cuore battere forte nel petto. Immagino sia stato in quel momento in cui capii il significato di tutto ciò che era appena accaduto tra noi. *Avevamo fatto l'amore ...*

Una paura sconosciuta si insinuò sotto la mia pelle e mi rifugiai nel suo abbraccio, incapace di spiegare cosa mi stesse succedendo.

Lo amavo? Certo, lo amavo. Penso di essermi innamorata di Dominick la notte in cui lo udii parlare francese per la prima volta in quel club, così misterioso e sexy all'epoca; ancora oggi misterioso e sexy anche se mi sembrava di averlo già conosciuto per gran parte della mia vita. Ma ora... Non sapevo se ero abbastanza coraggiosa da dirlo ad alta voce.

«A cosa stai pensando?» chiese, baciandomi la fronte.

«Cosa farai se scappo?»

«Cosa?» rise piano in risposta. «Stai pensando di scappare da me? Perché?»

Non sapevo cosa dire.

«Scar?» Mi mise un dito sotto il mento, facendomi alzare lo sguardo su di lui. «Perché dovresti pensare di scappare? Pensavo ti piacesse stare con me.»

«Mi piace troppo.»

«Okay», disse lentamente, le sue sopracciglia si unirono e la fronte si increspò in un leggero cipiglio. «E pensi che sia una brutta cosa?»

«No, io ... Non lo so», sospirai, mettendomi seduta. C'era stato solo un uomo prima di Dominick che avesse mai detto di amarmi. Era anche l'unico uomo che pensavo di non poter mai dimenticare. E adesso ...

«Era troppo presto per dire che ti amo?»

«Oh, Dio, per favore smettila —»

«Smettere di fare cosa, Scarlett?» lui chiese, un po' nervoso. «Credi sia stato facile per me ammetterlo? Lasciarmi sopraffare da un sentimento che pensavo non avrei mai più provato? Sai anche che riesco a pensare solo a te? Non posso lavorare, mangiare o dormire. Sei nella mia mente ventiquattro ore su ventiquattro, sette giorni su sette.»

«Dom —»

«Se non vuoi stare con me, dillo e basta. Dillo ad alta voce, me ne andrò e non tornerò mai più!» scattò contro di me.

Adesso era incazzato. *Fantastico ...*

«Non è questo che voglio dire», dissi, prendendo la sua mano nella mia. «Voglio stare con te. Forse anche più di quanto io abbia mai desiderato qualunque cosa.»

«Allora qual è il cazzo di problema?»

«Sono spaventata.»

«Di cosa hai paura?»

«Non pensi che uscire con un donnaiolo come te possa essere un po' terrificante?»

«Oh, mio Dio. Pensi davvero che io sia un tale stronzo da uscire con te e un paio di altre donne contemporaneamente?»

«Sì?»

Imprecò ad alta voce. «No, Scarlett. Io sono molto meglio di così.» Poi si alzò dal letto per andare in bagno, sbattendo la porta dietro di sé.

Udii l'acqua scorrere nella doccia e non potei fare a meno di ammettere che il pensiero di unirmi a Dominick lì dentro mi era passato per la mente. Magari più di una volta.

È pazzesco, pensai tra me e me, scuotendo la testa. Un secondo dico che voglio scappare da lui, il secondo dopo voglio che faccia sesso con me sotto la doccia. *Dannazione ...*

«Tesoro, ci sei?» Mai in vita mia avevo avuto così tanta paura sentendo la voce di mio padre. Be', forse solo una volta, quando avevo cinque anni e volevo semplicemente provare il nuovo rossetto di mamma. E di sicuro non c'era un uomo che si faceva la doccia nel mio bagno.

Certo, non avevo più cinque anni, ma ero sicura che mio padre non avrebbe mai approvato che andassi a letto con il suo socio in affari, a casa sua o anche fuori casa, se è per questo. Il fatto che fosse qualcosa di più di semplice sesso, al momento non contava.

La porta della camera da letto era chiusa a chiave; quindi, speravo che mio padre non provasse ad aprirla con una chiave di riserva. Altrimenti, sarebbe stato difficile spiegare perché non avevo risposto alla sua chiamata.

«Era tuo padre?» chiese Dominick, uscendo dal bagno con un asciugamano avvolto intorno alla vita.

«Sì, te l'avevo detto che non avevamo molto tempo prima che tornassero.»

Lui fece un sorrisetto. «Scusa per averti fatto avere così tanti orgasmi. La prossima volta mi fermerò a uno.»

«Molto divertente», scattai, alzandomi in piedi. Anch'io avevo bisogno di una doccia, ma per ovvi motivi pensai che sarebbe stato più sicuro farla più tardi.

«Si metta a proprio agio, Mr. Altier», dissi, prima di andarmene.

Grazie a Dio, indossavo solo un bikini prima dell'arrivo di Dominick, quindi rivestirmi non richiese molto tempo.

«Dopo un saluto così caloroso, sono sicuro che mi divertirò a stare qui», scherzò come se non fosse mai successo nulla. Era come se si fosse completamente dimenticato della discussione che avevamo appena avuto.

Mi voltai, guardandolo con curiosità. Non sembrava più arrabbiato, ma c'era qualcosa nei suoi occhi che diceva che avrei pagato per le mie parole.

«Oh, e la prossima volta che vuoi che ti faccia venire, non

esitare a chiedere. Dopotutto, sono solo un fottuto figlio di puttana, a cui non importa altro che una sveltina.»

Ahia ... Era inaspettato, forse *non tutto* era dimenticato. Con il veleno che contenevano le sue parole, avrebbe potuto facilmente uccidere l'intera popolazione cinese.

Ferirono anche me, ma non l'avrei mai ammesso.

«Grazie per il promemoria», replicai, forzando un sorriso.

Camminando per il corridoio, riuscivo a malapena a trattenere le lacrime che mi bruciavano gli occhi. Era colpa mia se Dominick era tornato al suo solito atteggiamento, ma sentii il mio cuore andare in frantumi come se mi stesse gettando in faccia il mio amore ...

Non andai in camera mia, mi diressi in piscina per tuffarmi nell'acqua fresca, sperando che una nuotata mi aiutasse a tornare in me. Dopotutto, non avevo mai permesso a nessuno di ferirmi, e in questo momento dovevo trovare un modo per mantenere la calma e pensare al mio futuro e alla mia carriera, che con o senza Dominick Altier doveva avere successo.

Più tardi quel giorno, quando ero più o meno pronta ad affrontarlo di nuovo, andai in biblioteca dove sapevo che lui stava parlando con mio padre.

«Mi dispiace interrompervi, signori, ma ho un'emergenza da discutere con Dominick.» Lui mi rivolse uno sguardo sorpreso, mentre mio padre sembrò molto felice di sapere che noi due andavamo così d'accordo. Almeno, questo era quello che credeva.

«Be', certo, Raggio di sole. Dominick ed io abbiamo già finito con il discorso d'affari di oggi. É tutto tuo!» Fece svolazzare la mano verso Dominick e poi verso me.

Mi mossi a disagio per quelle parole. Mr. Altier si limitò a sorridere diabolicamente e a strizzare l'occhio leggermente in modo che solo io potessi vederlo.

Papà si alzò da dove era seduto, mi baciò sulla guancia e lasciò la biblioteca.

«Bene, bene», cantò Dominick, incrociando le braccia. «Chi avrebbe mai pensato che la tua emergenza sarebbe accaduta così presto? Anche se ho sempre saputo che eri un po' impaziente. Soprattutto quando si tratta di —»

«Non sono qui per il sesso, quindi calmati.»

«Sei sicura?» chiese, in piedi di fronte a me. «Sarei felice di soddisfare ogni tuo desiderio lascivo.»

Presi un bel respiro. *Non lasciare che ti dia sui nervi, Scarlett!*

«Volevo scusarmi», continuai, ignorando il suo sguardo significativo.

«Per cosa?» chiese compiaciuto, cercando di farmi sentire ancora peggio di quanto mi sentissi già.

«Penso di aver sbagliato a definirti donnaiolo, visto che so così poco di te.» Quando poco prima mi sembrava di conoscerlo da sempre.

Lui annuì in attesa.

«E volevo dire che credo che quello che hai detto sull'amore sia vero.»

Ora sembrava un po' teso, come se non volesse che io iniziassi quella conversazione, mai più. La sua mascella si strinse e i suoi occhi fissarono i miei.

«Volevo anche dire che anch'io provo qualcosa per te.»

«Ora, sta diventando interessante.» Fece un sorrisetto. «Hai un modo molto insolito di dimostrarlo.»

«Penso che non dovremmo affrettare le cose.»

«Non pensi che sia un po' troppo tardi per parlare di cose affrettate, soprattutto dopo quanto siamo riusciti a fare insieme?»

«Abbiamo entrambi bisogno di tempo per pensare a cosa

sta succedendo.»

«Che vuoi dire? Stare lontani l'uno dall'altra? Cercando di evitare stanze isolate e letti, scrivanie o qualsiasi altra cosa su cui posso mettere il culo e fotterti alla grande?»

Alzai gli occhi al cielo. «E anche quello.»

«Credi davvero che sia possibile?» Non provò nemmeno a nascondere un sorriso scettico.

«Dico sul serio, Dominick. Siamo entrambi adulti, stabiliamo delle regole seguiamole.»

«E se non volessi seguire nessuna fottuta regola? E dal momento che hai menzionato la nostra maturità, penso che dovresti iniziare a comportarti come una donna adulta, e non come una bambina di cinque anni, che ha paura della propria ombra.»

«Cosa? Come osi!»

«E un'altra cosa, Scarlett ...» Si avvicinò al mio orecchio per sussurrarmi: «Se vuoi stabilire delle regole, lo faremo. Assicurati solo di non essere *tu* ad infrangerle.»

«Cosa intendi dire?»

«Avanti, *Raggio di sole*. Sappiamo entrambi quanto velocemente si bagnano le tue mutandine.»

«Non insistere, Dominick», gli intimai, rivolgendogli uno sguardo omicida.

«Oppure?»

«Oppure racconterò a mio padre dei tuoi tentativi di sedurmi.»

Nick scoppiò in una risata. «Stai scherzando? Non avevo bisogno di fare niente per sedurti. Se la memoria non mi inganna, eri più che disposta a saltare nel mio letto. Spero che ricordi le foto della prima notte che abbiamo passato insieme?»

«Avevi promesso —»

«Non ho intenzione di infrangere la mia promessa. Sto solo dicendo è che non hai niente con cui distruggermi. Mentre io ho tutto ciò di cui ho bisogno per farti dimenticare il tuo nome e ricordare il mio per sempre.» Poi mi strinse al suo petto baciandomi le labbra, scacciando via ogni maledetto pensiero dalla mia testa. Be', accidenti …

Lentamente, le sue mani scivolarono lungo i miei fianchi e potrei giurare di aver sentito le scintille di elettricità ovunque le sue mani mi toccassero. Non era rude. Ma piuttosto troppo dolce per allontanarlo.

Facendo scorrere la lingua un'ultima volta sulle mie labbra, fece un passo indietro, le sue mani ancora sui miei fianchi.

«È difficile scappare da qualcosa che desideri così tanto, vero?»

«L'attrazione fisica e l'amore sono due cose diverse», risposi, incontrando il suo sguardo.

«Lo so. Per quanto l'amore abbia bisogno di attrazione fisica. Ricordalo quando incontrerai qualcuno che pensi sia un candidato migliore per te, Scarlett.»

«Quindi ora mi stai dando la tua benedizione per le mie relazioni future?»

«Puoi chiamarla come preferisci.»

«Okay. Significa anche che starai lontano da me?»

«È questo ciò che vuoi davvero?»

Non esattamente …

«Penso che questa sia la cosa giusta da fare», risposi dopo una breve pausa.

«Quindi ci sarà una sola regola da seguire: stare lontani l'uno dall'altro?»

«Sì.»

«Per me va bene», disse senza esitazione. E per qualche fottuta ragione, suonava così maledettamente offensivo. Perché mi sentivo offesa? Dopotutto, era una mia idea fermare quello che stava succedendo tra noi.

«Bene. Sono contenta che ci capiamo.»

«Scarlett?» mi chiamò quando stavo per andarmene.

«Sì?»

«Se mai vuoi mandare all'inferno quelle maledette regole, chiamami. Ci sarò sempre.»

Il mio battito accelerò a quelle parole. I miei stupidi ormoni semplicemente non sapevano darmi una tregua.

Abbastanza a sorpresa, la nostra cena andò bene. I miei genitori erano felici di vedere Dominick e me, dubito che si sarebbero mai accorti che qualcosa non andava nel modo in cui ci guardavamo. Parlammo, con qualche risata e ci godemmo la nostra cena. Ai miei genitori niente sembrò fuori posto tra noi due; diavolo, non avrei mai detto che c'era qualcosa che non andava tra noi, ma io lo sapevo ...

Fino alla mattina dopo, quando fui svegliata da una telefonata di Jill.

«Per favore, dimmi che non vai più a letto con quel figlio di puttana.»

Sbattei le palpebre un paio di volte, cercando di capire di cosa stesse parlando. Poteva riferirsi ad un unico un figlio di puttana. «Non ci vado a letto», risposi con voce assonnata.

«Bene, perché si è appena alzato dal letto della sua ex.»

«Come hai detto?» chiesi, confusa. Per quanto ricordavo, Dominick sarebbe partito tra poche ore, ma non pensavo se ne fosse già andato.

«Apri il giornale a pagina sei.»

Oh, no... «Non di nuovo», gemetti nel ricevitore. «Sono davvero stanca di leggere delle sue scappatelle sessuali.»

«Sono sicura che rimarrai sorpresa di vedere le nuove foto.»

«Okay, darò un'occhiata.»

«Ora devo riattaccare, ma se hai bisogno di parlare, lascia

un messaggio nella mia segreteria telefonica e ti richiamerò al più presto.»

«D'accordo.» Sbadigliai e chiusi di nuovo gli occhi, rifiutandomi di iniziare una giornata che già sapevo sarebbe stata schifosa.

Dopo aver fatto la doccia, mi vestii e scesi al piano di sotto sentendo la voce di mia madre provenire dalla cucina. «Buongiorno, Raggio di sole», mi salutò, baciandomi sulla guancia. «Dormito bene?»

«Sì, come una bambina. Ma dove sono finiti tutti?»

«Tuo padre e Dominick sono andati a fare una corsetta mattutina», disse, preparando due tazze di caffè.

«Hai visto il giornale del mattino?»

«Sai quanto odio i giornali. Ma se ti serve, è in soggiorno.»

Presi la mia tazza e andai a leggere le ultime notizie.

"SESSO CON L'EX?" Il titolo dell'articolo. Sotto c'era una foto di Dominick e Pamela, in piedi sulla soglia di quella che pensavo fosse casa di lei. Entrambi sembravano appena alzati dal letto. Lei indossava una camicia corta, con i capelli raccolti in una crocchia alta, senza trucco. Il suo braccio era avvolto intorno alla vita di Dominick e un attimo dopo, mi resi conto che lui indossava lo stesso completo che gli avevo visto addosso il giorno prima ...

"Anche se sia Mr. Popolarità che la sua ex ragazza, Pamela Rolsheld si rifiutano di commentare la loro relazione, continuano a passare le notti insieme. Ieri Dominick Altier è stato avvistato mentre usciva dalla casa che lui e la sua ex fidanzata avevano hanno acquistato qualche anno fa. Forse la fiamma della loro storia d'amore non si è ancora spenta?"

Dopotutto la mia amica aveva ragione; il mio ospite era un vero figlio di puttana. Imprecai ad alta voce, infilando il giornale nel cestino della spazzatura e andai a fare le valigie. Non potevo passare altre cinque ore in questa casa dove potevo vederlo da un momento all'altro. Volevo solo tornare a casa mia, a New York e nel mio letto.

«Dove stai andando?» Mia madre mi chiamò.

«Me ne vado!» urlai più bruscamente di quanto volessi. Lei non mi aveva fatto nulla per meritare quell'atteggiamento, ma ero così incazzata! Volevo demolire tutto ciò che mi impediva di tornare a casa.

«Pensavo saresti rimasta a cena.»

«Ho cambiato idea.»

«Va tutto bene?»

«Meglio che mai.» Almeno adesso, non mi sentivo in colpa per aver ignorato le stronzate di Dominick sull'amarmi. Quello stronzo ovviamente non aveva la minima idea di cosa significasse la parola *amore*.

Capitolo 14

Scarlett

Non aspettai che mio padre mi salutasse. Mia madre rimase un po' sorpresa dalla mia rapida partenza, ma le dissi che Jillian era nei guai e aveva bisogno di me il prima possibile. Anche se le avevo detto che l'avrei chiamata, non lo feci. In effetti, adesso non volevo parlare con nessuno. Tutto ciò di cui avevo bisogno era spazio e qualche ora di pace e tranquillità.

Pensavo che tornare a casa mi avrebbe fatto stare meglio, ma appena varcata la soglia del mio appartamento la realtà mi inghiottì. Mi appoggiai alla porta chiusa, sentendo lacrime traditrici scorrere sulle mie guance.

Come poteva? Come poteva passare una notte con Pamela e poi venire a dirmi che mi amava? Come potevo essere così stupida da innamorarmi del suo fascino?

Non volevo nemmeno pensare al domani. Dovevo andare

al lavoro, anche se non avevo idea di come comportarmi in presenza di Dominick dopo quello che avevo letto sul giornale. Dovevo fingere di non aver visto niente? Oppure semplicemente seguire le regole appena stabilite e stare lontano da lui? Sì, era la cosa migliore da fare. Dopotutto, avevo bisogno che lui restasse fuori dalla mia vita, e ora avevo ancora più ragioni per volerlo. Perché stava complicando la mia vita lavorativa? Il lavoro era il mio mondo, la mia fuga, come poteva quest'uomo non farmi desiderare di andare al lavoro solo per evitare di affrontarlo?

Il lunedì mattina iniziò con un terribile mal di testa. Guardai la sveglia e imprecai mentalmente. Non avevo la minima voglia di alzarmi dal letto che in quel preciso momento mi sembrava il posto più sicuro al mondo. Lentamente, mi misi seduta e i ricordi della notte precedente balenarono nella mia mente.

Non avevo intenzione di uscire o bere. Ma dopo alcune ore di disperazione, ho capito che avevo bisogno di un drink. E in qualche modo, bere da sola non sembrava giusto. Così indossai un paio di jeans blu scuro abbinati a un top rosso acceso e andai da *Jaime's*. Quel locale mi era sempre piaciuto. Primo, perché era solo a due isolati da casa mia, e secondo — perché era un bar gay, il che significava che non dovevo preoccuparmi di svegliarmi nel letto di un altro sconosciuto prima che il sole splendesse la mattina successiva.

«Margarita, per favore», ordinai al barista.

Lui annuì e sorrise come se sapesse qualcosa che io ignoravo.

«Che c'è di così divertente?» chiesi, improvvisamente offesa dal suo comportamento.

«Sai dove sei, vero?» chiese, annuendo.

«Sì. Perché?»

«Le donne vengono qui solo quando sono depresse.»

Be', merda ...

«Sai leggere nel pensiero?» chiesi, bevendo un sorso del mio drink.

«Vorrei saperlo fare», disse il ragazzo. «Potrei guadagnare molto di più in mance se ne fossi capace.»

«Sei etero, vero?»

Fece un sorrisetto. «È così ovvio?»

Guardai la sua pettinatura elegante, le guance appena rasate e la camicia e i pantaloni scelti con cura. Ovviamente aveva fatto del suo meglio per adattarsi all'atmosfera del luogo.

«In realtà, sì», dissi, ridacchiando. «Lo sguardo nei tuoi occhi ti tradisce.»

«Oh davvero? E che tipo di sguardo ho?» chiese, sporgendosi dal bancone del bar.

«Indagatore», dissi. «Sono una delle poche donne qui dentro e i tuoi occhi mi hanno subito trovata quando sono entrata.»

Rise piano. «Scusa, doveva essere la tua serata lontano dagli uomini, e ora pensi che dovresti andare da qualche altra parte perché non sono riuscito a trattenermi e ho iniziato a flirtare con te.»

«Come ti chiami?»

«Jared.» Indicò la sua targhetta.

«Bene. Allora, Jared, hai ragione: sono venuta qui per bere qualcosa e godermi della buona musica. Sono stanca della mia vita, quindi fammi un favore: fate finta di essere gay, okay?»

Annuì, sorridendo. «Affare fatto.»

E così, iniziò la mia serata. Non ricordavo quanti Margarita avevo bevuto, ma quando tornai a casa, riuscivo a malapena a reggermi in piedi. Non mi degnai nemmeno di lavarmi il viso, semplicemente andai in camera mia e svenni nel momento in cui la mia testa toccò il cuscino.

Ecco perché ora mi odiavo così tanto. Sapevo *che* molti

Margarita non mi avrebbero fatto bene e maledissi il giorno in cui Jill me lo aveva fatto assaggiare per la prima volta.

Guardando di nuovo la sveglia, mi resi conto che avevo solo mezz'ora per sembrare più o meno presentabile. Andai in bagno e sussultai vedendo il mio riflesso nello specchio. *"Presentabile"* era un obiettivo irraggiungibile per oggi. Scossi stancamente la testa ed entrai nella doccia, sperando di vivere la giornata senza altri problemi.

La fortuna è una puttana, pensai tra me e me, varcando la soglia del mio ufficio. La mia segretaria non c'era ancora e nessuno mi aveva avvertito che Dominick mi stava aspettando.

«Che cosa ci fai qui?» chiesi, gettando borsa e giacca sulla sedia.

Quello stronzo non si degnò nemmeno di rispondere alla mia domanda. Stava seduto sul mio divano con le braccia incrociate, guardandomi attentamente.

«Hai problemi di udito?» scattai, fingendo di guardare tra i documenti lasciati da Stevie.

«È così che tratti tutti gli uomini con cui vai a letto?»

«Come hai detto?» Mi voltai, a malapena in grado di controllare la mia rabbia. Chi diavolo pensava di essere per parlarmi in quel modo?

«Oh, giusto. Ho dimenticato che non stai con un uomo da anni.»

La mia bocca si aprì e si chiuse, ero troppo sconvolta per riuscire a parlare.

Dominick sorrise alla mia espressione e aggiunse «Niente fa male come la verità, giusto?»

«Cosa sono tutti questi commenti da stronzo?»

«Be' ...» Si alzò in piedi e si avvicinò. «Sono qui per una vendetta.»

Ecco fatto — in quel momento sentii il sangue ribollire

nelle vene. «Quindi pensi di avere il diritto di venire qui per vendicarti?» urlai. «Non pensi che dovrei essere io a lamentarmi?»

Si acciglià, fissandomi confuso.

«Ora, lascia che ti mostri qualcosa», dissi, dirigendomi verso la porta. Uscii in corridoio e trovai il giornale di ieri sulla scrivania di Stevie. Poi tornai nel mio ufficio e lo sbattei sulla mia scrivania, indicando l'enorme foto pubblicata a pagina sei.

«Vedi, non credo che meriti un trattamento migliore dopo avermi mentito, più e più volte.»

«Che cazzo è questo?» sibilò, prendendo la pagina tra le mani. «Bastardi!»

«Cosa? Non ti aspettavi che qualcuno ti beccasse mentre uscivi dalla casa della tua ex la mattina?»

«Scarlett, hai frainteso tutto.»

«Ma davvero?» risi sarcastica.

Dominick fece un respiro profondo. «Posso spiegare.»

«Spiegare cosa? Il fatto che non riesci a tenerti il cazzo nei pantaloni e devi scopare ogni donna che hai intorno?»

«Non sono andato a letto con lei!»

«Sì, continua a ripeterlo a te stesso. Credi alle tue stesse bugie?»

«Fidati di me, Scarlett, questa foto non significa niente. Proprio come la notte che ho passato da Pamela!»

«Uh, quindi ora mi stai dicendo che hai passato una notte a casa sua ma non sei andato a letto con lei? La tua spiegazione fa schifo, Dominick.»

«Era tardi ed io —»

«Cosa?» scattai, fissandolo. Ero davvero stanca di questa conversazione, così come di tutto ciò che metteva Dominick e me nella stessa frase. «Per favore, non dirmi che è stato un incidente.»

«Esattamente!»

«Per favore, risparmiami questo spettacolo ridicolo. Sicuramente non sei solo inciampato cadendo accidentalmente nella sua vagina.»

«Per la miseria, Scarlett! Quante volte devo ripeterti che non sono andato a letto con Pamela?»

«Non basteranno le parole per farmelo credere.» Gli lanciai lo sguardo più arrabbiato di cui ero capace. «Ora, se vuoi scusarmi, ho molto lavoro da fare.» Girai sui tacchi e andai a sedermi alla mia scrivania. Così la nostra conversazione era finita.

«D'accordo.»

Dominick gettò il giornale nel cestino e si precipitò fuori dal mio ufficio, sbattendo la porta dietro di sé. Per un secondo credetti di sentire il pavimento vibrare sotto i miei piedi. Adesso era incazzato? *Ti sta bene, coglione,* pensai e mi misi al lavoro.

Le ore volarono via confuse. Non importa quanto ci provassi, non riuscivo a concentrarmi su nient'altro che sul dannato fatto che volevo rivedere Dominick. Ero così arrabbiata con lui, ma ancora di più, ero arrabbiata con me stessa per essere un'idiota così innamorata.

«Ms. Wilson, suo padre è in linea», annunciò Stevie attraverso il vivavoce.

«Ehi, papà», lo salutai.

«Va tutto bene, tesoro? Te ne sei andata senza nemmeno salutare.»

«Lo so, mi dispiace. Ma Jillian si è cacciata nei guai e tu la conosci, saper aspettare non è mai stata la sua migliore qualità.»

«Cosa le è successo?»

«Uhm, niente di grave, ora sta bene.»

«Oh, mi fa piacere saperlo. Allora, come stanno andando le cose tra te e Dominick? Non abbiamo avuto molto tempo per parlarne.»

E *questa* era l'ultima cosa di cui volevo parlare adesso.

«Va tutto bene», dissi, sperando che non facesse altre domande.

«Sei sicura? Non fraintendermi, Scarlett, ma voi due sembravate un po' tesi durante la nostra cena.» Oh, ed io che pensavo fosse andata bene. Ero certa che i miei genitori non avrebbero notato niente tra noi quella sera.

Tesi era un eufemismo. Per lo più avevo cercato di ignorare i suoi sguardi e sorrisi significativi. Ma mio padre era sempre stato difficile da ingannare.

«Sta cercando di imporsi su di te?»

«Cosa?» risi alla sua domanda. Non sapeva nemmeno quanto fosse vicino alla verità. Dominick sicuramente sapeva come imporsi. Non solo sul lavoro ...

«So che può essere un po' rude», aggiunse mio padre, «ma è un brav'uomo. E ha promesso di tenerti d'occhio.»

Cosa diavolo ...

«Gli hai chiesto di farmi da babysitter?»

«Gli ho solo chiesto di tirarti un po' su di morale.»

Incredibile, cazzo ...

«Lascia che ti dica una cosa, papà.» Presi un respiro profondo, cercando di calmarmi per non iniziare ad urlare nel ricevitore. «Nel caso di Dominick Altier, *tirarmi su di morale* significa solo una cosa. E sono sicura che non è quello che vuoi che faccia con me.»

«Oh —» Ci fu una breve pausa all'altro capo della linea. «Senza offesa, Raggio di sole, ma sono sicuro che Dominick non ti farebbe mai una cosa del genere. O ha già provato a —»

«No!» esclamai prima che mio padre terminasse quella domanda.

«Allora perché non gli dai una possibilità?»

Diceva sul serio?

«Di che tipo di possibilità stai parlando?»

«Un'occasione per fare amicizia con te.»

Sospirai. Okay, non era quello che pensavo.

«Dominick ed io siamo qui per lavorare, papà. Non dobbiamo essere migliori amici per condurre trattative e firmare contratti.»

Potevo sentire il sorriso nella voce di mio padre quando disse «Sei così giovane, ragazza mia. Una delle poche cose che dovresti sempre ricordare è il modo in cui tratti i tuoi soci in affari. Non potrai mai avere successo se lavori con qualcuno che non condivide o non supporta la tua opinione. E fidati di me, tesoro, l'amicizia è la base migliore per una buona collaborazione.»

Alzai gli occhi al cielo.

«Me ne ricorderò», commentai, sapendo già che Dominick ed io saremmo stati tutt'altro che amici.

«C'è un'altra cosa di cui volevo discutere con te», disse.

Grazie a Dio, la lezione è finita, pensai tra me e me.

«Ricordi Bradley Leighton?»

«Quello di *Leighton Advertising*?»

«Sì, è lui.»

«Sì. Perché?» Per quanto ricordavo, a mio padre non piaceva quell'uomo.

«Mi ha chiamato ieri e mi ha offerto un accordo molto promettente. Sta lavorando ad una campagna promozionale per uno dei candidati al Senato. Ha detto che potremmo collaborare per rendere la campagna più efficace.»

«Perché all'improvviso dovrebbe voler lavorare con noi?»

«È stato abbastanza onesto con me e ha detto che la sua azienda ha bisogno di supporto finanziario, ma non vuole che nessuno lo sappia. Quindi possiamo dargli ciò di cui ha bisogno e aiutare *Leighton Advertising* a riacquistare la sua precedente popolarità. In cambio, riceveremo una buona percentuale del profitto del loro progetto attuale e futuro.»

«Si rende conto che, dandoci questo potere, rischia di

perdere per sempre la sua compagnia?»

«Sono sicuro che ne è consapevole. Ma la sua compagnia è come un figlio per lui. Non permetterà a nessuno di distruggerla e sa che cerchiamo sempre nuove opportunità per espanderci. Quindi ho promesso di salvare il nome della sua azienda, anche se il nome sarebbe l'unica cosa che ancora collega la sua famiglia alla *Leighton Advertising*.»

«Deve essere disperato per essere d'accordo su questo.»

«Lo è davvero.»

«Quindi, cosa vuoi da me?»

«Pensavo che potessi diventare la nostra rappresentante a San Francisco, dove si trova il loro quartier generale.»

Be', era un incarico inaspettato ...

«Intendi dire che vuoi che mi trasferisca a San Francisco? Ma che mi dici del mio lavoro qui?» *E per quanto riguarda me e Dominick?* Anche se mi sentivo come se lo odiassi a morte, il pensiero di perderlo all'improvviso mi fece rimpicciolire il cuore.

«Troveremo qualcuno che ti sostituisca. Essere la nostra rappresentante ufficiale ti darà una grande esperienza e l'opportunità di tornare qui come capo della nostra azienda.»

«Lo so, ma —»

«Non è quello che hai sempre voluto, Scarlett?»

Deglutii a fatica. Naturalmente, mio padre sapeva quanto volessi dirigere la sua azienda. Il problema era che ora non ero più sicura che quello fosse ancora l'obiettivo principale ...

«Sai, è sempre stato il mio sogno da un'eternità», dissi, fissando con aria assente il mio portatile.

«Non sembri entusiasta. Vuoi che chieda a qualcun altro di andare a San Francisco?»

«No, ovviamente no. Ci andrò.»

«Bene. Allora ti richiamerò più tardi per discutere i dettagli.»

«Quando hai bisogno che io sia lì?» Improvvisamente la

questione tempo divenne la più importante.

«Lunedì prossimo.»

«Okay.» Ci salutammo e riattaccai, sentendo il cuore battere forte nel petto.

Quindi questa era la fine …

La fine delle mie torture e delle mie notti insonni. Mio padre aveva ragione, dovevo pensare alla mia carriera. Era giunto il momento di ricordare che facevo parte di una famiglia con un nome che significava molto. Dopotutto, mi era stato finalmente dato ciò che sognavo da anni — la possibilità di dimostrare a tutti che ero la figlia di mio padre, la sua unica erede e la sua unica speranza per la sua compagnia. Non potevo deluderlo.

Presi il cellulare e chiamai Jillian. «Hai un minuto?»

«No, ma ogni volta che inizi così, significa che hai bisogno di me. Cosa è successo?»

«Vado a San Francisco.»

«Be', questa è una buona notizia. Perché sei agitata?»

«Voglio dire, sto lasciando New York e non so quando tornerò.»

«Aspetta, che mi dici del tuo lavoro e di me? Mi lascerai qui ad affrontare il mio capo da sola?»

Io sorrisi. «Puoi gestirlo. Sono sicura che sarai in grado di mostrargli chi è il vero capo qui.»

«Dannatamente vero.» Avrei detto che stava sorridendo dal tono della sua voce.

«Pranziamo insieme?»

«Certo, se *Mr. Perfezione* me lo permette.»

«Fammi sapere se ti dice di no. Gli parlerò io.»

«Pensavo che voi due non vi parlaste più?»

«Perché pensi questo?»

«Perché l'ho visto pochi minuti fa e sembrava un gatto in calore incazzato.»

Risi nel ricevitore. «Che cosa?»

«Be', sai, come un gatto le cui palle hanno bisogno di un buon massaggio.»

«Oh, mio Dio, Jill sei sicura che non ti senta?» chiesi ridendo.

«Davvero, non m'interessa. Mi ha dato così tanto lavoro da fare che sono felice di sapere che gli fanno male le palle.»

«Va bene, parliamone a pranzo», dissi.

«Di sicuro non voglio parlare di *questo* a pranzo.»

«D'accordo, allora mangeremo e basta.»

«Okay, ora devo darmi da fare per accontentare il culo di Sua Altezza.»

«Buona fortuna!»

«Grazie, ne avrò bisogno.»

Una cosa che mi ha sempre sorpreso di persone come Jillian è che non sapevano mai cosa significasse il cattivo umore. Anche se avevano dei problemi, sapevano sempre come affrontarli. Anche se questo includeva un'incredibile quantità di tequila sotto forma di Margarita.

Non mi aspettavo visite quella mattina, quindi vedere Oliver, in piedi sulla soglia del mio ufficio, fu piuttosto sorprendente.

«Scusa, ho dimenticato di chiamare», disse, rivolgendomi il suo caratteristico sorriso.

«Non preoccuparti, entra». A differenza di suo fratello, ero felice di vederlo.

«In realtà stavo cercando Dominick», precisò Oliver, sedendosi di fronte a me.

«Non è nel suo ufficio?»

«Sì, ma non voleva vedermi.»

«Cosa?»

«Be', ha detto che non aveva tempo per ascoltare le mie

lezioni da stronzo. Il che mi fa pensare che abbia litigato con te.»

Lo fissai, sorpresa. «Il suo cattivo umore ha sempre qualcosa a che fare con me?»

«Per quanto ne so io, sì.»

«Be', non credo che il suo mal di pancia sia colpa mia.» Sorrisi, sperando che la mia voce non rivelasse i miei veri sentimenti. «Inoltre, va a letto con così tante donne diverse che ognuna di loro avrebbe potuto farlo incazzare.»

Oliver rise. «Voi due siete così simili, lo sai?»

Scossi la testa. «Non me ne sono mai accorta. Ma almeno siamo sicuramente diversi quando si tratta di andare a letto con chiunque.» Strinsi i denti e poi inclinai la testa verso di lui, la raddrizzai di nuovo e gli lanciai uno sguardo significativo.

«Non direi.» Oliver mi guardò, strizzando gli occhi. «Soprattutto considerando che sei l'unica donna con cui *ha una relazione* da ... Be', da sempre.»

Ero sicura che le mie guance non fossero mai arrossite così tanto. «Non so di cosa stai parlando», dissi, abbassando gli occhi sui documenti sulla mia scrivania.

«Sappiamo entrambi cosa sta succedendo qui.»

Presi un respiro profondo prima di guardare di nuovo Oliver. «E se lui ed io andassimo davvero a letto insieme?»

Sorrise tranquillo. In quel momento, assomigliava proprio a suo fratello. «Ho sempre amato le donne come te.»

«E che tipo di donna pensi che io sia?»

«Sei come una sonda tiracavi. Sai far fare ad un uomo quello che vuoi.»

Feci un sorrisetto. «Vorrei che tu avessi ragione.»

Rise di nuovo. «Mi sei piaciuta a prima vista. Come può Dominick essere così cieco?»

«Che cosa intendi dire?»

«Come può non vedere che sei esattamente la donna di cui ha sempre avuto bisogno?»

Capitolo 15

Dominick

Volevo uccidere qualcuno. Non che volessi diventare un assassino, ma in qualche modo, uccidere mi sembrava l'unica cosa che poteva farmi sentire meglio in questo momento. Ero così fottutamente incazzato a causa di una foto su quel dannato giornale che era riuscito ad incasinare la mia vita ancora di più. Guardai il foglio sulla mia scrivania per quella che sembrava già la centesima volta. *Quando diavolo è riuscita Pamela ad avvolgere il suo braccio intorno alla mia vita?* Sembravamo una coppia follemente innamorata, che si era appena alzata insieme dal letto. Merda, avrei dovuto saperlo bene: i giornalisti non avrebbero mai perso l'occasione di ottenere la loro drammatica storia del giorno, che era semplicemente la *mia* vita. Sospirai bruscamente.

Avevo sempre saputo che innamorarmi non mi avrebbe giovato. Ed ora, avevo ancora più ragioni per esserne sicuro.

«Mr. Altier, suo fratello è ancora qui», mi informò Jillian attraverso il vivavoce. «Dice che non se ne andrà senza prima aver parlato con lei.»

Alzai gli occhi al cielo e imprecai mentalmente. Potevo giurare che Oliver era la mia punizione per tutto ciò che avevo fatto di sbagliato. Sapeva sempre come aggiungere altro carburante al fuoco.

«D'accordo. Fallo entrare», dissi, sperando che non ci volesse molto.

«Sei un asino, fratello. Lo sai?»

«Buongiorno anche a te, Oliver», mormorai, sorseggiando la mia terza tazza di caffè. «Cosa ti ha fatto svegliare così presto oggi?»

«Una dolce castana che ho incontrato ieri sera. Si è

rivelata totalmente pazza per il sesso mattutino. *Magnifique!*» esclamò in un raro sfoggio delle sue origini francesi. Si sedette di fronte a me dall'altra parte della scrivania.

Sorrisi sarcastico.

«Cosa? Sei geloso, fratello?»

«Perché dovrei essere geloso?» chiesi, cercando di trovare una scusa per mostrargli la porta.

«Forse perché l'oggetto del tuo interesse sessuale è seduto a poche porte da te, bella ed irresistibile. Ma al tuo uccello non è permesso entrare nella sua gloriosa grotta.»

Feci una smorfia per la scelta di parole. «Sei impossibile, Oliver. Non riesco a capire cosa vedono le donne in te.»

«Sono sicuro che probabilmente non vuoi sentire la risposta a questo tuo dubbio.»

«Dannatamente vero. Allora di cosa volevi parlarmi, cosa era *così* importante da dover interrompere la mia giornata lavorativa? Scommetto che non sei qui solo per discutere delle mie fantasie sessuali.»

«Ho letto il giornale di ieri. E lo ha visto anche la mamma. E indovina cosa è impegnata a fare stamattina?»

«Non ne ho idea.»

«Sta comprando giocattoli per *tuo* figlio.»

Gemetti ad alta voce. «Oh no! Non poteva aspettare i risultati del DNA? E se non fosse mio? Potrebbe comprare giocattoli per il figlio di qualche altro mascalzone.»

«Dimmi, Dominick, vorresti che il bambino fosse tuo?»

Mi fermai per un attimo. «Lui mi piace. È un bravo ragazzino.»

«Non stavo chiedendo se ti piace oppure no. Ti stavo chiedendo se vorresti che fosse tuo», precisò con un forte sospiro.

Mi strofinai le tempie, sentendo una nuova ondata di emicrania in arrivo. «Non lo so», risposi alla fine. «Voglio dei bambini, ma ...»

«Non vuoi Pamela come loro madre.»

«Mi sono perso qualcosa o hai ricevuto un diploma in lettura della mente?»

Oliver rise, scuotendo la testa. «Uh, sei fottuto mio caro fratello. Vai, parla con lei.»

«Al momento non ho niente di cui discutere con Pamela, Oliver.»

«Sto parlando di Scarlett. Sai che parte per San Francisco?»

«Cosa?» Sentii il mio cuore saltare un battito.

«Suo padre le ha offerto una nuova, *migliore* posizione lì. Per lei è una promozione e ha già accettato.»

Be', maledizione ...

«Mi sta bene», dissi, incontrando lo sguardo pensieroso di Oliver.

«Tu la ami, vero?»

«Perché non stai zitto, cazzo?» gli urlai.

«Oh, sì, proprio così», rispose, ignorandomi del tutto. «Ho già visto questo sguardo nei tuoi occhi. So cosa significa.»

«Apprezzerei davvero se mi risparmiassi le tue stronzate», dissi alzandomi. «Devo vederla, subito.»

«Buona fortuna!» Mi urlò dietro, ridendo.

Che coglione ...

Nel momento in cui entrai nell'ufficio di Scarlett, la vidi parlare con uno dei suoi manager.

«Devi cambiare questo banner, sembra troppo vecchio stile», disse, accigliandosi. «Aggiungi dei colori vivaci e magari cambia lo slogan. Sembra infantile.»

Non mi aveva visto, così mi appoggiai allo stipite della porta, osservandola. Sembrava sempre così concentrata mentre lavorava. Chi avrebbe mai pensato che ci fosse tanta passione nascosta dietro il suo aspetto da lady di ferro? Era passata poco più di una settimana dalla notte in cui ci eravamo incontrati per la prima volta, ma sembrava che sapessimo già tutto l'uno dell'altra. Potevo decifrare ogni piccolo cambiamento nei suoi occhi, nella sua voce e nei suoi movimenti. Non riuscivo a smettere di pensare a quanto fosse reattiva ogni volta che eravamo insieme. Dicono che un uomo forte può gestire una donna forte, e ho sempre pensato di essere un osso difficile da rompere. Ma ora, dubitavo di ogni mio singolo passo e mi chiedevo se forse lei potesse essere la ragione dei miei dubbi.

«Cercherò di sistemare tutto entro un'ora.»

«Grazie, Paul.» Scarlett sorrise brevemente al ragazzo, e solo allora si voltò e mi vide in piedi contro lo stipite della porta, che la studiavo intensamente.

Aspettò che Paul se ne andasse e disse, «Pensavo di essere stata chiara sul vederti oggi.»

«Perché hai accettato l'offerta di tuo padre?»

«Perché ti interessa?», sbottò.

«Pensavo di essere stato chiaro sui miei sentimenti per te, Scarlett.»

Lei fece un sorrisetto. «*Chiaro* non rende nemmeno un'idea delle tue azioni.»

«Sto parlando del tempo che abbiamo passato insieme a Los Angeles.»

Mi lanciò un'occhiata arrabbiata e tornò alla sua scrivania.

«Non andare», dissi all'improvviso, sentendomi come se stessi perdendo una parte molto importante della mia vita. Forse anche la parte migliore.

«Ho già detto di *sì* a mio padre.»

«Puoi cambiare idea», suggerii, avvicinandomi alla sua scrivania.

«No, non posso.» Alzò lo sguardo su di me e pensai vedere il rimpianto lampeggiare nei suoi occhi. Si era pentita della decisione che aveva preso o si era proprio pentita di avermi conosciuto? Non riuscivo a capire.

«Posso chiederti una cosa?» dissi, continuando a guardarla attentamente.

«Da quando hai bisogno del mio permesso? Mi sembra che tu faccia quello che vuoi, quando vuoi.»

«Ho mai significato qualcosa per te?»

Deglutì e abbassò gli occhi; le sue guance arrossirono leggermente. «Non ha più importanza.»

«Per me ha importanza. Rispondi alla domanda, Scarlett.» Allungai la mano sul tavolo e le sfiorai il mento con le dita, facendola guardare di nuovo verso di me.

Quello che mi sorprese di più furono le lacrime che vidi brillare nei suoi occhi. Imprecai piano e mi avvicinai alla sua sedia.

Poi la girai verso di me e le chiesi, «Ti ho ferito così tanto, che non riesci nemmeno a sopportare di lavorare con me sotto lo stesso tetto?»

«Non si tratta di questo, Dominick.»

«Allora di cosa si tratta? Credi davvero che scappare ti aiuterà a dimenticarmi?»

«Lo spero», ammise, diventando immediatamente di nuovo fredda e distante. Per la prima volta da quando ci eravamo incontrati, non riuscivo a decifrare lo sguardo nei suoi occhi. Non avevo idea a cosa stesse pensando e per un secondo mi sembrò di parlare con un'estranea e non con la donna che ...

«Ti amo, Scarlett», dissi, prendendole il viso tra le mani. «E se questo fatto sarà mai abbastanza per farti credere che posso cambiare, ti prometto che aspetterò finché vorrai. Aspetterò per sempre se questo significa, alla fine, che ti avrò al mio fianco.» Mi avvicinai e la baciai sulle labbra, cercando di mettere tutto il mio amore in quel bacio. Lei non rispose, ma sapevo che era colta alla sprovvista quanto me. Il momento sembrava così definitivo ...

Poi feci un passo indietro e andai alla porta, cercando di reprimere il desiderio di tornare indietro, stringerla tra le mie braccia e non lasciarla mai più andare. Ma capii che era il suo turno di prendere alcune decisioni. Avevo detto tutto quello che desideravo. Lei sapeva che non volevo che se ne andasse, e non potevo farle cambiare idea perché per la prima volta in assoluto dubitavo di me stesso, dubitavo anche di essere all'altezza di una donna come lei ...

***

Una settimana dopo, ero ancora sicuro che la mia vita non sarebbe potuta andare peggio. L'avevo pensato anche la settimana precedente prima dire a Scarlett che l'amavo e che non volevo che se ne andasse. Ma da quel giorno, la mia vita precipitò in una spirale discendente infinita, peggiorando di giorno in giorno.

Penso di non aver mai lavorato così tanto in vita mia. Scarlett se n'era andata e non ero nemmeno riuscito a parlarle di nuovo. Lei aveva fatto del suo meglio per evitarmi per il resto della settimana, e anche se ci eravamo incontrati, non c'era stato altro che un breve saluto o uno scambio di poche frasi senza senso. Ero stato costretto ad infilare le mani più a fondo nelle tasche per impedirmi di toccarla. Dio, era sempre così bella. Ogni volta che la vedevo con addosso un vestito, non potevo fare a meno di immaginare di toglierlo e far scivolare le mani sulle sue curve perfette.

Ogni giorno mi svegliavo, sperando di sentire il suo corpo caldo premuto contro il mio. Anche dentro casa mi sembrava di essere nella mia personale versione dell'inferno. Tutto mi ricordava lei e quei momenti che avevamo passato insieme in questa casa. Giuro che riuscivo ancora a sentire il suo profumo nella mia camera da letto, nel mio letto e sul mio cuscino.

Cercai di bloccare tutti i ricordi di lei, cercai di spostare i miei pensieri su qualcosa di più realistico dei sogni sulla donna che non voleva stare con me, che mi aveva lasciato quando le avevo chiesto di restare e che mi aveva scaricato quando le avevo detto che l'amavo. Ma stavo irrimediabilmente perdendo quella battaglia con me stesso, ancora e ancora.

La volevo ancora come un pazzo. Le mie notti si trasformarono in molte ore insonni a fissare il soffitto. Ora sapevo il numero esatto di piccoli graffi e altre imperfezioni che ero riuscito a individuare mentre non dormivo. Ma invece di studiare il mio soffitto, volevo ritrovarmi nel suo abbraccio; volevo ubriacarmi della sua bellezza e del suo odore e lasciare che mi inondasse ancora una volta.

Allungai una mano, cercando la pelle morbida e la fragranza di lillà, ma non trovai altro che lenzuola aggrovigliate. Quando aprii gli occhi, la crudeltà della realtà mi colpì e volevo sprofondare nel pavimento, così non mi sarei mai più sentito così infelice.

Quando ero con lei, tutto sembrava sempre così facile, e ora anche respirare era diventato difficile.

Scendendo dal letto, andai in bagno, feci quella che sembrava la decima doccia fredda in una notte e mi vestii senza la minima voglia di andare al lavoro.

Sapevo che l'ufficio di Scarlett era ormai vuoto, ma non riuscivo ancora a sconfiggere il desiderio di vederlo. Tutte le decorazioni, comprese le foto e i fiori, adesso erano scomparse. La stanza sembrava senza vita.

Aggrottai la fronte, sentendo una nuova ondata di infelicità travolgermi. Che cazzo mi stava succedendo? Perché non potevo lasciarla andare? Perché non potevo andare avanti e chiamare una di quelle ragazze che sapevo non vedevano l'ora di passare la notte con me, ed esserne felice? Dopotutto, era quello che avevo sempre fatto, non avevo mai pensato di tradire i sentimenti di nessuno. E ora stavo soffrendo a causa di una donna che non voleva nemmeno vedermi, figuriamoci stare con me, o ricambiare il mio amore.

Grandioso ...

Il telefono mi vibrò in tasca. Un nuovo sms di mio fratello. *"Pensavo volessi sapere che la tua preziosa Scarlett sta bene."*

"E tu come diavolo fai a saperlo?" risposi con un messaggio.

"L'ho vista la notte scorsa in un club di San Francisco."

"Aspetta, cosa ci facevi a San Francisco?"

"Non la sto spiando, quindi calmati. Sono qui per affari."

Quindi lei si stava divertendo ed io ero qui, nel mezzo del suo ex ufficio, a pensare a quanto la amavo? Oh, questo non sarebbe durato per sempre. Era tempo per me di andare avanti; a quanto pare, lei lo aveva già fatto.

"Grazie per l'aggiornamento. Spero che vi siate divertiti", scrissi a Oliver.

"Ci puoi scommettere!" scrisse in risposta.

Che coglione ...

A parte le mie seccature su Scarlett, avevo un altro problema da affrontare. Il test del DNA. Dovevano inviarmi i risultati oggi, ed ero un fascio di nervi; quindi, quando finalmente vidi la busta sulla mia scrivania, esitai. Qualunque cosa ci fosse scritto stava per cambiare la mia intera vita, e non ero sicuro di essere pronto per questo.

«Va bene, posso farlo», dissi a me stesso, prendendo il tagliacarte dal cassetto e aprendo con cura la busta.

Saltai la parte che spiegava cosa fosse esattamente il DNA e passai al paragrafo con il mio nome scritto in alto.

Il risultato ...

"Negativo", lessi ad alta voce. Fissai la riga incredulo. *Negativo?* Com'era possibile, considerando quanto io e Max ci somigliavamo?

Presi il cellulare e chiamai il dottor Morrison.

«Dominick, immagino che tu abbia i risultati del test.»

«Ecco perché la sto chiamando. Sicuro che non sia un errore?»

«Non può esserci alcun errore. Lo abbiamo verificato più volte, con attenzione. Mi dispiace se non è quello che speravi di sentire.»

«No, va bene. Grazie.»

Riattaccai il telefono e mi sedetti, tenendo ancora la lettera tra le mani.

Se non ero io il padre di Max, allora chi era? Sapevo che Pamela avrebbe ricevuto la stessa lettera, quindi speravo che fosse in grado di spiegarmi come stavano le cose.

"Dobbiamo parlare", le scrissi. Chiamarla non era un'opzione al momento, poiché ero sicuro che avrei iniziato a urlarle contro e avevo ancora bisogno di ottenere delle risposte.

Ero così incazzato; più pensavo alle sue invenzioni, più mi pentivo di essere uscito con lei e di averle chiesto di sposarmi. Proprio vero, gli uomini possono essere così stupidamente ciechi quando si tratta di tette e curve, e Dio lo sa, quella donna aveva più di queste qualità rispetto alla maggior parte delle donne.

"Oggi sono impegnata. Chiamami domani", rispose.

Non avrei assolutamente aspettato domani e le avrei permesso di spiegarsi. L'avrebbe fatto proprio ora, oggi. *"O ci incontriamo ADESSO, o racconterò al mondo intero come hai ingannato me e probabilmente ogni altro uomo con cui sei mai stata! Sono sicuro che sarebbero tutti felici di sapere quanto sei davvero manipolatrice! Sarò da te tra un'ora. Assicurati che la porta sia aperta."*

«Jillian, ho bisogno di una macchina», comunicai alla mia segretaria.

«Sta andando via, signore?»

«Sì. Starò via per il resto della giornata.»

«Okay.» Lei annuì, guardandomi incuriosita. Conoscendo Jillian, ero sicuro che volesse sapere cosa c'era scritto nella lettera che aveva lasciato sul mio tavolo. Scommetto che sapeva tutto della mia relazione fallita con la sua migliore amica, incluso il mio dramma con Pamela.

«Va tutto bene, Mr. Altier?» Mi chiese come se mi leggesse nel pensiero.

Sorrisi seccamente. «Meglio che mai.»

La sua espressione delusa mi divertiva. Si aspettava una risposta più dettagliata alla sua domanda, ma poiché pensavo che un piccolo mistero non avrebbe fatto male a nessuno, soprattutto a Scarlett, pensai di tenere per me tutte le ultime notizie.

«La sua macchina la sta aspettando», disse dopo una breve pausa. «Le auguro una buona giornata!»

«Anche a te, Jill.»

Alzò le sopracciglia, sorpresa di sentirmi usare il suo soprannome. Be', almeno lei e Scarlett avranno qualcosa di cui parlare.

***

Più mi avvicinavo alla casa di Pamela, più mi arrabbiavo. Speravo che Max non fosse lì, perché dubitavo seriamente che sarei stato in grado di mantenere la calma.

Senza dire una parola, lei aprì la porta e mi invitò ad entrare.

«Sei sola?» chiesi, entrando in soggiorno.

«Sì.»

«Bene. Perché in un certo senso speravo che fossi in grado di spiegare i fottuti giochi a cui hai giocato con me nelle ultime due settimane.»

«Non è quello che pensi.»

«Grandioso. Perché muoio dalla voglia di ascoltare l'intera storia.» Mi sfilai la giacca e mi sedetti su un divano. «Ho tutto il tempo per ascoltarti.»

Fece un respiro profondo e si sedette su una sedia di fronte a me. «Non sapevo che Max non fosse tuo figlio, pensavo davvero che fosse tuo.»

«Per l'amor del cielo, Pam —»

Alzò un dito verso di me intimandomi di tacere. «Hai detto che mi avresti ascoltato.»

Feci un gesto indifeso. «Va bene, vai avanti.»

«Quindi, come ho già detto, non sapevo chi fosse il padre di Max. Fino ad oggi.» Si avvicinò al tavolino accanto alla finestra e prese un'altra busta, identica a quella che avevo ricevuto un paio d'ore prima.

«Quando hai detto che volevi che provassi la tua paternità, ho pensato di fare due prove. Una per te e una per Justin.»

Quel nome suonava familiare. E poi mi ricordai che Max ne aveva parlato.

«Il vero padre di Max è il mio gemello segreto o cosa?» chiesi, sorridendo al pensiero.

«Ecco», disse Pamela, porgendomi una foto. «Questo è Justin.»

Il ragazzo della foto non era il mio gemello, ovviamente, ma avevamo alcune caratteristiche simili, come i capelli neri e gli occhi azzurri che appartenevano anche a Max.

«Okay. Ma ancora non riesco a capire perché pensavi che il bambino fosse mio? Da quel che ricordo, Max ha detto che tu e

Justin uscivate insieme un po' di tempo fa.»

«Ho sempre *voluto* che Max fosse tuo.»

Alzai gli occhi al cielo. *Davvero?*

«Ho sempre segretamente sperato che un giorno saremmo diventati una vera famiglia.»

«Davvero, Pam? Quanti anni hai per credere sinceramente in queste fiabe contorte?»

«Pensavo che mi amassi ancora!»

«Dopo che ti ho visto scopare un altro uomo nel letto che tu ed io condividevamo?»

Le lacrime le rigavano le guance, ma non mi colpivano più, avevo finito con il suo dramma, le sue cazzate e le sue bugie.

«Max sa la verità?»

«No. Non ho avuto il tempo di dirglielo prima partisse.»

«Sai una cosa?» Mi alzai in piedi e mi avvicinai lentamente a Pamela. «C'è stato un momento in cui volevo davvero che i tuoi sogni su di noi come una famiglia si realizzassero. Hai un figlio meraviglioso e il suo unico problema sei tu. Perché ora devi fare del tuo meglio per dargli quello che gli hai portato via, tanti anni fa. Vai, trova Justin e parlagli di Max. Se è un uomo perbene, farà la cosa giusta per te e Max.»

«E se lui non mi ascolta?» si lamentò.

«Se quello che Max mi ha detto su di lui è vero, ti ascolterà. Inoltre, accetterà suo figlio e lo amerà più di quanto tu abbia mai fatto.»

Presi la mia giacca e mi diressi verso la porta. Mi dispiaceva per Pamela, ma sicuramente non era abbastanza per farmi desiderare di stare di nuovo con lei. Inoltre, dubitavo seriamente che sarei stato in grado di stare con chiunque tranne che con Scarlett.

Anche se lei non voleva vedermi, speravo comunque che un giorno le cose tra noi sarebbero cambiate.

Capitolo 16

Dominick

Sei mesi dopo

«Tesoro, sei sicuro di non volere che io venga con te a San Francisco? Tre giorni sono troppi per dormire qui senza di te.»

Guardai Candace, sdraiata nel mio letto con i capelli neri sparsi su tutto il cuscino. Lei ed io ci frequentavamo già da due mesi, ed era la relazione più lunga che avessi avuto dalla mia storia con Pamela. Ci eravamo incontrati ad una asta di beneficenza. Non ero pronto per una relazione seria, ma lei sembrava così dolce e simpatica che pensai che fosse ora di smettere di rodermi il fegato. Inoltre, ero stanco dei miei lavoretti manuali, e le mie palle erano totalmente d'accordo con me. Di nuovo, avevo iniziato a pensare come un avido bastardo, ma era tutta colpa di Scarlett. Mi aveva fatto credere che potevo amare di nuovo, e poi mi aveva gettato i miei sentimenti in faccia, e ora ero tornato al mio solito io. Con una sola eccezione — pensavo che avere a che fare con una donna alla volta fosse più che sufficiente per cominciare.

Ecco perché questa mattina non ero sorpreso di vedere Candace nel mio letto. Si era trasferita a casa mia un paio di settimane prima e, abbastanza sorprendentemente, la sua presenza non mi aveva ancora irritato. Era un'ottima cuoca e le sue esigenze sessuali si adattavano perfettamente alle mie.

«È un viaggio d'affari, baby» dissi, allungandomi per baciarla. «Ti annoierai seduta nella stanza d'albergo, ad aspettarmi.»

A differenza delle mie precedenti fidanzate, Candace non era una celebrità. In effetti, era diventata popolare il giorno in cui aveva iniziato a frequentarmi. Era la proprietaria di una piccola galleria d'arte e odiava la stampa.

«Perché non inviti qualche amico e fai una piccola festa in mia assenza?»

«Sai quanto odio le feste», disse, rotolandosi sullo stomaco. «Probabilmente chiamerò mia sorella, non la vedo da settimane.»

«Sono sicuro che tu e Laura troverete qualcosa di interessante da fare mentre sono via.»

«Mi mancherai», disse, sorridendomi.

«Mi mancherai anche tu», replicai, sperando di sembrare sincero.

Non amavo Candace e lo sapevamo entrambi. Ma mi piaceva abbastanza da farla diventare una delle poche costanti della mia vita. Era bella, intelligente e sapeva sempre come compiacermi, in ogni senso della parola.

Oliver una volta disse che la stavo usando per dimenticare di Scarlett. Forse aveva ragione, non lo so. Cercavo di non pensare mai a Scarlett. Ma lavoravamo ancora nella stessa azienda e, a volte, non avevamo altra scelta che parlarci.

Mi aveva chiamato la mattina presto, dicendo che non avrebbe potuto partecipare all'incontro di quella sera con i responsabili della *Leighton Advertising*, e mi ero chiesto se fosse solo una coincidenza, o se stesse intenzionalmente evitando di vedermi. Qualunque fossero le sue intenzioni, una cosa sapevo per certo — *volevo* vederla.

Non ci vedevamo da mesi e non sapevo quasi più nulla della sua vita personale, ma morivo dalla voglia di saperne di più. In parte perché nel profondo del mio cuore, lei mi mancava ancora. Ogni volta che vedevo il suo numero lampeggiare sullo schermo del cellulare, il mio battito cardiaco accelerava. Cercavo di sembrare calmo e forse anche un po' indifferente, ma quando la sentivo pronunciare il mio nome dall'altra parte della linea, qualcosa si spezzava dentro di me, ancora e ancora.

Pensavo che le mie ferite non fossero così profonde, ma a quanto pare mi sbagliavo perché anche sei mesi dopo erano ancora fresche e sanguinanti.

Avevo un po' paura di andare a San Francisco. Sapevo che prima o poi l'avrei vista, ma in questo momento mi sentivo come un adolescente prima del suo primo appuntamento. Ero nervoso e non sapevo cosa dire a Scarlett quando finalmente ci saremmo potuti incontrare di nuovo. C'erano così tante cose che volevo dirle, ma per qualche ragione pensavo che non le importasse.

Nemmeno una volta in quei rari momenti in cui aveva deciso di chiamarmi, non mi aveva mai chiesto come stavo, come mi sentivo o cosa stavo facendo da quando era via; voleva solo informarsi su come andavano gli affari qui a New York. Sembrava sempre un po' guardinga, e mi chiedevo se avesse mai avuto la mia stessa reazione nel sentire la mia voce. La sua voce era come musica per le mie orecchie, quasi come se gli angeli del cielo fossero lì a cantare direttamente a me attraverso di lei; era la sensazione più meravigliosa dopo la nostra lunga separazione. Qualunque cosa stesse dicendo, mi faceva pensare a cose che erano l'opposto di strategie aziendali o nuovi progetti; Semplicemente non volevo pensare al lavoro quando si trattava di parlare con Scarlett. La desideravo ancora e, per quanto mi odiassi per questo, non potevo evitarlo. Ero ancora innamorato di lei, e non ero sicuro che sarei mai riuscito a superarlo, comunque non in questa vita. L'amore non scompare come una brezza che cavalca le onde del vento. Era qualcosa che Scarlett non capiva; il mio amore non poteva semplicemente morire ed essere spazzato via.

Mi sentivo solo leggermente in colpa per pensare così appassionatamente a Scarlett con Candace che ricopriva il ruolo di partner nella mia vita. Così funzionavano l'amore e la vita: quando una relazione finiva, era naturale trovare qualcuno di nuovo. Qual è il detto? Quando una porta si chiude si apre un portone? Bene, avevo aperto la mia nuova porta con Candace; lei non era Scar ovviamente, ma si preoccupava per me ed io tenevo a lei. Quindi, la vita continuava. Salutai Candace e me ne andai.

Lei sapeva che non potevo offrirle alcun tipo di impegno, ma per ora stavamo bene così. Anche se Scarlett ed io avevamo passato così poco tempo insieme, mi sembrava di avere ancora un milione di ricordi con lei. Come il modo in cui la mia pelle bruciava sotto il suo tocco, o il modo in cui le sue labbra si aprivano quando mi chinavo per baciarla, o come mi guardava quando facevamo l'amore o il modo in cui gemeva quando ero dentro di lei ...

Nessuno, nemmeno Candace mi faceva provare le stesse sensazioni che avevo provato con Scarlett, a letto, o in qualsiasi altro posto.

Era possibile disinnamorarsi di lei? Speravo di sì. Dopotutto, era quello che avevo cercato di fare per tutto questo tempo.

Ecco perché avevo così paura di rivederla. Non volevo indietro quei sentimenti. Lei era la mia debolezza, la mia kryptonite, e odiavo il solo pensiero di essere di nuovo debole. Per un momento, avevo persino pensato che sarei stato felice di sapere che usciva con qualcun altro. Perché era l'unica cosa che poteva impedirmi di ...

No, non devo pensarci, dicevo a me stesso. Avevo una ragazza adesso, non l'avrei tradita, ed ero abbastanza felice di come era la mia vita adesso. Non potevo lasciare che Scarlett rovinasse di nuovo la mia pace interiore. E non volevo raccogliere di nuovo i pezzi del mio cuore infranto; due volte erano più che sufficienti. Pamela e Scarlett mi avevano spezzato il cuore, ed entrambe le volte pensavo che non sarei mai riuscito andare avanti di nuovo, ed ero passato oltre Pamela con l'aiuto di Scarlett, mi ero allontanato da Scarlett con l'aiuto di Candace e adesso stavo bene. Non avevo bisogno di nessuna delle due perché il mio cuore o la mia anima fossero completi.

Avevo prenotato una stanza al Fairmont Heritage Place in Ghirardelli Square a San Francisco; quindi, chiesi al mio autista di portare lì i bagagli e andai personalmente alla *Leighton Advertising*. Scarlett aveva fatto un ottimo lavoro collaborando con l'azienda, quindi non dubitavo che oggi avrei ridevuto solo feedback positivi sul suo lavoro. Stefan era ancora preoccupato per sua figlia, ma sapevamo entrambi che quando si trattava di lavoro, lei si dedicava ai suoi obblighi e non faceva mai nulla che potesse arrecare danno all'azienda di suo padre, che sapevo che lei voleva ancora dirigere.

L'incontro con il consiglio della *Leighton* era fissato nel pomeriggio per le 14:00; quindi, avevo ancora mezz'ora per guardarmi intorno.

«Mr. Altier, giusto?» udii qualcuno chiedere alle mie spalle. Mi voltai e vidi una ragazza dai capelli scuri venire verso di me. Immaginai fosse sui venticinque anni, alta e magra; non esattamente il mio tipo.

«Sì, sono io e lei è ...?»

«Melody Stanaway. Sono la segretaria di Mr. Leighton.»

«Oh, giusto.»

«Mi ha chiesto di accompagnarla nella sala riunioni. Ora, se vuole seguirmi, per favore, è al piano di sopra», disse, indicando gli ascensori.

Pensai che fosse la mia occasione per saperne di più su Scarlett.

«Mrs. Wilson si unirà a noi?» Sapevo che non l'avrebbe fatto, ma speravo ancora di vederla oggi.

«Forse domani. Lei e Derek oggi sono fuori ufficio per un incontro con uno dei nostri clienti.»

«Chi è Derek?»

«Oh, è il figlio di Mr. Leighton e il suo fidanzato.»

Dentro di me si formò una sensazione molto sgradevole. E

sapevo esattamente di cosa si trattava. *Fottuta gelosia ...*

«Grazie per la risposta dettagliata», dissi a Melody.

Le sue guance si erano tinte di rosso. «Scusi, a volte non so come tenere la bocca chiusa. La nostra azienda è sempre stata come una grande famiglia. È così facile dimenticare con chi si sta parlando.»

Annuii bruscamente.

Quindi *una famiglia*, eh? Deve essere molto comodo avere un ragazzo di cui presto ingoierai la società per intero. Mi chiedevo se lui si fosse reso conto che ... Sapevo che Scarlett non avrebbe mai usato nessuno a proprio vantaggio, ma il pensiero di potermi sbagliare era più elettrizzante del fatto che stavo per vederla tra le braccia di un altro uomo. Cavolo, non ero pronto per questo ...

Due ore dopo, pensai che la mia testa sarebbe esplosa per la quantità di informazioni che avrei dovuto ricordare. La gente continuava a parlare intorno a me, ma riuscivo a pensare soltanto all'arrivo di Scarlett. Circa cinque minuti prima, eravamo stati informati che lei si sarebbe unita a noi e il mio battito cardiaco accelerò al solo pensiero del nostro incontro imminente.

«Siamo terribilmente dispiaciuti di aver perso questa riunione», disse una voce maschile dietro di me. «Ma Scarlett ed io abbiamo grandi notizie — un altro contratto a sette cifre in tasca!»

Gli uomini intorno a me applaudirono fragorosamente.

«E lei deve essere Dominick Altier?» chiese il ragazzo che aveva più o meno la mia età, tendendomi la mano in segno di saluto.

«Sì, sono io», risposi, stringendogli la mano.

«Sono Derek Leighton», si presentò. «Scarlett mi ha parlato tanto di lei.»

«Davvero?» Era piuttosto sorprendente sapere che ha discusso di me con il suo *nuovo* fidanzato.

«*Je suis charmée de vous voir, monsieur Altier* — È un piacere vederla, Mr. Altier.»

Il sangue mi si gelò nelle vene al suono di quelle parole. Lentamente, mi voltai e la *vidi* ...

Era in piedi a pochi metri da me, con quel sorriso ipnotizzante che mi mancava così tanto. Era ancora stupenda, proprio come l'ultima volta che l'avevo vista. I ricci dei suoi capelli setosi le cadevano sulle spalle e sulla schiena, e riuscivo a malapena a trattenermi dal passarci sopra le mani. I suoi occhi azzurri brillavano luminosi, era così facile annegare nelle loro profondità. Le sue labbra erano ancora da baciare come ricordavo. Indossava una semplice gonna a tubino bianca e una giacca abbinata, ma sembrava comunque dannatamente sexy. Sentii il mio uccello indurirsi nei boxer. Fino a questo momento, non mi ero nemmeno reso conto di quanto desiderassi davvero rivederla.

«Piacere mio di rivederla, Ms. Wilson», la salutai, forzando un sorriso. Riuscivo a malapena a pensare con lucidità e speravo che nessuno si accorgesse della mia postura tesa.

«Scarlett è il nostro tesoro», disse Derek, avvolgendole un braccio intorno alla vita. «Come ha potuto permetterle di trasferirsi qui?»

I miei occhi seguirono il suo gesto possessivo e all'improvviso avrei voluto spezzargli il braccio. Sarebbe stato così facile allungare una mano e romperlo a mani nude ... Anche se ero certo che Scarlett non lo avrebbe apprezzato molto, di certo avrebbe rallegrato la mia giornata.

«Era difficile convincerla a restare», risposi incontrando lo sguardo di Scarlett. Potevo giurare che era tesa quanto me.

Lei sorrise leggermente e fece un passo lontano da Derek, liberandosi dal suo abbraccio. Sapeva che non mi piaceva?

Poteva leggermelo in faccia? O forse non voleva che io sapessi della sua nuova relazione? Qualunque cosa fosse, ora ero felice che fosse più vicina a me che a Derek.

«Perché non ci prendiamo una pausa e chiediamo alla segretaria di portarci un caffè?» lei propose, guardando il resto dei dirigenti nella sala conferenze.

«Ottima idea», commentò Mr. Leighton, alzandosi in piedi. «Abbiamo già discusso le questioni più importanti. Penso che possiamo terminare questa riunione domani. Che ne pensate voi signori?»

«Ottima idea, papà», disse Derek. «Scarlett ed io ci siamo svegliati all'alba per prendere il primo volo per San Diego questa mattina.»

Guardai Scarlett, alzando le sopracciglia in una domanda silenziosa. *Vanno a letto insieme?* Certo che sì, idiota; si *stanno* frequentando!

Lei ignorò il mio sguardo significativo e si scusò per andare ad occuparsi del caffè.

«Allora, le piace la California?» Derek si rivolse a me.

«Calda come sempre», risposi abbastanza forte da essere udito dall'ingresso. Certo, non stavo parlando del dannato meteo.

«Scarlett odia la California ed io invece la adoro! Non riesco ad immaginare di vivere altrove. Non so nemmeno cosa faremo dopo il matrimonio. Probabilmente dovremmo pensare a—»

«State per sposarvi?» chiesi a bassa voce. Non mi importava molto della sua reazione, volevo comunque ucciderlo a mani nude.

«Be', non le ho ancora ufficialmente chiesto di sposarmi», precisò Derek, i suoi occhi si spostarono su Scarlett e Melody, che stavano entrando nella stanza. «Ma mi piacerebbe vederla come mia moglie. Lei è incredibile.»

«Sì, lo è», dissi piano, guardandola.

Lei si muoveva per la stanza, parlando con i partecipanti alla riunione, e non potei fare a meno di ammettere quanto facilmente potesse socializzare con le persone intorno. A quanto pare, ero l'unica eccezione a quella regola.

«Dominick, ti piace caldo e dolce, se la memoria non mi inganna.» Non capii subito di cosa stesse parlando.

«Il caffè, intendo», disse con un piccolo sorriso.

«La tua memoria non ti delude. Hai sempre saputo cosa mi piace.»

I nostri sguardi si incontrarono e potrei giurare, vidi un fuoco familiare che bruciava nei suoi occhi. Ricordava ogni secondo trascorso insieme, proprio come me.

«Ecco qua», disse dopo una breve pausa, porgendomi una tazza di caffè.

«Il tuo menu offre qualcos'altro?» Bevvi un sorso e sorrisi.

«Biscotti?» chiese, trattenendo a malapena un sorriso.

«Non sono un fan dei biscotti, ma non mi dispiacerebbe un altro tipo di dessert.»

Lei fece un sorrisetto. «Non so in Francia, ma qui di solito viene servito dopo la portata principale.»

«Allora perché non vieni a cena con me? Stasera.»

Sapevo che era un gioco pericoloso, ma accidenti a me, lo volevo ancora più di prima.

Lei scosse la testa. «Non posso. Derek ed io ...»

«Uscite insieme, lo so. Ma non ti sto chiedendo di venire a letto con me. A meno che non sia quello che vuoi invece del dessert.»

«Non cambierai mai, vero?»

Incrociò le braccia, guardandomi con cautela. C'era una battaglia dietro i suoi occhi, sapevamo entrambi che *stava* prendendo in considerazione il mio invito.

«Perché dovrei cambiare se ti piace ancora il vecchio me?»

«Lei si dà troppo credito, Mr. Altier.»

Mi guardai intorno per assicurarmi che nessun altro potesse sentirmi e dissi in un sussurro «Allora perché non mi metti al tappeto? Se ricordo bene, ti è sempre piaciuto stare sopra.»

«Perché non vai all'inferno, Dominick?»

«Rilassati, Scar. Volevo solo assicurarmi che ora tu fossi una brava ragazza. Dopotutto, so quanto può essere impegnativo essere il tuo giocattolo. Povero Derek. Sa che vai a letto con lui solo per essere più vicino a controllare la compagnia di suo padre?»

«Che cosa?» chiese un po' troppo forte.

«Va tutto bene, tesoro?» si preoccupò Derek, avvicinandosi a noi.

«Sì. Dominick mi ha appena sorpreso con alcune notizie», disse lei, cercando di fare finta di niente.

«Buone notizie, spero», disse, baciandole i capelli.

Per poco non vomitai per quel gesto. *Perché il karma doveva sempre essere un tale stronzo?*

«In realtà stavo chiedendo a Scarlett di cenare con me», dissi, godendomi la rabbia negli occhi di lei. «Non ci vediamo da così tanto tempo, non mai riusciamo a trovare il tempo per parlare al telefono e ci sono così tante cose di cui dobbiamo discutere.» Sorrisi piacevolmente ad entrambi.

«Certo, puoi andare a cena con Dominick», disse Derek a Scarlett.

«Ma i nostri programmi per stasera?»

«Non sapevo avessimo dei programmi.»

Ops ... Non riuscivo a trattenermi dal ridere, ecco cosa succede quando menti Scar, quello stronzo chiamato karma arriva e ti schiaffeggia in faccia.

Ora, era il mio momento di festeggiare. «Allora verrò a prenderti alle sette», dissi. «Scrivimi il tuo indirizzo.»

Derek mi sorrise. «Ora so che la mia ragazza sarà in buone mani.»

Oh, sì, decisamente. Sarà nelle mie mani molto presto, lo capirai presto fidanzatino.

Dato che la riunione era finita, lasciai la stanza e scesi al piano di sotto, mandando un messaggio a mio fratello che stava arrivando.

"Qual è il tuo posto preferito a San Francisco?"

"Il Cowboy."

"Suona come uno strip-bar trash, o un cowboy per balli di gruppo, birra e bifolchi."

"È uno strip bar, uno dei migliori della città, tra l'altro."

"Stavo chiedendo qualcosa di più civile."

"Allora vai a El Paraìso — un posto perfetto per le donne del tuo calibro."

"Grazie!"

Pochi istanti dopo, Oliver inviò un altro messaggio.

"Merda, esci con Scar?"

Non mi degnai nemmeno di rispondere.

"Ci esci davvero!" Inviò di nuovo un messaggio. *"Stai attento, fratello. L'ultima volta che l'hai vista non sapevi come tenere le mani lontane da lei. E adesso hai Candace, ricordi?"*

"Tais-toi!"

"Non dirmi di stare zitto! Non vedo l'ora di vedere cosa accadrà dopo, la tua vita è come una telenovela", scrisse con una dozzina di emoticon alla fine.

Scossi la testa, salii in auto e dissi al mio autista di riportarmi al Fairmont. Avevo bisogno di una doccia, preferibilmente fredda, e di un po' di tempo per pensare a cosa fare dopo.

Cosa diavolo ho che non va? Volevo davvero ricominciare questa tortura con Scarlett? Non stavo solo pensando che non avevo bisogno di lei per essere completo?

Sapevo che la cena era una cattiva idea. Ero come un tossicodipendente che moriva dalla voglia di prendere un'altra dose della sua droga preferita. Cercai di convincermi che sarebbe stata solo una cena, ma nel profondo delle mie viscere sapevo che volevo molto di più della *semplice* cena ...

Presi il mio cellulare e inviai un messaggio a Scarlett, *"Indossa qualcosa di sexy. Sai quanto amo le tue curve."*

"Non vado da nessuna parte con te." Lei rispose.

"Diamine no! Non vuoi che il tuo prezioso Derek sappia della nostra breve e birichina avventura, vero?"

"Mi stai ricattando di nuovo? Tipico tuo."

"E allora? Se è l'unico modo per farti passare una serata con me, allora diavolo sì, non mi dispiace ricattarti, nemmeno un po'!"

"Fanculo, Dominick!"

"Sembra che la mia ragazza cattiva sia tornata. Lo adoro."

Scarlett non inviò altri messaggi, ma sapevo che non avrebbe ignorato il mio invito; non aveva altra scelta che accettarlo. E non vedevo l'ora di poter giocare di nuovo con lei ...

Capitolo 17

Scarlett

«Questo non sta accadendo, questo NON sta accadendo!»

Nell'ultima mezz'ora avevo camminato su e giù per la mia camera da letto, sperando che tutto quello che era successo oggi fosse solo un sogno, un brutto sogno.

Molte cose erano cambiate dall'ultima volta che avevo visto Dominick, tranne una — perdevo ancora la testa per lui. Mi faceva decisamente impazzire, in entrambi i sensi: buono e cattivo.

Nel momento in cui lo vidi nella sala riunioni, pensai che

sarei svenuta. Mi tremavano le ginocchia e ci volle ogni grammo del mio dannato autocontrollo per recuperare la capacità di parlare. Gli era sempre piaciuto quando parlavo francese, quindi non esitai nemmeno un secondo prima di salutarlo nella sua lingua madre. Quando lui si voltò, qualcosa andò in pezzi dentro di me, per esempio, il muro che avevo cercato di costruire per tenere il mio cuore lontano da Dominick per mesi. Avevo fatto del mio meglio per non pensare a lui. Avevo cercato di non chiamarlo, a meno che non fosse assolutamente necessario. Non avevo nemmeno chiesto di lui a Jillian. Ma ora sapevo che era tutto inutile ... L'avevo capito proprio con quello sguardo, uno sguardo nei suoi occhi ed ero tornata al punto di partenza; Jillian aveva ragione, avevo permesso a quest'uomo di rovinarmi e avevo continuato a dargli il potere di farlo.

Quando i nostri occhi si incontrarono, sentii un calore familiare che si formava nella mia pancia. Dio, lui era stupendo, come sempre. *Ugh, perché doveva sempre essere così fantastico? E maledizione, perché mi faceva sempre questo effetto?* Non riuscivo a smettere di fissarlo, bevendo ogni linea del suo viso, ogni piccolo tratto che mi mancava così tanto. Era inutile continuare a prendere in giro me stessa, nulla era cambiato dal giorno in cui avevo lasciato New York. Era ancora l'unico uomo con cui avrei davvero voluto stare ...

Sospirai frustrata. Nemmeno Derek riusciva a farmi sentire in quel modo. Era gentile e dolce, ma mancava ancora qualcosa. E fino ad oggi, non mi ero resa conto che quel qualcosa che mi mancava era la scarica di eccitazione che avevo sempre provato in presenza di Dominick. Sapevo che prima o poi l'avrei rivisto, ma non mi aspettavo che il nostro incontro mi avrebbe riportato tante emozioni nel mio cuore. Un secondo pensavo che lo odiavo, un secondo dopo ero sicura di essere follemente innamorata di lui, e poi di nuovo, mi convincevo che non potevo assolutamente accettare il suo invito per quella dannata cena.

Poi, come se la mia indecisione non fosse abbastanza grave, Derek doveva contribuire e dire a Dominick che credeva che fossi in buone mani, e gli andava bene che andassimo a cena insieme. *Grazie mille, Derek!*

Rilessi i messaggi di Dominick e sentii il sangue ribollire lentamente nelle vene. Era bastato un solo sguardo in quei suoi splendidi occhi azzurri per far sciogliere il ghiaccio nel mio cuore. E ora, non sapevo cosa fare. Sapevo che non mi avrebbe mai chiesto di uscire senza una ragione. Ovviamente voleva qualcosa da me, e mi chiedevo se i suoi desideri fossero identici ai miei, perché nel profondo di me stessa sapevo che parlare era l'ultima cosa che volevo fare con lui.

I miei occhi si spostarono sulla foto di Derek e me, e imprecai mentalmente. Non potevo tradirlo. Aveva fatto così tanto per farmi sentire speciale e amata ogni singolo giorno in cui eravamo stati insieme. Avevo anche considerato l'idea di sposarlo. Dopotutto, i miracoli accadono, vero? Con il tempo potevo amarlo, giusto?

Mi allontanai dalla foto e osservai il mio riflesso nello specchio. I miei occhi urlavano paura. Ero così confusa, avevo bisogno di parlare con qualcuno e c'era solo una persona che sapeva sempre cosa dire per farmi sentire meglio. Quindi decisi di chiamarla, e forse capire quale fosse la sua opinione in merito.

«Ehi, bellissima», salutai Jillian.

«Ehi, ragazza! Come stai?» chiese in risposta.

Potevo sentire il fruscio delle lenzuola e dei mormorii in sottofondo. «Sto interrompendo qualcosa.? Posso richiamare più tardi?» chiesi.

«No. Stavo per fare colazione.»

Guardai l'orologio e aggrottai la fronte. «Da quando le persone *iniziano* a preparare la colazione alle 9:00 di sera?»

«Ho avuto una giornata molto lunga che mi ha portato dritta alla serata.»

Ridacchiai. «Capisco. Riesci ancora a camminare?»

«Non essere gelosa. Mi sento benissimo.»

«Non sono gelosa», commentai ridendo. «Sono preoccupata per la tua salute.»

«La mia salute va bene. In effetti, penso che il mio cuore sia più sano di quanto non lo sia mai stato. Ora, cosa mi fa pensare di conoscere già il motivo della tua chiamata?»

«Forse il fatto che lavori con il motivo stesso della mia chiamata ogni giorno della settimana della tua vita?»

La sentii sospirare. «Scommetto che ti ha fatto bagnare le mutandine in pochi secondi.»

«Non sono sicura di voler parlare delle mie mutandine con te, ma sì, sei molto vicina alla verità. Mi ha chiesto di uscire stasera.»

«Wow, per un appuntamento galante? E Derek?»

«Lo so, lo so, ma non avevo intenzione di andare a letto con Dominick, e Derek gli ha detto che *"sapeva che ero in buone mani con lui".*»

«Dominick sa che non andrai a letto con lui? Qualcosa mi dice che è esattamente quello che vorrebbe ottenere come dessert.»

«Per favore, Jill, non farmi pentire di averti chiamato.»

«Non ti pentirai mai di avermi chiamato e sai quanto odio tutte queste stronzate tipo *andrà tutto bene*. Inoltre, sappiamo entrambi che questo appuntamento, o qualunque cosa sia, finirà con te a cavalcare il mio capo o viceversa. E non provare nemmeno a negare che lo desideri, dato che sono abbastanza sicura che la tua reclusione con Derek non vada mai oltre il sesso noioso a letto. Lascia sempre la luce accesa?»

Alzai gli occhi al cielo. «No.»

«È una grande notizia! Forse lui non è una causa così persa come pensavo.»

«Be', grazie per la tua onestà, ma non è quello di cui ho

bisogno in questo momento.»

«Volevo dire esattamente questo! Quindi vai, indossa le tue migliori mutandine da ragazza grande e fai impazzire Mr. Altier. O sotto di te, o dietro di te, o —»

«Ho capito cosa intendi. Ci penserò.»

«No, tesoro, niente stronzate stanotte! È ora di affrontare la situazione e ammettere che tu e Dominick non potete vivere l'uno senza l'altro. Quindi, se lui torna di nuovo a New York di cattivo umore, lo giuro, ti ammazzo, Scarlett. Sono stufa dei suoi piagnistei. Divora almeno dieci persone ogni giorno e non so nemmeno come faccio a essere ancora viva! Quindi, per favore, fai felici le sue palle e salvami da altri sei mesi con la sua faccia insoddisfatta al mattino.»

«Non sapevo andasse così male. Non mi hai mai parlato dei suoi sbalzi d'umore.»

«Perché non me l'hai mai chiesto! Pensavo non volessi sentire niente su di lui. Ora sai tutto. Promettimi che userai queste informazioni per il bene invece che per il male, non prenderle semplicemente per gettargliele in faccia la prossima volta che lo vedrai. Realizza i tuoi sogni perché ti conosco abbastanza bene da sapere che non sei felice con Derek. Per quanto so che Dominick ti manca tanto quanto tu manchi a lui. Ora vai e prenditi il tuo uomo!»

«Ci proverò, intendo usare le informazioni per il bene.» Anche se non stavo andando a letto con Dominick, era proprio il momento di sederci e parlare.

«Chiamami quando la missione sarà finita», disse Jill. «Oppure, se non riesci a fare una chiamata al mattino, la prenderò come una buona notizia.» Ridacchiò nel ricevitore.

«Sei impossibile, lo sai?»

«Sì. Ma è proprio per questo che mi ami così tanto, vero?»

«Dannatamente vero.» Sorrisi tra me e me e la salutai.

Jillian aveva ragione, non mi ero mai pentita di averla

chiamata. Alla fine, la decisione fu presa e andai a cercare delle belle mutandine da ragazza grande. Be', in caso – *non andrai a letto con lui* – mi fossi ritrovata senza il mio vestito addosso ...

Alle 19:00 Dominick mi scrisse: *"Sono al piano di sotto, spero che tu non abbia cambiato idea, perché ho qualcosa di grosso in programma per stasera."*

"Tieni quel qualcosa di grosso nei pantaloni", digitai in risposta.

"Stavo parlando del dessert, piccola provocatrice birichina."

"Anch'io." Involontariamente, sorrisi e guardai per l'ultima volta la mia immagine nello specchio. Nel momento in cui vidi il riflesso dei miei occhi, il mio sorriso svanì. Non mi vedevo così felice da molto tempo. *Perché diavolo doveva essere Dominick a far brillare quelle scintille nei miei occhi?* Scossi la testa, cercando di controllare le mie emozioni, e lasciai l'appartamento.

Vidi Dominick appoggiato al retro della sua auto, con quel mezzo sorriso di svago che prometteva sempre guai.

«Sono pronta», dissi, rendendomi conto un po' troppo tardi di come avrebbe interpretato le mie parole.

«Lo vedo.» Mi squadrò dalla testa ai piedi e annuì con approvazione, aprendomi la portiera del passeggero. «Il blu è il mio colore preferito. Lo sapevi, vero?»

«In realtà, no», ammisi, salendo in auto. «Ma è anche il mio colore preferito.»

«Lo so.» Mi fece l'occhiolino e si sedette al posto di guida.

Dato che era l'inizio di marzo, San Francisco era ancora fredda di sera. Indossavo un abito da cocktail color avorio, con sopra un cappotto di velluto azzurro. I miei capelli erano raccolti in una crocchia alta. Pensavo che mi avrebbe fatta sembrare più inaccessibile.

«Non ti sei sciolta i capelli», disse Dominick, avviando il motore. «L'hai fatto apposta?»

«Come hai detto?» Lo guardai, un po' confusa. Era sempre stato difficile sapere dove volesse arrivare.

«Il tuo collo. Ora non riuscirò a pensare a nient'altro che a baciarlo.»

Oh, Dio ...

Chiusi gli occhi per un momento, sperando che mi avrebbe aiutato a cancellare la visione di lui che mi baciava. Non ebbi molta fortuna; l'immagine divenne più colorata e definita. *Dannazione ...*

Mi schiarii la gola e guardai il suo viso ancora sorridente.

«Possiamo cenare e parlare?»

«Parlare? Hmm, è sempre stata l'unica cosa in cui facciamo irrimediabilmente schifo. Ma se vuoi parlare, perché non proviamo?» Spinse l'acceleratore e per un secondo mi sentii come un coniglio in trappola, senza possibilità di sopravvivere al quella serata ...

El Paraiso era uno dei miei posti preferiti in tutta San Francisco.

«Come lo sapevi?» chiesi, un po' sorpresa di trovare la nostra macchina ferma al suo ingresso.

«Come sapevo cosa?»

«Adoro questo posto», dissi, guardando fuori dal finestrino.

«Davvero? Non lo sapevo. Me l'ha consigliato Oliver.»

«Lui come sta?»

«Alla grande, come sempre.»

Avevo visto il fratello di Dominick qui a San Francisco un paio di volte. Sembrava sempre felice e mi chiedevo se sapesse cosa fosse il cattivo umore.

Dominick mi aprì la portiera dell'auto e mi offrì la mano.

Esitai e lui alzò gli occhi al cielo.

«Andiamo, Scar. Non è che ti spoglierò proprio qui. A meno che non sia quello che vuoi, ovviamente, allora sarei felice di accontentarti.»

«Ti è sempre piaciuto darmi sui nervi, vero?» Presi la mano che mi offriva e lasciai che mi aiutasse a scendere dall'auto.

Non mi lasciò andare. I nostri sguardi si incrociarono e la sua gioia fu subito sostituita da qualcosa che non riuscivo a capire. Tristezza?

«Entriamo?» chiesi, cercando di rompere quel silenzio così intenso.

«Scusa, mi sono perso nei miei ricordi», disse, voltandomi le spalle. Con mia sorpresa, non c'era umorismo nella sua voce.

Il nostro tavolo era in un'area riservata, dove nessuno tranne i camerieri poteva trovarci.

Ora, era il mio momento di chiedere «L'hai fatto apposta?»

«Fare cosa?»

«Prenotare proprio questo tavolo?»

Sorrise leggermente e mi guardò. «È la prima volta che vengo qui, ricordi? Non sapevo che un tavolo riservato sarebbe stato *così* privato.»

«Bene. Allora mi dica, *Mr. Altier*, come vanno le cose?» Ci stavamo ancora guardando, e in qualche modo era così bello, così familiare. Non volevo distogliere lo sguardo.

«Dipende da cosa vuoi sapere esattamente, Scarlett.»

Ancora una volta, mi sentivo in trappola e lui lo sapeva.

«Ti stavo chiedendo della tua vita», precisai. «Lavoro, vacanze —»

«Appuntamenti galanti?»

Sentii le mie guance arrossire. «Fa anche questo parte

della tua vita, giusto?»

«Ho incontrato qualcuno», ammise, annuendo. «Viviamo insieme.»

Il mio cuore smise di battere all'istante. Ovviamente sapevo che Dominick non sarebbe rimasto solo per troppo tempo. Anch'io avevo una relazione, ma sentire parlare di un'altra donna che condivideva il letto con lui era in qualche modo doloroso.

«È fantastico», dissi. «Chi avrebbe mai pensato che avresti fatto entrare una donna in casa tua?»

«Non è che ci sposeremo, ma ...» Fece una pausa per un momento. «Candace mi ha reso più facile non perdere la testa.»

Okay, suonava familiare. Dicevo lo stesso di Derek.

«E tu, invece?» chiese Dominick. «Questa cosa tra te e il giovane Mr. Leighton è seria?»

Scrollai le spalle. «Non lo so. Insieme ci divertiamo.»

«Hai intenzione di sposarlo?»

La nostra conversazione non era esattamente come me l'aspettavo. Dominick sembrava un po' nervoso e ogni sua domanda era come una pugnalata nel mio cuore.

«Forse», dissi, prendendo il menu. «Non abbiamo ancora parlato di matrimonio.»

«Sai che lui odia New York?»

«Non credo sia un problema. Possiamo vivere qui.»

«Ma tu odi questa città.»

Presi un respiro profondo prima di replicare, «E allora?»

«Niente. Ma non avrei mai pensato che saresti stata con un uomo che ti avrebbe fatto rinunciare ai tuoi sogni.»

«Non sto rinunciando a niente.»

«Davvero? Ma dirigere una filiale non è la stessa cosa che dirigere l'intera azienda, con sede a New York.»

Alla fine, eravamo arrivati ad una delle questioni più importanti.

«Hai ragione. Voglio tornare a New York.»

«Allora cosa ti ferma? E non dirmi che è Derek, perché non crederei mai a questa bugia.»

«Pensi di sapere tutto di me?» Mi stavo davvero arrabbiando. Se voleva verificare per quanto tempo sarei rimasta in sua compagnia, poteva semplicemente fare tutte quelle domande durante la riunione. Ma a quanto pare, stava tramando qualcosa che mi sfuggiva.

«Hai ragione, non si tratta di Derek. Si tratta di te.» Non pensavo che lo avrei ammesso, ma era vero, e non aveva senso mentire; Dominick sapeva che era lui il motivo della mia fuga.

Scosse la testa, ridendo piano. «Sai qual è l'unica cosa che non riesco a capire, Scarlett? Perché siamo seduti qui a parlare di tutte queste sciocchezze invece di fare l'amore e mandare all'inferno il resto del mondo?»

Be', il suo commento era davvero inaspettato ...

«Forse perché ora abbiamo qualcun altro con cui fare l'amore?»

«Sai che farei qualsiasi cosa per convincerti a stare con me stanotte. Allora perché dovrei fingere e comportarmi come se non ti volessi?»

«Il sesso non cambierà nulla, Dominick.»

«Hai ragione. Ma non sto parlando di sesso.»

Certo che no. Di nuovo, stava cercando di parlarmi dei suoi veri sentimenti per me e, ancora una volta, mi rifiutavo di credergli.

«Ora hai Candace.»

«Se questa è l'unica cosa che ti impedisce di tornare a New York e lavorare di nuovo con me, lei non sarà più qui entro domani mattina.»

«Vedi? Sei proprio tu, Dominick. Usi le donne e poi le butti via come un paio di guanti sporchi. Questo è ciò che mi ha fatto scappare da te. Questo è il motivo per cui non voglio tornare —

non cambierai mai.»

«Cambierei per te.»

Feci un sorrisetto. «No, non lo faresti.»

«Perché non mi dai un po' più di credito, Scarlett? Hai così paura di ammettere che anche tu mi ami? Che sono l'unico uomo con cui hai sempre voluto stare? Credi davvero che io non sappia cosa si prova ad essere te adesso?»

Be', maledizione ...

«Non ho mai detto una parola sull'amore, Dominick. Cosa ti fa pensare che ti amo?»

«Questo», disse, avvicinandosi. Eravamo seduti su un divano semicircolare, e ora lui era proprio accanto a me, con le sue dita che mi accarezzavano la scollatura e la spalla.

«Inizi a tremare ogni volta che ti tocco. Riesco a sentire il tuo calore. Quello sguardo nei tuoi occhi quando sei nel mio abbraccio ... Il rapido battito del tuo cuore, te lo giuro, lo sento adesso.»

Non mi mossi, continuando a fissare il punto dove era seduto pochi istanti prima. Avevo paura di guardarlo perché sapevo che nel momento in cui giravo la testa, avrebbe visto quanto fosse veritiera ogni sua parola.

Potevo sentire il suo respiro sul mio collo. Era così vicino; con il palmo della mano che si muoveva lentamente lungo il mio fianco e fino all'orlo del mio vestito che sollevò leggermente, stringendomi la coscia.

«Dio, mi sei mancata così tanto», sussurrò, sporgendosi per baciarmi la pelle proprio sotto l'orecchio. Deglutii a fatica. Il suo tocco era così morbido che quasi gemetti per il desiderio che potevo sentire formarsi nella mio ventre. Un bacio era tutto ciò di cui il mio corpo aveva bisogno per smettere di combattere.

La sua mano continuò a sollevare il mio vestito fino a quando non si fermò all'osso dell'anca. «*Chose défendue, chose désirée* — Il frutto proibito è dolce, giusto, *ma Belle de nuit*?»

Il cuore mi rimbalzò nel petto. Avrei dovuto dire qualcosa, ma mi sembrava non essere in grado di pensare a nient'altro che alle sue dita che si facevano strada sotto le mie mutandine. Ogni suo tocco portava via la mia ragione, lasciando nient'altro che eccitazione e ansia che vibravano sotto la mia pelle.

«Il cameriere può tornare da un momento all'altro» commentai, cercando di trovare almeno una scusa per fermare quello che stava succedendo sotto il tavolo.

Le sue dita trovarono il mio clitoride e lo circondarono, facendo crescere in me il desiderio.

«Lo so», sussurrò nella curva del mio collo. «Rende solo più difficile resistere al desiderio di farti venire in questo momento.» E prima che potessi dire qualsiasi cosa, fece scivolare due dita dentro di me, facendomi dimenticare tutto tranne la sensazione di quelle sue dita sapienti che mi facevano bagnare.

«Ho dimenticato quanto puoi essere reattiva», disse, spingendo le dita più a fondo dentro di me. «Sempre pronta ad assecondare ogni mio desiderio.»

Sapevo che non era giusto. Adesso le cose erano diverse, noi eravamo diversi. Ma era comunque così bello e così dannatamente inebriante.

Non mi importava del luogo o delle persone che potevano vederci da un momento all'altro, volevo solo che questo momento di intimità durasse per sempre.

Sentivo Dominick che mi guardava. Mi rifiutavo ancora di guardarlo. I miei occhi erano chiusi e tutti i miei sensi erano concentrati sulla sensazione della sua mano, che ogni secondo mi portava più vicino al limite.

Il suo tocco era fermo e sicuro di sé, lui sapeva esattamente cosa volevo che facesse. Più velocemente e più in profondità le sue dita si muovevano dentro di me, più volevo che fossero sostituite da qualcos'altro...

«Vorrei tanto stenderti su questo tavolo e spingermi

dentro di te», disse come se mi leggesse nella mente. Com'era possibile essere così consapevoli dei bisogni dell'altro e così completamente diversi quando si trattava della realtà del mondo al di fuori del nostro paradiso allettante?

Le sue labbra mi toccarono di nuovo il collo, tracciando dei piccoli baci fino alla clavicola e alla spalla. Ogni momento che passava, il desiderio in me era più difficile da controllare. Stavo per crollare, e lo sapevamo entrambi. Le mosse di Dominick divennero più rapide e quando pensai di non poter più reprimere l'esplosione, lui rallentò, premendo forte il pollice contro il mio clitoride.

«Non ti lascerò uscire dalle mie braccia, non tanto presto.»

«Per favore», quasi lo implorai.

«Per favore cosa?» sussurrò di rimando, il suo respiro caldo nel mio orecchio.

«Non fermarti», dissi, voltando finalmente la testa per guardarlo. Ero così persa nel suo fascino, dubitavo che mi sarei mai sentita così con qualsiasi altro uomo. Quando me ne resi conto, mi venne voglia di piangere. Ero molto più che nei guai ...

Le mie unghie affondarono nel divano dietro la schiena di Dominick, e gemetti piano, premendo la mia fronte sulla sua e godendomi la dolce sensazione che cresceva dentro di me e mi lacerava, cancellando ogni piccolo dubbio che avessi mai avuto su di noi. Ci appartenevamo e più tempo passavamo separati, più diventava evidente ...

Capitolo 18

Non riuscivo a guardare Dominick. Non che fossi imbarazzata per quello che gli avevo lasciato fare, ma la mia vita stava andando in pezzi proprio davanti ai miei occhi e non riuscivo a trovare la forza per rimetterla insieme. Mi girai per premere il viso sulla sua spalla e sentii un groppo in gola.

«Va tutto bene», disse quasi in un sussurro, accarezzandomi i capelli con una mano. «So cosa stai pensando.»

Scossi la testa, a malapena in grado di fermare le lacrime che mi bruciavano gli occhi. «No, non lo sai.»

«Siamo insieme in questo, ricordi?» Si appoggiò allo schienale e mi prese il viso tra le mani. «Qualunque cosa condividiamo è così intensa. Per quanto tempo continueremo a combattere ciò che entrambi desideriamo così tanto?»

«Tu non capisci —»

«Smettila, Scarlett. Smettila di mentire a te stessa. Perché non ci dai una possibilità? È qualcosa che entrambi desideriamo dal momento in cui ci siamo incontrati, e tu continui a comportarti come se non ci fosse niente tra noi. Come hai potuto buttare via tutti i tuoi sentimenti in quel modo, e per cosa? Orgoglio?»

Non risposi. Sbattei le palpebre e sentii una lacrima traditrice scorrermi lungo la guancia.

Eravamo così vicini che potevo vedere ogni piccola scintilla nei suoi occhi. E per quanto volessi scappare di nuovo, non riuscivo a muovermi da dove ero seduta.

Lui aveva ragione? Era l'orgoglio che mi impediva di ammettere i miei sentimenti? Ero troppo orgogliosa per far sapere a tutti che lo amavo? Ero preoccupata per quello che i miei genitori o chiunque altro avrebbero pensato se avessero scoperto che mi vedevo con Dominick? Non credo davvero che le mie preoccupazioni riguardassero l'essere troppo orgogliosa per stare con lui, avevo solo paura ... Avevo il terrore di essere usata e buttata via come la spazzatura di ieri. Tuttavia, se doveva essere onesta con me stessa ... Lui non mi aveva lasciato, ero stata io a lasciarlo quando avevo accettato l'incarico a San Francisco.

Non mi resi conto che mentre stavo riflettendo, avevo

iniziato a piangere, finché Dominick si chinò e premette le sue labbra sulla mia guancia, baciando via tutte le mie lacrime, una per una.

«Ti amo, Scarlett. Ti amo ancora così tanto. sei tutto ciò che voglio. Come puoi non capirlo?»

Le sue labbra si stavano avvicinando alle mie, ma c'era una cosa che volevo dirgli prima che mi baciasse.

Avvolsi le mie dita intorno al suo collo, avvicinandolo a me ancora di più. «Ti amo anch'io», dissi sulle sue labbra. «Ti ho sempre amato.»

«Allora cosa diavolo stiamo facendo qui?» Si alzò in piedi e mi tese la mano.

«Che cosa fai?» chiesi, socchiudendo gli occhi, esitante.

«Vieni con me.»

«Dove?»

«È veramente importante?»

La risposta arrivò, subito. «No.» Non mi importava dove volesse portarmi, ero pronta a seguirlo ovunque, e all'improvviso, bruciare i ponti dietro di noi mi sembrò l'idea migliore di sempre ...

Presi la mano di Dominick e stavamo praticamente correndo quando uscimmo dal ristorante, eravamo entrambi così pieni di eccitazione e felicità solo perché stavamo di nuovo insieme. Uscimmo in strada e salimmo sulla sua auto. Nessuno di noi parlò. Ma le parole non erano necessarie. Ci conoscevamo abbastanza bene da sapere a cosa stavamo entrambi pensando in ogni momento, eravamo così sincronizzati.

Sorrisi mentalmente, ricordando la mia conversazione con Jillian. Lei aveva ragione come sempre — era ora di smetterla di prendere in giro me stessa e lasciare che accadesse quello che stavo morendo dalla voglia di fare. Aspettavo questo momento da un'eternità ed ora avevo bisogno di lasciarmi andare e stare con lui.

«Se scendi da questa macchina, non potrai tornare indietro», Dominick disse che mentre ci fermavamo all'ingresso del Fairmont e il concierge si avvicinò per parcheggiare la nostra auto.

«Lo so», risposi, incontrando i suoi occhi.

Nel momento in cui varcammo la soglia della sua suite, il resto del mondo scomparve.

Posandomi una mano sulla schiena, Dominick mi guidò al centro della stanza, illuminata solo da una lampada nell'angolo. I nostri occhi si incrociarono, lui si tolse il cappotto e lo gettò sulla sedia più vicina, poi si sfilò anche la sua giacca.

Dio, mi mancava stare con lui, mi mancava ogni piccolo suo dettaglio. Esitando solo per un secondo, avvicinai le sue labbra alle mie e lo baciai profondamente, rispondendo subito a tutte le sue domande non dette. *Non si torna indietro ...*

Un gemito di piacere gli sfuggì dalla gola, mentre la sua lingua premeva contro la mia. Con una mano mi afferrò il fianco, mi prese il seno con l'altra mano e mosse le labbra sulla mia mascella e poi sul collo, coprendo di baci ogni centimetro della mia pelle.

Successivamente, aprì il mio vestito e lo guardò scivolare ai miei piedi, un sorriso malizioso giocava sulle sue labbra. Si prese del tempo bevendomi con gli occhi. Non volevo affrettare le cose; quindi, lasciai che facesse con calma, inoltre mi divertiva vedere quell'espressione affascinata sul suo viso come se fossi la creatura più bella che avesse mai camminato sul pianeta.

«Ti piace quello che vedi?» chiesi sorridendo. Le mie mutandine erano l'unico capo di abbigliamento che avevo ancora addosso.

«Molto», rispose, avvicinandosi di un passo. «Se avessi saputo che non c'era praticamente nulla sotto quel tuo vestito, ci avrei risparmiato un inutile giro al ristorante.»

«In realtà, mi è piaciuta la nostra cena. Grazie mille.»

«Ah-ah, proprio come pensavo.» Sorrise, facendo scivolare le mani lungo i miei fianchi. «Eri così bagnata che riuscivo a malapena a trattenermi dal prenderti proprio su quel tavolo.» Poi si chinò, prese uno dei miei capezzoli tra i denti, mordendolo dolcemente, e poi iniziò a succhiarlo.

Intrecciando le mie mani nei suoi capelli, lasciai che un'onda di beatitudine mi inghiottisse. Dio, anche i preliminari con Dominick erano meglio del sesso con chiunque altro.

«Hai troppi vestiti addosso», dissi.

«Allora perché non me li togli tu?» Mi stuzzicò con un sorriso diabolico.

Sorrisi, afferrando la sua camicia. «Spero che non sia la tua preferita.» Poi la strappai, spargendo i bottoni su tutto il tappeto.

«Non lo è.» Rise piano, stringendomi più vicino al suo petto. «Puoi rovinare tutto il mio guardaroba, se vuoi.»

«Grazie per il permesso. Dovrò ricordarmelo per dopo», dissi, tirandolo sul letto dietro di me.

Sdraiata sulla schiena, lo guardai sfilarsi i pantaloni e i boxer.

Usando le mie stesse parole contro di me, chiese «Ti piace quello che vedi?» Rimase in piedi con le mani sui fianchi.

«Mmm, molto», ripetei le sue stesse parole, poi lasciai che i miei occhi scivolassero lungo le sue braccia forti, il busto perfetto e fino a dove il suo membro eccitato mi fece perdere un battito. Era così duro e pronto che il solo pensiero della sua lunghezza che si tuffava dentro di me, mi faceva soffrire piacevolmente.

«Vieni qui», dissi seducente, incapace di controllare più a lungo i miei desideri. Avevo bisogno di lui adesso, avevo bisogno di lui *proprio adesso*.

Appoggiò un ginocchio sul bordo del letto e si fermò.

«Più vicino», dissi, prendendogli la mano.

«Quanto vuoi che sia vicino?» chiese, chinandosi su di me.

«Il più vicino possibile. Voglio che i nostri corpi diventino una cosa sola, voglio che il tuo cuore batta contro il mio e che le tue labbra coprano le mie.»

«Sembra perfetto», sussurrò, facendo scorrere le sue dita lungo il mio stomaco e i miei fianchi. Avvicinandosi, tracciò una linea con la lingua lungo la scollatura e il seno, circondando i miei capezzoli e posizionandosi tra le mie gambe aperte.

La luce della luna si riversava nella stanza, facendo danzare le ombre dei nostri corpi sul soffitto.

Sentii il suo membro scivolare lentamente su e giù per le mie grandi labbra glabre e pensai che non ci fosse tortura non peggiore.

Si fermò per un momento e mi guardò negli occhi, dicendo «Va bene così?»

Sapevo di cosa stava parlando e, come sempre, non volevo che nulla si frapponesse tra noi. Annuii senza parole, avvolgendo le gambe intorno ai suoi fianchi, e lo sentii penetrare dentro di me.

Mi osservava attentamente, entrando e uscendo lentamente, come se volesse memorizzare ogni mio piccolo suono che, e ogni mia piccola mossa per assecondare le sue spinte.

Il calore si diffuse dal mio ventre e risalì lungo la mia spina dorsale; avevo dimenticato quanto fosse incredibile sentirlo dentro di me. Nessuno mi aveva mai fatto sentire come mi faceva sentire lui: così incredibilmente in alto e completa.

Chiusi gli occhi, stringendo la presa sulle sue spalle. Non volevo lasciarlo andare, mai più.

Ogni centimetro del mio corpo era più che consapevole del suo tocco, delle sue mosse e dei suoi baci. Le sue mani ora erano su di me: sul mio seno, sulla mia pancia, sui miei fianchi, scendevano lungo le gambe e risalivano fino alle cosce. Sembrava che non ne avesse mai abbastanza di me, e conoscevo quella sensazione perché mi sentivo allo stesso modo.

«Non fermarti, non fermarti», sussurrai, assaporando la dolcezza delle sue labbra che baciavano le mie.

«Non lo farò», sussurrò di rimando, spingendosi più a fondo dentro di me.

Potevo sentire il suo cuore battere rapido sotto le mie mani, sentivo lo stesso ritmo pulsare dentro il mio petto, ed era così dannatamente bello, così dannatamente dolce e disarmante. Anche se avessi potuto, non volevo staccarmi dal suo abbraccio e dalla sua tenerezza. Ero intrappolata e lo amavo così tanto.

Sentivo il suo stomaco tendersi contro il mio e le sue spinte diventavano sempre più veloci e selvagge.

«Più forte», dissi, desiderando di sentirlo ancora più a fondo. Ma niente di quello che stava facendo sembrava abbastanza. Volevo di più, di più da lui se possibile; non che stesse sbagliando, o che non fosse bravo. In effetti, era il contrario, era assolutamente fantastico, ma non mi bastava, non credo che ne avrei avuto mai abbastanza di lui.

Ero così vicina al limite, così vicina all'euforia che solo Dominick sapeva farmi provare. Stavo per esplodere e lui lo sapeva. Dopo qualche altra spinta, gemette ad alta voce, affondando la faccia nel mio collo, mordendomi la pelle, e la sua presa si strinse sui miei fianchi. Ero persa per qualsiasi altra sensazione, tranne le ondate di calore e piacere che travolgevano il mio corpo e la mia mente. Fu così, la svolta di tutto. Basta scappare, basta bugie e basta fingere ...

Non era solo il mio corpo nudo sotto di lui; poteva sentire il mio cuore, vedere nella mia anima, poteva persino toccarla se voleva. Non mi sarebbe dispiaciuto...

Quella non fu l'unica volta che facemmo l'amore quella notte. Nessuno di noi due voleva perdere quello che avevamo adesso. Ci addormentammo all'alba, esausti e felici. Ma come sempre, il nostro paradiso non poteva durare a lungo.

Poche ore dopo, fui svegliata dal suono del cellulare di Dominick che squillava.

«Lo ucciderò, chiunque sia», dissi, rotolando sulla schiena.

«Tieni da parte questo pensiero, dovremo capire chi è che stai per uccidere rispondendo al telefono», disse lui con un piccolo sorriso e una strizzatina d'occhio, alzandosi in piedi. «Pronto?» Si fermò mentre chiunque fosse dall'altra parte parlava al telefono. «Ehm, sì, stavo per chiamarti.» Dominick mi guardò brevemente ed andò nell'altra stanza, chiudendosi silenziosamente la porta alle spalle.

Ecco, pensai tra me e me. *La dannata realtà è tornata ...*

Mi misi seduta sul letto, passandomi entrambe le mani tra i capelli. In qualche modo, sapevo che la chiamata era di Candace. Scossi la testa e andai in bagno, sperando di evitare la conversazione imbarazzante che stavamo per avere su ciò che dovevamo fare dopo. Francamente, non ne avevo idea, sapevo che Derek mi amava e Candace probabilmente amava Dominick ... Lei doveva amarlo, giusto? Dopotutto, vivevano insieme. Non provavo piacere nel ferire le persone, specialmente quelle a cui avrei dovuto tenere, ma la relazione con Derek era stata solo una distrazione per aiutarmi a superare Dominick e adesso era il momento di interromperla.

In piedi sotto l'acqua bollente nella doccia, stavo pensando alla mia prossima conversazione con Derek. Anche se non ero sicura del mio futuro con Dominick, non potevo più mentirgli. Era un brav'uomo e meritava di essere amato da una donna il cui cuore non apparteneva a qualcun altro.

Il corpo mi faceva male in tutti i punti giusti e, qualunque cosa fosse successo dopo, sapevo per certo che non avrei mai dimenticato questa notte con Dominick. Era stato assolutamente incredibile. Era il tipo di notte che vorrei avere il piacere di godermi più di una volta ogni sei mesi. Era il tipo di notte che mi piacerebbe avere ogni giorno, per il resto della mia vita.

Uscendo dalla doccia, mi avvolsi un asciugamano intorno al corpo, presi un respiro profondo e tornai nella stanza dove Dominick mi stava aspettando.

Era seduto sul letto, con l'espressione più pensierosa che gli avessi mai visto.

«Che cosa le hai detto?» chiesi appoggiandomi al muro. Non volevo avvicinarmi di più. Sapevo che entrambi avevamo bisogno di spazio stamattina.

«Le ho detto la verità», confessò Dominick, guardandomi. «Non credo che potrei tornare a casa e fingere che non sia mai successo niente.»

«Cosa ha risposto?» Mi dispiaceva un po' per quella ragazza. Dopotutto, non era colpa sua se Dominick non l'amava.

«Non molto, in realtà. Ha detto che avrebbe fatto le valigie e sarebbe andata via questo pomeriggio.»

«Ti penti di averla lasciata?» indagai con apprensione.

«Cosa? Certo che no.» Si alzò in piedi e venne verso di me. «Perché pensi questo?» chiese, prendendomi il viso tra le mani.

«Sembravi un po' triste e ho pensato ... Be', ho pensato che forse avevi bisogno di un po' più di tempo per riflettere su tutto.»

Lentamente allontanò le mani dal mio viso. «Scarlett, ho dovuto pensare per un sacco di tempo. Sono stanco di pensare. Voglio agire. Punto.» Mi guardò, accigliato. «A te serve più tempo per pensare a quello che è successo ieri sera?»

«Non è questo. Ma non voglio che rimpiangi nulla.»

Si chinò per posare un dolce bacio sulle mie labbra e disse «Non mi pento di niente. Okay? Tu sei tutto ciò di cui ho sempre avuto bisogno quindi non pensare che lascerò che Derek o chiunque altro ti porti via di nuovo da me. Intesi?»

Annuii, sorridendo. «Gli parlerò il prima possibile.»

«Bene, perché ho intenzione di riportarti a New York con me.»

Chi avrebbe mai pensato che rompere una relazione sarebbe stato così difficile? Nel momento in cui arrivai alla *Leighton's Advertising*, sapevo che mi sarebbero servite più di un paio d'ore per spiegare le cose a Derek. C'erano entrambi i suoi genitori e non avevo la possibilità di parlargli prima della riunione a cui avrebbe partecipato anche Dominick.

«Com'è andata la cena?» chiese Derek, sedendosi accanto a me. «Ti ho chiamato ieri sera, ma il tuo telefono era spento.»

«La batteria è scarica», risposi, sorridendo nervosamente. «Senti, ho bisogno di parlarti di una cosa. Quindi, per favore, non andare via dopo l'incontro.»

«Certo. In realtà stavo per chiederti una cosa, ma penso che possa aspettare per ora.» Si chinò per baciarmi la guancia nel momento stesso in cui Dominick entrò nella stanza.

La sua espressione si indurì e pregai in silenzio che non iniziasse a fare una scenata alla presenza di così tante persone. Fece un cenno a Mr. Leighton e si accomodò al suo posto che si rivelò essere di fronte a me. Evitò di guardarmi e iniziai a farmi prendere dal panico. Non potevo tirare fuori il mio cellulare e mandargli un messaggio, sapendo che tutti si sarebbero immediatamente resi conto che era stato inviato da me una volta che lui avesse preso il proprio telefono. Quindi dovetti sedermi e sperare che le cose tra noi non si complicassero ulteriormente. Avevo già avuto abbastanza drammi nella mia vita e non volevo più litigare con Dominick.

«Allora, ti è piaciuta la cena con Scarlett?» Derek chiese a Dominick con un sorriso.

Dannazione. Non poteva tenere per sé la sua curiosità?

Guardai la postura congelata di Dominick e scossi leggermente la testa, sperando che capisse che Derek ed io non avevamo ancora avuto la possibilità di parlare.

«È stato fantastico. Molto meglio di quanto mi aspettassi.» Nessun accenno di sorriso comparve sul suo viso.

«La mia Scarlett è un angelo, vero?»

«Oh sì, lo è.»

Ora, Dominick mi stava fissando con così tanta rabbia che pensai mi avrebbe uccisa con lo sguardo. Lui e Derek si scambiarono una parola veloce e poi iniziò l'incontro.

Dovetti fare del mio meglio per non saltare su dal mio posto e dire a Derek tutto in quel momento. Lui continuava a strofinarmi le spalle, sussurrandomi complimenti all'orecchio e sorridendo ogni volta che lo guardavo. Ovviamente, Dominick bruciava a fuoco lento.

Potevo vedere la sua mascella serrata per la frustrazione, e una o due volte non udì le domande che gli venivano rivolte. Fui costretta a rispondere per lui per non attirare troppa attenzione sulla sua distrazione.

«C'è un'altra meravigliosa notizia che vorrei condividere con voi oggi», annunciò il padre di Derek quando la riunione stava per finire. «Come tutti sapete, Scarlett lavora con noi già da sei mesi. È quasi come una figlia per me, quindi quando mio figlio mi ha parlato delle loro intenzioni di sposarsi, sono stato più che felice di dargli la mia benedizione.»

Cosa? Questo non sta accadendo ... Questo non sta accadendo. Sentivo che stavo per vomitare.

Fissai Derek, morendo dalla voglia di ucciderlo per qualunque cosa avesse detto a suo padre. Ma invece di spiegarmi le cose, si rivolse a Mr. Leighton.

«In realtà doveva essere una sorpresa, papà.»

Poi mi sorrise dolcemente e – *starai scherzando* – tirò fuori dalla tasca una piccola scatola di velluto e l'aprì dicendo «Mi vuoi sposare, Scarlett?»

Per un secondo pensai di essere finita dritta all'inferno. Pensai anche di uccidere Derek davanti a tutti. Poi guardai

Dominick e le mie parole e intenzioni morirono, tutte in una volta. La sua faccia era impassibile. I suoi occhi mi ricordavano due nubi temporalesche e mi chiesi se quello che provava adesso fosse identico ai miei sentimenti.

Improvvisamente, si alzò in piedi e si scusò dicendo «Il mio volo è stato riprogrammato per mezzogiorno. Ho un'emergenza a New York e non potrò restare per il resto di questo incontro.»

Non mi guardò nemmeno mentre si dirigeva verso la porta.

«Be', l'accompagno all'uscita», disse Mr. Leighton, ovviamente deluso dal fatto che il momento in cui suo figlio faceva una proposta di matrimonio fosse stato interrotto da Dominick.

Li vidi uscire dalla stanza e non riuscii a fermare il tempo; il mondo girava così velocemente e il sangue mi pulsava nelle orecchie. Imprecai mentalmente. *Perché Derek doveva chiedermi di sposarlo proprio oggi? Di tutti i giorni, perché oggi?*

«Scarlett?» chiese, toccandomi la mano. «Va tutto bene? So che è una sorpresa, ma non potevo più aspettare.»

Non lo stavo ascoltando. I miei pensieri erano ancora avvolti intorno a Dominick; tutto ciò che volevo ora era corrergli dietro e dirgli che stava sbagliato tutto. Ma sapevo di dovere una spiegazione a Derek, quindi speravo che Dominick mi avrebbe ascoltato quando fosse arrivato il momento di rivederlo ...

Capitolo 19

Dominick

Il mio umore faceva schifo, ero completamente ubriaco e l'unica cosa che volevo fare ora era sbronzarmi ancora più.

Con due bottiglie di whisky in mano, scesi dal taxi e chiamai Oliver.

«Sono al piano di sotto, e se non mi fai entrare, vomiterò proprio sulla tua veranda», biascicai nel telefono, a malapena in grado di mantenere l'equilibrio.

«Oh, merda, non farlo! Arrivi subito!» esclamò ed io sorrisi, nascondendo il cellulare nella tasca posteriore dei pantaloni.

Non avrei mai pensato che mi sarei ubriacato a causa di una ragazza. Anche dopo aver beccato Pamela a scopare con quello stronzo, non mi sentivo così male come adesso. Anche se *"male"* non era una parola abbastanza forte per descrivere i miei sentimenti. Non ero arrabbiato. Ero così fottutamente stanco. Stanco di tutto: di me stesso, di Scarlett, del mio lavoro, della mia vita. In altre parole, ero completamente fottuto e mio fratello era la persona perfetta con cui condividere tutta la merda di cui sopra.

«Ehi, Dom. Cos'è successo? Ma che —» Con attenzione, mi guardò dalla testa ai piedi e sorrise. «Be', cavolo. Chi avrebbe mai pensato che ti avrei visto così?»

«Chiudi quella cazzo di bocca e prendi questa», dissi, porgendogli una bottiglia.

«Va bene. A cosa devo l'onore di condividere un drink con mio fratello questa sera?» chiese, seguendomi nel suo appartamento.

«Sei l'unica persona che non mi giudicherebbe mai per aver bevuto così tanto», replicai, togliendomi la giacca e lasciandola cadere a terra.

«La cosa divertente è che ho sempre pensato di essere l'ultima persona con cui ti saresti ubriacato. Mi spieghi cos'è successo? Scarlett ti ha scaricato?»

«No.»

«Oh, no, non dirmi che il tuo arnese non ha funzionato.»

«Cosa? Certo, ha funzionato!»

«Allora qual è il problema?» Appoggiò due bicchierini uno accanto all'altro, poi aprì una delle bottiglie e li riempì.

«Lei mi sta facendo impazzire», dissi, buttando giù un drink.

«Da quando è diventato un problema? Pensavo che a voi due piacesse impazzire insieme.»

«Questo è il punto, impazzisco quando *non* sono con lei.»

«Oh, capisco.» Mi versò un altro bicchierino e aggiunse «Ho una teoria sulle donne.»

Lo guardai, sorpreso. Avevo problemi di udito? O ero troppo ubriaco per capire le parole di mio fratello?

«Non avrei mai pensato di sentire il tuo nome e *"teoria"* nella stessa frase», dissi, ingoiando il secondo bicchiere.

«Molto divertente, intelligentone. Sono serio.»

«Che sollievo.»

«Ehi, sei venuto qui per supporto o per darmi sui nervi?» chiese, offeso.

«Entrambi. Allora, qual era la tua teoria?»

«Amiamo le tette, le gambe lunghe e i culi, ma anche noi uomini abbiamo qualcosa.»

«Le palle?»

«Il cervello!»

«E quindi?»

«Quindi non dovremmo lasciarle fottere con le nostre teste, amico! Sanno qual è la loro arma segreta e la usano continuamente. Ma non significa che non possiamo vivere senza le donne.»

«La tua teoria fa schifo, proprio come la mia vita», commentai, cupo.

«Non hai mai avuto un'aria così depressa.»

«Non sono mai stato così fottutamente depresso.»

«Okay, cosa è successo a San Francisco?»

Sospirai, gettando la testa all'indietro, appoggiandomi al divano. «Abbiamo passato una notte fantastica insieme. Lei ha detto che mi ama, e poi è venuta all'incontro con Derek, il figlio di Leighton. E lui la stava baciando, toccando, e l'unica cosa a cui riuscivo a pensare era gettarlo nelle fiamme.»

«Ehm, ho capito. So di cosa parli.» Oliver sorrise, guardandomi.

«Anch'io — *gelosia*.»

«Hai ragione. Quindi significa che —»

«Sì, puoi iniziare a ridere ora, la amo.»

Ma lui non rise. Mi guardò con quello sguardo onnisciente che odiavo così tanto.

«Non sono dell'umore giusto per decifrare il significato nascosto dei tuoi messaggi silenziosi, quindi parla, Oliver. Qualunque cosa tu abbia in mente.»

«Con il vero amore non è mai andato tutto liscio.»

Era qualcosa che non mi sarei mai aspettato di sentire da mio fratello.

Scoppiai a ridere. «Ora non dirmi che vai a letto con una filosofa.»

Rispose roteando gli occhi. «Perché nessuno mi ha mai dato credito per il mio cervello?»

«Perché pensiamo tutti che il tuo cervello viva nei tuoi boxer.»

«Ora sembri una puttana.»

«Lo prendo come un complimento.»

Oliver scosse la testa, ridendo. «Sei ubriaco fradicio. Perché non vai a dormire?»

«Ottima idea! Posso stare qui? Dubito di riuscire ad arrivare a casa mia adesso.»

«La camera degli ospiti è tutta tua.»

«Grazie, amico.»

Mi alzai in piedi e trascinai sul letto il mio corpo che si

muoveva appena. Per la prima volta da settimane, non desideravo altro che dormire bene. Non fui così fortunato ...

Dopo un'ora passata a rigirarmi nel letto, iniziai a sognare.

Stavo camminando sulla spiaggia. La sabbia era così calda sotto i miei piedi che non avevo mai provato tanto piacere a camminare scalzo. La notte era calda e tranquilla. Chiusi gli occhi e presi un profondo respiro, sopraffatto dall'profumo dell'oceano che tanto amavo. A quanto pare, ero in una delle spiagge francesi dove mi piaceva trascorrere le vacanze.

Lentamente, mi diressi verso l'acqua e vidi una sagoma solitaria che nuotava non lontano da dove mi trovavo. La superficie scura dell'acqua era illuminata soltanto dalla luce della luna. Quando la sagoma si avvicinò, riconobbi Scarlett. Ed era così bella, con gocce d'argento che luccicavano sulla sua pelle, sembrava la sirena di una fiaba. Indossava un minuscolo bikini nero che lasciava così poco alla mia immaginazione, e il mio respiro si bloccò nel vederla emergere dall'acqua. Ogni linea del suo corpo era perfetta. Sbattei le palpebre e deglutii a fatica, stupito dal potere delle sensazioni che provavo in quel momento. Non si trattava solo dell'attrazione fisica che ci attirava l'uno verso l'altro, c'era qualcos'altro, un magnetismo a cui nessuno di noi due riusciva a resistere.

Venne da me e si fermò, guardandomi in silenzio. Non mi mossi, temevo di rovinare la magia del momento. Tutto sembrava così surreale.

I miei occhi si spostarono sulle sue labbra e il mio battito accelerò al pensiero di baciarle. Senza parole, le presi la mano nella mia e la tirai al mio petto, avvolgendole un braccio intorno alla vita. La sua pelle era bagnata contro i miei vestiti, ma non mi importava. Facendo scorrere la punta delle dita lungo la sua guancia, mi chinai e coprii le sue labbra con le mie. Erano un po' calde, ma continuavo a pensare che fossero la cosa più dolce che avessi mai assaggiato. Il suo corpo si strinse contro il mio e riuscii a stento a reprimere un gemito di piacere, avevo sempre amato sentirla così vicina a me.

La mia mano scivolò lungo la sua spalla e sentii un brivido attraversare la sua pelle. Adoravo l'effetto che avevo su di lei, era sempre così reattiva.

Il nostro bacio fu delicato, le nostre labbra si toccarono appena, ma fece solo aumentare il mio desiderio in me. Lei si tirò leggermente indietro e mi guardò negli occhi come se stesse chiedendomi il permesso. Annuii a qualunque cosa avesse in mente e lei sorrise, facendo scivolare le mani sotto la mia maglietta per sollevarla.

«Vuoi nuotare con me?» chiese. Le parole erano così dolci, le lessi sulle sue labbra più che sentirle.

Annuendo di nuovo, afferrai i lacci sottili, tenendo il suo bikini in posizione, e li tirai leggermente, lasciando che i pezzi di tessuto cadessero ai nostri piedi. Lei si appoggiò di nuovo a me, i suoi capezzoli induriti mi sfiorarono il petto.

Sempre una tentatrice, pensai tra me e me.

In silenzio, aprì la cerniera i miei jeans e li abbassò insieme ai miei boxer. Me li sfilai, le presi le mani nelle mie e la trascinai in acqua.

Non sentivo il freddo, ero così agitato che potevo sciogliere il ghiaccio con il mio tocco. L'aspettativa di stare con Scarlett era sconvolgente quasi quanto la realtà. Andando più in profondità nell'acqua, lasciai che l'eccitazione mi inghiottisse. Nient'altro contava se non stare con lei adesso.

Come lei se mi leggesse nel pensiero, avvolse le braccia intorno al mio collo e le gambe intorno alla mia vita, facendomi perdere il resto del mio pensiero razionale.

«Nessuno può vederci qui, possiamo fare quello che vogliamo», disse, coprendomi le labbra con le sue. Questa volta il bacio fu così intenso che dimenticai di respirare.

Il mio abbraccio si strinse, ma ancora non mi sembrava abbastanza. Avevo bisogno di essere ancora più vicino ...

Facendo scorrere la lingua lungo il suo labbro inferiore, infilai una mano tra i suoi capelli bagnati e li tirai leggermente indietro per avere un migliore accesso al suo collo. Leccai una linea dalla clavicola fino all'orecchio, mordicchiandole leggermente il lobo.

Le sue mani strinsero i miei capelli e io le baciai di nuovo le labbra; in un istante, il mio corpo era in fiamme. Le ondate di desiderio mi attraversavano e non potevo più aspettare. Mi indurii ancora di più al pensiero di fare l'amore con lei proprio lì nell'acqua. Le onde si infrangevano contro i nostri corpi, aggiungendo ancora più potenza all'intensità del momento.

«Ti voglio, adesso», lei sussurrò contro le mie labbra. «Voglio sentire che ti spingi dentro di me, forte.»

«Qualsiasi cosa per te, *ma Belle de nuit.*»

Fece scivolare una mano tra noi e mi guidò dentro di sé, gemendo per la sensazione della mia erezione che la riempiva. Spinsi i suoi fianchi verso il basso e la penetrai ancora più in profondità, tremando alla sensazione di lei che si stringeva intorno a me.

«*Tu es mon paradis, Scarlett* — Sei il mio paradiso», dissi, sentendo l'aria fresca sfiorare la mia pelle calda.

Con la mia mano che accarezzava avidamente i suoi fianchi, mi chinai per baciarle i capezzoli, sbirciando fuori dall'acqua. Ogni centimetro del suo corpo aveva un sapore così fottutamente delizioso.

I suoi fianchi dondolavano contro i miei e non credo di aver mai provato così tanto piacere nel fare l'amore. Da qualche parte in fondo alla mia mente, sapevo che era solo un sogno, ma cercavo comunque di aggrapparmi al momento, per quanto possibile.

I nostri gemiti si perdevano nei suoni dell'acqua che scrosciava intorno a noi. Le lasciai controllare il ritmo delle nostre mosse e si prese del tempo per stuzzicarmi, con lentezza agonizzante scivolando su e giù per il mio uccello e poi aumentando la velocità. Ero completamente perso in lei …

I suoi occhi erano chiusi e con ogni movimento trasmetteva una nuova ondata di piacere attraverso il mio corpo. Oddio, non avevo mai provato nulla di simile.

La guardavo in soggezione, bevendo in ogni secondo della nostra *nuotata.* Non volevo pensare ad altro, non volevo nemmeno fermare l'impeto di beatitudine che già sentivo formarsi dentro di me; proprio come la notte in cui ci eravamo incontrati per la prima volta, ero ancora sopraffatto da tutto ciò che lei mi stava facendo.

La tirai saldamente contro di me e lei sussultò, stringendo la presa sulle mie spalle.

«*J'ai perdu tout le temps que j'ai passé sans toi* — ho perso il tempo che ho passato senza di te.»

«*Je t`aime*» sussurrò in risposta, i resti del mio autocontrollo che andavano in frantumi. Per la prima volta in assoluto, non avevo paura di lasciarmi andare …

Un momento dopo, lei gridò, il suono della sua voce così disperato che mi sentii squarciare da un'esplosione. Niente potrà mai essere migliore del momento in cui ci si scioglie nell'abbraccio dell'altro. Con gli occhi chiusi, potevo ancora sentire la sua pelle toccare la mia, il calore del suo respiro che mi solleticava la guancia.

Non so quanto tempo passai a sonnecchiare, ma il sogno era così bello e reale. Mi sembrò di morire quando i miei occhi si spalancarono e capii ancora una volta che non era altro che un sogno. Sospirai, strofinandomi il viso con le mani, ma ero ancora troppo stanco per pensare in modo lucido, così mi rotolai a pancia in giù e lasciai che la stanchezza mi sopraffacesse. Mi riaddormentai in pochissimo tempo.

Ogni centimetro del mio corpo mi faceva male. Mi svegliai al suono di qualcuno che urlava, il primo pensiero nella mia testa fu — *"Sono morto e mi sono svegliato all'inferno?"*

Provai a sedermi sul letto, ma mi girava la testa; quindi, cambiai idea e mi tirai la coperta sulla testa, sperando di far tacere i rumori provenienti dal corridoio.

«Lo giuro, Oliver, se c'è un'altra donna che dorme nel tuo letto, ti ucciderò!» Poi la porta della mia stanza si aprì di colpo e vidi una graziosa biondina che mi ha fissava incredula.

«Sei gay?» I suoi occhi si spalancarono, spostarono tra me e Oliver. Per un secondo pensai che la mia idea dell'inferno non fosse poi così assurda.

«Per l'amor di Dio, Amalia! Questo è mio fratello.»

«Ehi», dissi alla ragazza prima di voltarmi dall'altra parte e coprirmi di nuovo la testa con una coperta.

«Sei proprio un maiale!» Lei urlò ed io sorrisi mentalmente. La scena era così dannatamente familiare. A quanto pare, mio fratello ed io non eravamo così diversi come pensavo.

Pochi istanti dopo, udii sbattere la porta d'ingresso e Oliver tornò, ridendo come un idiota.

«Che c'è di così divertente?» chiesi, voltandomi a guardarlo.

«Non mi ha creduto.»

«Che cosa?»

«Amalia non ha creduto che tu fossi mio fratello.»

«Quindi ora è sicura che tu sia gay?»

«Grazie per aver rovinato la mia reputazione, Dom.»

«Non ho rovinato niente. Finalmente, avrai la possibilità di seguire i tuoi stessi consigli e di far riposare le palle.»

«Non che ne abbiano bisogno, sai?»

Annuii sbadigliando e andai in bagno, ignorando l'espressione seccata di Oliver. Per quanto non volessi affrontare una nuova giornata, non potevo restare a letto e non fare nulla. Così mi rasai e chiesi ad Oliver di prestarmi dei vestiti. Un paio di jeans che potevo giurare mi sarebbero scivolati di dosso se mi fossi anche solo mosso e una camicia bianca, il cui unico vantaggio era il colore.

«Fantastico, ora sembro un musicista pazzo», mormorai, guardando il mio riflesso nello specchio.

«In realtà, sembri un uomo a cui importa solo del suo comfort e del suo buon umore.»

«Sembro un uomo di buon umore?»

«Non proprio, ma comunque meglio che in giacca e cravatta.»

«Grazie a Dio è sabato e non devo andare al lavoro, vestito da clown.»

«Ehi, questi sono i miei vestiti, quindi un po' di rispetto non ti farebbe male. Comunque, cosa farai con Scarlett?»

«Niente. In effetti, penso che sia il suo turno di fare il primo passo verso di me. Ho chiuso con i tentativi di convincerla a credermi.»

I ricordi del mio sogno mi balenarono in mente, ma cercai di ignorarli. Qualunque cosa avessi provato in quel sogno, faceva solo crescere la mia rabbia.

«E cosa farai se lei non torna qui?»

Non ci avevo pensato. Ovviamente non sarei stato in grado di continuare a lavorare per Wilson, perché ero stato un pazzo a pensare che mi sarei abituato a vedere qualcun altro lavorare nell'ufficio di Scarlett. Non volevo che fosse solo una mia collega, volevo che restasse con me, giorno e notte.

«Troverò un nuovo lavoro, o tornerò a Parigi», risposi.

Oliver inarcò le sopracciglia sorpreso ma non disse nulla.

Dopo un caffè pensai che fosse ora di tornare a casa, e Stefan mi chiamò.

«Buongiorno, Dominick, hai un minuto?»

«Certo.»

«Ho ricevuto una chiamata da Scarlett la scorsa notte ed era così sconvolta che sembrava stesse piangendo. Ha detto che voleva licenziarsi.»

Non me l'aspettavo.

«Ti ha spiegato perché?"

«No, ha solo detto che non voleva più continuare a lavorare in azienda.»

Che cosa intendeva dire? Aveva accettato la proposta di matrimonio di Derek e voleva restare a San Francisco? O aveva in mente qualcos'altro che ignoravo?

«Non so cosa dire», commentai. «Lei non mi ha detto di voler andare via.»

«Voi due sembravate andare d'accordo. Posso chiederti di parlarle?»

«Non credo che sia una buona idea. Tu conosci tua figlia: se ha preso una decisione, nessuno potrà mai dissuaderla.»

«Non mi ascolterà, ma ascolterà te, Dominick.»

«E cosa te lo fa pensare?» Personalmente, dubitavo che Scarlett avrebbe parlato con me, soprattutto se si rifiutava di parlare con suo padre.

«Lei ti ha sempre ammirato. Ogni volta che parlavamo del futuro della nostra azienda, diceva quanto siamo stati fortunati ad averti tra le nostre fila.»

«Davvero?» Chi avrebbe mai pensato che dopo quello che avevamo passato, lei avrebbe detto ancora qualcosa di così carino su di me? «Okay. Proverò a chiamarla.»

«Grazie, Dominick. Sai quanto le voglio bene. Anche se non vuole più dirigere l'azienda, non mi interessa. Voglio solo che sia felice.»

«Lo so. Vedrò cosa posso fare.» Riattaccai il telefono e imprecai ad alta voce. Cosa dovevo fare?

«Di che si tratta?» chiese Oliver.

Gli raccontai di Scarlett, e davanti alla mia espressione cupa lui si limitò a sorridere.

«Credi che sia divertente?» chiesi, fissandolo incredulo.

«In effetti, sì. Non volevi chiamarla, ma ora non hai scelta. E scommetto che non sai nemmeno come iniziare la conversazione.»

«Tu cosa le diresti?»

«Per prima cosa, non lascerei mai che mi accadesse una cosa del genere.»

«Non mi stai aiutando», sbottai.

«Scusa, fratello, ma non voglio avere nulla a che fare con questo pasticcio», disse, lasciando la stanza.

«Sei un fratello infernale!», gli gridai dietro.

«Lo prendo come un complimento», mi urlò di rimando.

Scossi la testa e composi il numero di Scarlett, sperando che questa conversazione non aggiungesse altri problemi alla nostra relazione già incasinata.

Capitolo 20

Scarlett

Tornare a casa era sempre un piacere. Ma non questa volta.

Nel momento in cui varcai la soglia del mio appartamento, mi resi conto di quanto fosse triste e solitaria la mia vita. Anche la mia migliore amica che non mi vedeva da mesi era troppo occupata per rispondere alle mie chiamate.
Le ultime 48 ore avevano dimostrato che Dominick era ancora l'unico uomo che volevo vedere al mio fianco. Era come l'aria

senza la quale non potevo vivere, e lui lo sapeva. Pensavo che non vedendo Dominick tutti i giorni fosse più facile; be', almeno pensavo che fosse così. Fino al momento in cui l'avevo visto a San Francisco, bello e arrogante come sempre.

I ricordi dell'ultima notte trascorsa insieme mi balenarono nella mente e un brivido familiare mi percorse la schiena. Come potevo essere così stupida e sperare di trovare un uomo migliore di lui?

Scossi la testa, lasciando cadere la borsa sul divano. La suoneria del mio cellulare mi riportò alla realtà, guardai lo schermo ed i miei occhi si spalancarono per la sorpresa. Dominick mi stava chiamando ...

«Pronto?» risposi con cautela.

«Ehi, sono io.»

Sorrisi per l'inquietudine nella sua voce.

«Lo so», dissi, chiedendomi in primo luogo cosa lo avesse spinto a chiamarmi. Dopo aver visto quanto era arrabbiato quando Derek mi aveva chiesto di sposarlo, ero certa che non l'avrei mai più sentito. «Ho l'ID chiamante.»

«Giusto. Allora come stai?»

«Bene. Tu?»

«Non proprio bene.»

«Va tutto bene?» Era una delle conversazioni più strane che avessi mai avuto con Dominick.

«Dove sei?» chiese, ignorando la mia domanda. Scommetto che era preoccupato che fossi ancora a San Francisco.

«A casa», risposi, sapendo che la risposta gli avrebbe fatto porre altre domande.

«Puoi essere più specifica?»

«Perché? Ti manco?» Grazie a Dio, non poteva vedermi adesso, perché non cercavo nemmeno di nascondere un sorriso.

Ci fu una breve pausa all'altro capo della linea e poi lui

disse, «Sì, no, più o meno.»

Scoppiai a ridere. «*Tu* puoi essere più specifico?»

«Va bene, Scarlett. Che diavolo sta succedendo? Tuo padre mi ha chiamato. Ha detto che non vuoi più lavorare per lui.»

Alzai gli occhi al cielo. Sapevo che mio padre avrebbe esagerato. «Be', il tempo cambia tutto, giusto? Quindi penso di aver finalmente trovato qualcosa di meglio dell'incessante scalata per fare carriera.»

«E di cosa si tratta?»

«Perché non vieni a casa mia e fai di nuovo quella domanda?»

«Sembra allettante. Ma che mi dici della tua fidanzata?»

Alla fine, aveva trovato il coraggio di porre la domanda più importante di tutte.

«Non so di chi stai parlando.»

«Uhm ...»

«È questo, tutto quello che sai dire?»

«Che ne dici se cambiassimo i piani e tu venissi a casa mia invece?» lui propose.

«Sei proprio tu, Dominick.»

«Che cosa?»

«Giocare in casa aiuta sempre, giusto?»

Rise piano nel ricevitore e il mio cuore iniziò a battere più forte al pensiero di quella risata che vibrava contro la mia pelle. «Ragazza brillante. Indossa i tuoi tacchi migliori e vieni da me.»

«Solo i tacchi?»

«Sì, sarebbero sufficienti per qualsiasi cosa di cui tu voglia parlarmi.»

Feci un sorrisetto. «Mi lascerai dire una parola?»

«Forse. Dipende da quanto sarai brava in tutto il resto.»

Percepii le ondate di eccitazione che attraversavano il mio corpo. «E cos'hai esattamente in quella tua mente perversa?»

«Vieni a trovarmi e lo scoprirai da te!»

«Sono già per strada.»

Riattaccai il telefono e corsi all'armadio per trovare un paio di scarpe con i tacchi alti.

Dal momento che non voleva che indossassi nient'altro, scelsi un paio di scarpe col tacco alto rosso fuoco, mi spogliai tutto quello che avevo addosso, lo sostituii con un lungo cappotto nero e corsi di sotto a prendere un taxi.

Il sabato sera il traffico era sempre un incubo. Era come se l'intera città fosse fuori casa, e spostarsi da un posto all'altro richiedeva un'eternità.

"Dove sei?" chiedeva un messaggio di Dominick.

"In un taxi. Sono rimasta bloccata in un ingorgo."

"Cosa indossi?"

"Niente. Proprio come hai chiesto tu."

"Cosa? Quindi sei nuda e bloccata in un taxi, con un autista sconosciuto?"

"Non essere geloso. Inoltre, indosso un cappotto, non è nemmeno legale uscire di casa con nient'altro che un paio di scarpe ai piedi, figuriamoci chiamare un taxi e lasciare la propria residenza. Sono sorpresa che riesca a guidare. Quell'uomo riesce a malapena a vedere qualcosa attraverso gli occhiali."

"Scommetto che la sua vista guarirebbe miracolosamente se gli mostrassi tutto ciò che hai sotto il cappotto. O almeno quello che spero tu abbia addosso?"

"Aspetta e vedrai."

"Se non sei qui in trenta, giuro che ucciderò il tuo dannato autista!"

"La pazienza non è mai stata nell'elenco delle sue migliori qualità, Mr. Altier."

"Lei lo sa meglio di chiunque altro, vero, Ms. Wilson?"

Non risposi a questo messaggio. Stavo diventando così

impaziente di vederlo, le mie dita si rifiutavano di digitare altre parole.

Il tempo sembrava scorrere così lentamente. Non si trattava solo di ritrovarmi nell'abbraccio di Dominick, c'erano così tante cose che volevo dirgli. Ovviamente, non avevo accettato la proposta di Derek. Mi sentivo un po' in colpa per aver rovinato le sue speranze e infranto qualunque sogno avesse di stare insieme, ma non sarei mai stata in grado di essere felice con lui, amando ancora qualcun altro. Era una brava persona e sapevo che un giorno avrebbe trovato una ragazza che potesse ricambiare i suoi sentimenti e renderlo felice. In questo momento, volevo stare con l'unico uomo che avessi mai amato.

Quando il taxi si fermò davanti al vialetto della casa di Dominick, riuscii a malapena a controllare la mia eccitazione. Ogni centimetro del mio corpo mi faceva male per l'attesa della serata imminente. Con le mani tremanti, pagai la corsa e scesi dalla macchina, sentendo il cuore che mi batteva forte nel petto.

Dominick aprì la porta anche prima che io bussassi. Sorrise leggermente e mi trascinò dentro, chiudendomi la porta alle spalle. «L'attesa mi ha quasi ucciso, donna», disse, avvolgendo lentamente le braccia intorno alla mia vita.

«Lo sento», dissi, guardando in basso dove i nostri corpi si collegavano.

«Non vedo l'ora di scoprire cosa hai preparato per me», disse, tirandomi la cintura del cappotto.

«Spogliarmi sulla soglia di questa casa è diventata una tradizione.»

«Non dirmi che non ti piace.»

Sorrisi. «Mi piace molto.»

«Bene. Perché ci sono molte altre cose che voglio trasformare in tradizioni in questa casa.»

«Per esempio?»

Fece un passo indietro, ma le sue mani erano ancora sui

miei fianchi.

«Ne parliamo dopo.» Le sue mani corsero sulle mie spalle e scivolarono sotto il tessuto del cappotto, spogliandomi.

Non credo di aver mai visto tanta passione bruciare nei suoi occhi. Per un momento, le sue iridi blu brillante incontrarono le mie, poi si mossero lentamente lungo il mio viso, le mie labbra, il mio seno e il mio ventre. Posso giurare che sentivo ogni singolo punto che i suoi occhi toccavano, come se fossero le sue dita a toccarmi. Facendo scorrere le mani sui miei fianchi e sul mio ventre, si chinò per baciarmi le labbra, lentamente e in modo scherzoso.

«Sei così morbida, ovunque», sussurrò sulle mie labbra socchiuse, facendo scivolare una mano tra le mie gambe, dove avevo più bisogno di lui.

Mi girò verso l'enorme specchio vicino alla porta e quasi sussultai allo sguardo affamato nei suoi occhi.

«Ho sempre voluto farlo qui.»

«Cosa?» Non sapevo se ero pronta per qualunque cosa stesse pensando, ma non riuscivo a spostarmi da dov'ero.

Era premuto dietro di me e mi chiedevo se sarei mai stata in grado di dire di *no* alle fantasie nella sua mente, che ovviamente stava per realizzare. Ero un po' nervosa, il mio sangue pompava selvaggiamente sotto la pelle. Guardare Dominick mentre faceva l'amore era una cosa, ma guardare me stessa era qualcosa di completamente diverso.

«*La plus belle femme du monde*», mi sussurrò all'orecchio. «La donna più bella del mondo.»

Poteva percepire la mia paura, sapeva che non ero sicura di questo gioco, ma accidenti, stavo morendo dalla voglia di provarlo.

«Non chiudere gli occhi», mi ordinò, baciandomi la spalla. «Voglio che tu veda ogni secondo.»

Sbattei le palpebre e deglutii a fatica, il cuore che batteva veloce contro la sua mano che ora mi toccava il seno mentre l'altra mano mi accarezzava il ventre. La sala era semibuia, il che rendeva l'intera scena davanti ai miei occhi ancora più surreale.

«Smettila di pensare», mi suggerì, baciandomi il lobo. «Provaci».

Seguii il suo consiglio.

Nel momento in cui esclusi la realtà, tutto sembrò molto più semplice. Cercai di concentrarmi su quello che avevo adesso: questo momento, questa notte, questo uomo.

I suoi vestiti erano spariti in un attimo e non potevo fare a meno di fissare il suo corpo perfetto, stretto al mio.

Senza preavviso, si spinse in profondità dentro di me e ad entrambi ci venne da piangere alla sensazione dei nostri corpi uniti ancora una volta. Era così duro, così perfetto; il mio respiro si bloccò e gli avvolsi un braccio attorno al collo, temendo di perdere l'equilibrio.

«Cazzo, guardati, Scarlett. Non credo di aver mai visto niente di più bello in vita mia», disse tra una spinta e l'altra. «Labbra carnose, gonfie e rosse per i miei baci, capezzoli duri, che rispondono ad ogni mio tocco; corpo dolorante per me, occhi pieni di fuoco. *Tu es le meilleur rêve qui soit devenu réalité* — Tu sei il migliore dei miei sogni che si avvera.»

Oh, Dio, ogni sua parola doveva suonare così dannatamente allettante? Ma più di ogni altra cosa, la vista dei nostri corpi che si dondolavano l'uno contro l'altro era lo spettacolo più esaltante di quella notte.

Con una mano avvolta intorno alla mia vita, Dominick fece scivolare l'altra mano sul mio fianco e tra le mie gambe, dove poteva sentire quanto fossi eccitata per ogni sua mossa. Circondando il mio clitoride con un dito, mi osservava in silenzio; l'intensità del suo sguardo trasmetteva pura beatitudine attraverso le mie vene.

«Non mi hai mai guardata così prima di oggi», sussurrai.

«Così come?» chiese, con ridendo piano, il suono della sua risata che vibrava nella parte posteriore del mio collo.

«Come un bastardo estremamente soddisfatto.»

Il suo sorriso si allargò. «Sai leggermi così bene, mia piccola tentatrice. Hai ragione, non sono mai stato così soddisfatto prima d'ora. E lo sai perché?» Si fermò, continuando a guardarmi attraverso lo specchio lungo fino al pavimento.

«Non ne ho idea», dissi, allungando una mano all'indietro per tenergli l'anca e spingerlo di nuovo dentro di me.

«Perché non ti ho mai vista così eccitata», rispose, penetrandomi ancora, questa volta sempre più in profondità. «Perché non ho mai sentito così tanto desiderio in te», aggiunse, ritraendosi. «Perché non ho mai voluto riempirti così tanto.» Si spinse dentro e si fermò, mentre i miei muscoli si stringevano intorno a lui. «Perché non ho mai visto così tanto amore nei tuoi occhi.»

La sua presa sui miei fianchi si strinse e potevo sentirlo rabbrividire dietro di me. Eravamo vicini al limite, nessuno dei due poteva più aspettare.

«Più veloce», sussurrai, spostando la sua mano sul mio clitoride che lui iniziò a stuzzicare con le dita.

«Cristo, Scarlett, un giorno non potrò più trattenermi dal fotterti a sangue», sussurrò nella curva del mio collo.

«Cosa indosserò per quel giorno?»

Ringhiò, scuotendo la testa come se cercasse di fermare alcune visioni che gli balenavano davanti agli occhi. «Qualcosa che potrò strappare via con i denti.»

«Affare fatto.» L'immagine che le sue parole suscitarono nella mia mente mi eccitò ancora più.

Si spinse forte dentro di me, tirandomi bruscamente la schiena con la sua mossa, ed entrambi provammo un brivido per le ondate di climax che ci squarciavano. Alla fine, chiusi gli occhi e mi lasciai travolgere dall'euforia. Gettai indietro la testa e sentii le sue labbra succhiarmi il collo come se volesse lasciare un segno su di me, rivendicarmi come sua. Non mi dispiaceva per niente ...

«Incredibile», disse, posando un piccolo bacio sulla mia spalla.

«Non sento più le gambe, come se fossero fatte di gelatina.» Mi voltai e vidi un sorriso vittorioso curvare all'angolo delle sue labbra.

«Prego.»

Risi e mi sfilai i tacchi. «La vendetta è una stronza, lo sai?"

«Oh, non vedo l'ora che tu mi ripaghi per averti fatto venire proprio davanti alla mia porta.» Mi prese per mano e mi attirò nel suo abbraccio, coprendomi le labbra con le sue. «Non ti è più permesso uscire da questa casa per il resto della tua vita.»

«Cosa?»

«Ti ho sempre sognata negli ultimi sei mesi! Non pensi che sia ora di realizzare i *miei* sogni?»

«Pensavo di averli già realizzati.»

Il suo sorriso diabolico tornò. «Questa era solo una piccola parte di ciò per cui ho davvero bisogno di te qui.»

«Quindi pensi che una vita sia sufficiente per tutto quello che hai in mente?»

Mi baciò di nuovo e mi avvolse la camicia intorno alle spalle. «Nessun tempo con te sarà mai abbastanza, ma per ora, ti voglio tutta per me.»

«Sembra promettente!»

«Prometto anche di renderti la donna più felice del mondo, Scarlett. Se solo accetti di darmi una seconda possibilità.»

«Una seconda possibilità per —?»

«Per dimostrarti che niente è meglio di eterne notti estenuanti con me.» Ridemmo entrambi e pensai che la mia vita non era mai stata così giusta e completa come in quel momento.

«Je t`aime», dissi, carezzandogli la guancia con il dorso della mano. Penso che quelle parole fossero più che sufficienti per dire tutto ciò che era stato taciuto.

«Perché mi ami?»

Sorrisi sfiorando le sue labbra con le mie. *«Je t'aime parce que tu es toi, tout simplement* — ti amo perché sei tu, è semplice.»

«Ti amo anch'io, Scarlett», disse Dominick, guardandomi negli occhi. «Più di quanto abbia mai amato qualcuno. *La chose la plus importante que j'ai faite a été de te rencontrer* — La cosa più importante che abbia mai fatto è incontrarti.»

Poi mi prese in braccio e mi portò in camera da letto dove iniziò la prima delle nostre estenuanti notti ...

Fine

Iscriviti alla newsletter di Diana Nixon:
www.diana-nixon.com

Sull'autrice

Diana Nixon, autrice di USA Today e di bestseller internazionali, scrive letture romantiche dolci e piccanti. Appassionata di libri e con un Master in giurisprudenza in passato, sa come tessere trame che ti terranno agganciato dall'inizio alla fine. Le sue storie possono essere divertenti o tragiche, ma i suoi personaggi sono forti, ribelli e appassionati in tutto ciò che fanno. Quando Diana non è impegnata a scrivere, passa il tempo a leggere libri o a guardare drammi storici. Mamma di due figli, non può vivere senza caffè e cioccolato, e crede che scrivere sia la cura migliore per tutto ciò che si può curare con le parole.

I suoi libri sono stati pubblicati a livello internazionale e tradotti in sette lingue: inglese, spagnolo, italiano, tedesco, russo, francese e portoghese.

Altre opere di Diana Nixon:

Cole (Single in vendita, #1)

Leo (Single in vendita, 2)

Oden (Single in vendita, 3)

Unforgiven

All My Nevers (All My Nevers, #1)

My Italian Valentine (volume unico)

Illusorio (volume unico)

Louise (Louise, # 1)

Louise: Un nuovo inizio (Louise, # 2)

Tess (Louise, # 2.5)

Set Me Free (Set Me Free, # 1)

In A Whisper (Set Me Free, # 2)

Cuore Infranto (Cuore Infranto, # 1)

Cuore Fragile (Cuore Infranto, # 2)

Cuore Sereno (Cuore Infranto, # 3)

Cuore Svanito (Cuore Infranto, # 4)

Love Undone (Love Undone, # 1)

In Your Eyes (Love Undone, # 2)

Scacco matto (Scacco matto, # 1)

No Strings Attached (Checkmate, # 2)

Back in the Game (Checkmate, # 3)

Love Lines (Love Lines, # 1)

Songs of the Wind (Love Lines, # 2)

From Scratch (Love Lines, # 2.5)

Diamond Sky (Love Lines, # 3)

The Curse of Blood (Love Line, # 4)

Upon the Stars (Love Lines, # 5)

The Souls of Rain (Heavens Trilogy, # 1)

The Prisoners of Dreams (Heavens Trilogy, # 1.5)

Hate at First Sight (volume unico)